dtv

Bern, im 18. Jahrhundert: Die junge Julie Bondeli macht von sich reden. Sie mischt sich ein in die politischen Debatten der Männer, sie ignoriert deren Regeln für das weibliche Geschlecht, sie korrespondiert mit den führenden Köpfen der Aufklärung und ringt auch ihren Gegnern Bewunderung ab. Auch als Julies Lehrer und Vertrauter Samuel Henzi wegen seiner Manifeste für eine politische Reform öffentlich hingerichtet wird, läßt sie sich nicht entmutigen: Sie kämpft weiter für Demokratie und Freiheit und die Rechte der Frauen. Ihr literarischer Salon wird zum Treffpunkt junger Intellektueller.
Goethe lobte sie in ›Dichtung und Wahrheit‹ als »Frauenzimmer von Sinn und Verdienst«, Sophie La Roche pries ihren wachen Geist, und Christoph Martin Wieland liebte sie – die femme de lettres Julie Bondeli (1731–1778). Eveline Hasler entreißt diese faszinierende Persönlichkeit der Vergessenheit.
»Kaum je ist diese sich verzweifelt gegen das Neue stemmende Welt atmosphärisch dichter gezeichnet worden als in Eveline Haslers neuem Roman.« (Charles Linsmayer in der ›Weltwoche‹)

Eveline Hasler wurde in Glarus/Schweiz geboren. Sie studierte Psychologie und Geschichte in Fribourg und Paris. Bekannt wurde sie zunächst mit ihren Kinderbüchern, die in zahlreiche Sprachen übersetzt sind. Die im Tessin lebende Autorin wurde u. a. mit dem Schubart-Literaturpreis und dem Meersburger Droste-Preis für ihr Gesamtschaffen ausgezeichnet.

Eveline Hasler

Tells Tochter

Julie Bondeli und die Zeit der Freiheit

Roman

Deutscher Taschenbuch Verlag

Ungekürzte Ausgabe
Oktober 2006
2. Auflage August 2007
Deutscher Taschenbuch Verlag GmbH & Co. KG,
München
www.dtv.de
Lizenzausgabe mit Genehmigung
des Nagel & Kimche Verlags

Umschlagkonzept: Balk & Brumshagen
Umschlaggestaltung: Stephanie Weischer unter Verwendung eines
Gemäldes von Pietro Antonio Rotari (Bridgeman Giraudon)
Satz: Satz für Satz. Barbara Reischmann, Leutkirch
Druck und Bindung: Druckerei C. H. Beck, Nördlingen
Gedruckt auf säurefreiem, chlorfrei gebleichtem Papier
Printed in Germany · ISBN 978-3-423-13498-9

I

«Der Mensch, der am meisten
denkt, verdauet am schlechtesten;
derjenige, der am wenigsten denkt,
verdauet am besten.»

AUGUSTE TISSOT,
Arzt aus Lausanne

1

Der Arzt Johann Georg Zimmermann reiste im Januar 1761 in einer Kutsche neuester Bauart von Brugg nach Bern, auf seinen ausdrücklichen Wunsch hin vierspännig, denn er haßte es, langsam voranzukommen. Er sollte heute eine in Bern vielgerühmte junge Frau, die gelehrte Julie Bondeli kennenlernen. Durch seine Korrespondenz mit dem Dichter Martin Wieland war sie ihm keine Unbekannte. Wieland, der sie eine Zeitlang als seine Braut bezeichnet hatte, schrieb über sie Widersprüchliches, das die Neugier des Arztes und Menschenkenners reizte. Daß die Familie des Ratsherrn Bondeli ihn und nicht seinen Lehrer Albrecht von Haller zu einer Konsultation rief, war ohne Zweifel schmeichelhaft für Zimmermann, den Landarzt aus Brugg – noch ahnte niemand, daß er später selbst berühmt würde als Königlich Großbritannischer Hofarzt in Hannover und Leibarzt von Friedrich II.

Kurz vor Bern begann es zu schneien, die Pferde drohten auf dem glitschigen Belag des Kopfsteinpflasters auszugleiten, deshalb sah sich der Kutscher gezwungen, das letzte Wegstück in bedächtigerem Tempo zu nehmen. Hinter den verschneiten Ästen der Pappeln erschien das Anwesen, ländlicher und bescheidener, als Zimmermann es erwartet hatte; seit einem Besuch bei Berner Freunden hatte er den Eindruck, die Berner Patrizier versuchten einander zu übertreffen mit neumodischen, palastartigen Stadthäusern.

Der Wintertag verbreitete ein milchiges Licht. Im schrägen Einfall der Flocken wirkte die Fassade abweisend. Da aber schob sich an einem der Fenster ein Vorhang beiseite, Zimmermann hoffte, einen Blick auf die junge Patientin zu erhaschen, die nach dem Arzt Ausschau hielt, doch im Näherkommen sah er nur alte, von einer dunklen Haube umschattete Augen.

Eine Magd öffnete und der Arzt brachte mit einem Windstoß eine Portion Schneeluft herein. Sie säuberte mit einer Reisigbürste seinen Kragen und half ihm, den Mantel abzulegen. In den Salon, in dem er sich allein befand, brachte sie auf seinen Wunsch eine Tasse Tee.

Er rieb sich die von der Fahrt noch blaugefrorenen Hände, ging auf und ab in dem länglichen, mit Kanapees und Tischchen überladenen Raum. In seinem Geist sah er ihn mit Gruppen von Gästen bevölkert. Es hieß, Julie Bondeli empfange in ihrem Salon, den sie spöttisch «meine kleine Sorbonne» nannte, nicht nur tout Berne, auch ausländische Gelehrte und Politiker kehrten hier ein, nirgends finde sich eine geistreichere, vergnüglichere Unterhaltung! Mißfiel auch manchen Bernern, daß eine junge Frau sich auskannte in Mathematik und zeitgenössischer Literatur, war man doch stolz, eine Patriziertochter vorzeigen zu können, die ein berühmter deutscher Dichter als *die witzigste und klügste ihres Geschlechts in der Schweiz* bezeichnet hatte. Man wußte, daß es sich bei dem Dichter um den jungen, ein bißchen überspannten Wieland handelte, der zu jener Zeit Klopstock imitierte und vor Dritten von Julie als von seiner Braut sprach.

Doch die Bondeli galt als uneinnehmbare Festung. Neulich, bei einer Einladung in Berner Ratskreisen, wurde Zimmermann hinter vorgehaltener Hand zugeflüstert, das meiste habe die Bondeli von einem Revolutionär gelernt, dessen Name zu erwähnen verpönt sei, denn die Regierung habe ihn um einen Kopf kürzer gemacht ...

«Ach, Samuel Henzi?»

«Psst, keinen Namen, bitte!»

«Also, sein Kopf ist weg, aber er hat ihr alles gegeben, was in seinem Kopf war ... Und jetzt ist ihr Kopf ein Vorzeigeobjekt?»

«So ist es.»

Er dachte an diese und ähnliche Bemerkungen seiner Berner Bekannten, als die junge Frau eintrat.

Sie bewegte sich lächelnd auf ihn zu, der schilfgrüne Taft ihres in der Taille gerafften Rockes knisterte, die bloßen Arme und der Brustansatz im großzügig ausgeschnittenen Kleid schimmerten. Als sie näher kam, erkannte der Arzt Unregelmäßigkeiten in ihrem Gesicht, auch an Wangen und Kinn die Narben eines im Kindesalter durchgemachten Pockenfiebers. Doch ehe ein negativer Eindruck entstehen konnte, wurde der Betrachter in den Bann gezogen von den dunklen, lebhaften Augen und dem Schwung der wie spöttisch aufgeworfenen Lippen.

Eine hübsche, lebensfrohe junge Frau.

Mit einem Anflug von Galanterie neigte er sich zu ihr und sagte: «Sie sehen so strahlend aus, täuschen Sie sogar den Arzt?»

«Ich weiß», antwortete sie lachend, «ich täusche sogar mich selbst.»

«Wie soll ich das verstehen?»

Sie blickte amüsiert zu ihm auf. «Also, wenn ich mich schlecht fühle, stürze ich mich in Beschäftigungen, und alle Wehwehchen sind für eine Weile vergessen. Wenn sie sich wieder melden, trinke ich schwarzen Kaffee. Meine Familie rügt mich, ich lasse es mit meiner Gesundheit immer bis zum Äußersten kommen ...»

«Und Ihr Arzt?»

«Ach, Rosselet. Er kümmert sich gelegentlich bei einem Hausbesuch um die Gesundheit meines Vaters und läßt mich bei dieser Gelegenheit mal die Zunge herausstrecken oder fühlt mir den Puls.»

Zimmermann gab seinem Mißfallen durch Kopfschütteln Ausdruck. Es entging ihm nicht, daß ihn die Bondeli mit unverhohlenem Interesse betrachtete.

Julie hatte sich denn auch beim Eintritt in den Salon vorgenommen, wie immer bei Fremden, auf Distanz zu bleiben – eine Verbeugung auf Armeslänge, unverbindliches Lächeln, belanglose Begrüßungsformeln. Sie besaß Übung darin, ihr Gegenüber mit raschem Blick einzuschätzen. Kurzsichtig, wie sie war, erkannte sie weniger die Details der Physiognomie als den Habitus und die Haltung des Körpers, die Art der Bewegung, des Händedrucks, die Klangfarbe der Stimme. Zimmermann erschien ihr jünger als erwartet, etwas über dreißig, schätzte sie. Sie hatte sich einen hageren, trockenen Gelehrtentyp vorgestellt, nun stand sie vor einer hochgewachsenen, festen, imponierenden Gestalt. Ein bißchen irritierte sie die für einen Landarzt allzu höfische Kleidung: die Samtjacke mit den silbernen Knöpfen, dann das sorgfältig gepuderte, über den Ohren in zwei Locken gelegte Haar. Doch sein Blick nahm für ihn ein: Etwas Heftiges, fast Leidenschaftliches lag in den Augen, Unbestechlichkeit gemildert durch eine Art Aufmerksamkeit, ein stilles Abwägen, das für den Arzt und Menschenfreund sprach.

Mutter Bondeli trat zur Begrüßung in den Salon. Zimmermann erkannte die Augen unter der dunklen Haube, die am Fenster sein Kommen erwartet hatten.

«Ich bin es, die Sie hat rufen lassen, Doktor», sagte sie lebhaft und fügte dann voll Besorgnis hinzu: «Julie ist oft erschöpft, die Hustenanfälle quälen sie, sie magert zusehends ab.»

Der Arzt wandte sich an Julie: «Haben Sie Beschwerden?»

Sie lachte nervös. «Schmerzen im Unterleib. Schlaflosigkeit. Migräne. Genügt fürs erste diese Liste?»

Die Mutter begleitete den Arzt in die Räume der Tochter, wo die Untersuchung stattfinden sollte. Im Vorraum, der Julie auch als Schreibkabinett diente, zündete die Magd die Kerzen im silbernen Ständer an. Julie gab durch eine stumme Aufforderung den beiden Frauen zu verstehen, sie wolle mit Zimmermann allein gelassen werden.

Nach einem kurzen Vorgespräch sagte der Arzt: «Ich bitte Sie, sich für den Untersuch frei zu machen.»

Er stand am Fenster und wandte ihr den Rücken zu, während sie sich schnell auszog, ohne die übliche Prüderie der Frauen ihres Standes, die sich meist mit Hilfe einer Dienerin nur zögerlich und teilweise entkleideten.

Als er sich umdrehte, sah er sie im stumpfen Vieruhrlicht des Wintertags nackt auf ihrer Bettstatt, die Tüllvorhänge der Schlafnische beiseite geschoben. Zimmermann, durch seine Praxis zur Genüge an den Anblick entblößter Frauenleiber gewöhnt, war überrascht. Dieser Körper, eingetaucht in das Schneelicht des Nachmittags, lag statuenhaft auf dem Laken, bewegungslos, alabasterweiß mit bläulichen Schattierungen und von perfekter Form. Noch schien er nicht abgemagert, die Gewichtsabnahme hatte ihm im Gegenteil etwas Mädchenhaftes zurückgegeben.

Zimmermann wird später den enthusiastischen Bericht des Stadtschreibers Wagner lesen, eine schwärmerische Beschreibung der Physis der Bondeli, in der er von Marmorgliedern spricht, obwohl der Schreiber sie bestimmt nie nackt gesehen hat.

Es war in der Tat das erste Mal, daß sich ein Mann über diesen bloßen Frauenkörper beugte. Julie gab sich darüber Rechenschaft, sie lag ein bißchen verkrampft, die Arme abgewinkelt. Durch die bis auf einen Spalt geschlossenen Augen verfolgte sie mit Beklemmung den Schatten des Arztes auf ihrer Brust. Der Schatten verschob sich jetzt nach unten, sie spürte starke, männliche Hände, die ihren Unterbauch abtasteten und die Darmgegend kneteten.

«Tut das weh?»

Sie stieß einen kleinen Schmerzenslaut aus. Tränen schossen ihr in die Augen.

«Seit wann haben Sie diese Beschwerden?»

Sie suchte sich zu erinnern, wann die Symptome ihren Anfang genommen hatten, den Zeitpunkt, den sie schließlich angab, verknüpfte Zimmermann nach kurzem Rechnen mit dem jähen Bruch der Liebesgeschichte zwischen ihr und Wieland.

Wieland, von seinem Vater zum Antritt einer Stadtschreiberstelle nach Biberach zurückgerufen, war ohne Abschied abgereist, als Julie gerade in der Westschweiz weilte. Dabei hatte der Dichter, entflammt für die spröde Schöne, in den Briefen an Zimmermann von Heirat gesprochen, nur mit Julie sehe er sein Glück. Doch kaum zurück in Biberach, knüpfte er neue Liebesbande. Schlimmer noch: Er wußte nichts Besseres, als Julie darüber in einer verletzenden Weise zu berichten.

Zimmermann spürte Schuldgefühle. Er war es gewesen, der Wieland, damals in Bern an einer Hauslehrerstelle, zu einem Besuch bei Julie Bondeli par force bewogen hatte. Nach der ersten Ablehnung war ein begeistertes Echo erfolgt, und nun sah sich Zimmermann in den abrupten Bruch der Verbindung eingeflochten – Wieland, Julie, Zimmermann, ein unsichtbares Dreieck.

Von unten her, aus ihrer Nabelgegend, hörte die Bondeli den Arzt murmeln: «Seelische Erschütterung erzeugt Unordnung der Verdauungssäfte. In den Nerven, mein Fräulein, liegen die Krankheiten, die sich auf unsere Denkungsart auswirken.» Er drückte nochmals da und dort noch ein bißchen. «Das Barometer unserer Denkungsart ist, wie Sie spüren, im Unterleibe, in den Organen der Verdauung. Die Därme sind stark angeschwollen, ich werde eine Diät verschreiben müssen.»

Als sie sich wieder angekleidet hatte, bat sie ihn in ihr Schreibkabinett, wo immer noch die Kerzen im Leuchter brannten. Sie schob auf dem Tisch einen halb beschriebenen Briefbogen beiseite.

«Wann sind Sie geboren?» fragte der Arzt.

«Im Dezember 1731. Man hat mich am Neujahrstag 32 zur Taufe gebracht.»

Er trug die Zahl in ein Wachstuchheft ein und fügte eine Notiz bei.

«Dann sind wir gar nicht weit auseinander, ich bin 1728 geboren», sagte er und ließ das Heft in eine mit Halbedelsteinen verzierte Schatulle gleiten.

Ihr Blick blieb einen Moment auf dem geckenhaften Täschchen ruhen. Es fiel ihr ein, daß er, vielleicht in Nachahmung seines Lehrers Albrecht Haller, schriftstellerisch tätig war. «Sie haben über Hallers Leben geschrieben, und kürzlich kam mir ein Gedicht aus Ihrer Feder in die Hände ...»

Er blickte sie durchdringend an, als fordere er ihr Urteil heraus.

«Nun, ich mag, wenn ich ehrlich sein soll, Haller als Person nicht», fuhr sie nach einer Pause fort. «Gedichte zu beurteilen erfordert die Arbeit von Spezialisten, doch ich kann sagen, ich fühle mich von Ihrem Text angesprochen. Wieland hatte allerdings daran einiges zu bemängeln, Schriftsteller reagieren wohl empfindlich auf die Konkurrenz schreibender Ärzte …»

Er ging nicht darauf ein, das Stichwort Wieland war gefallen und forderte ihn heraus, eine Mission zu erfüllen.

«Mein Fräulein», begann er vorsichtig. «Wieland hat mir geschrieben, daß er bereut. Er gibt mir den Auftrag, zwischen Ihnen beiden zu vermitteln …»

«Ich habe Wieland losgelassen, es ist vorbei!» antwortete sie heftig.

«Er bittet aber, seinen Brief zu lesen …»

«Das wird meine Einstellung nicht ändern.»

«Warum so hart?» fragte er.

«Sehen Sie, es gab eine Reihe von Kümmernissen. Doch da bleibt keine Bitterkeit. Ich bin glücklich ohne den Dichter und hoffe für ihn, daß er ohne mich sein Glück findet.»

Sie lehnte sich zurück und angelte auf dem Tisch nach dem angefangenen Brief. «Da – ein Schreiben an Sophie La Roche. Wollen Sie lesen? Seit Wielands Biberacher Eskapaden stehen wir in Briefwechsel. Sophie wohnt auf Schloß Warthausen in Wielands Nähe, Sie wissen vielleicht, daß Sophie Wielands erste Braut war. Sie widmet sich schriftstellerischer Arbeit, und ich mag es, wie sie ihre Umgebung, auch Wieland, der oft auf dem Schloß zu Gast ist, auf eine klare, wenn auch liebevolle Art analysiert … Manchmal schreibe ich Sophie Gedankenbriefe.»

«Warum?»

Sie lachte kurz und kaum hörbar. «Gedanken sind freier.»

«Dann interessiere ich mich für Ihre Gedankenbriefe», sagte er. «Aber ich vermute, sie sind nur gedacht, nicht geschrieben?»

«Doch, ich notiere sie auf. Sophie beabsichtigt in Kürze,

mich in Bern zu besuchen, aus diesen Aufzeichnungen wird sie Einblick in Zusammenhänge gewinnen.»

Julie klingelte nach Tee, die Magd erschien und blieb noch eine Weile, wie auf einen weiteren Befehl wartend, in der Tür stehen, dabei schaute sie unverwandt zu Zimmermann. Julie winkte sie hinaus.

«Und die schriftstellerische Arbeit? Wann schreiben Sie?» fragte sie, um vom Thema Wieland loszukommen.

Er seufzte. «An den Schreibtisch komme ich nur selten, leider. Es liegt nicht nur an den Kranken von Brugg. Sehen Sie, auch mir sind hypochondrische Gemütsbewegungen nicht fremd. Um gegen den Hang nach Einsamkeit anzukämpfen, suche ich Zerstreuung.»

«Und es macht Sie glücklich?»

«Nein.»

Er schwieg eine Weile, als habe ihn seine eigene Offenheit überrascht. Dann fragte er: «Wie schaffen Sie es, glücklich zu sein, trotz der Widerwärtigkeiten, die Ihnen begegnet sind?»

Sie nahm eine aufrechte Haltung an und wandte sich ihm mit einer Aufmerksamkeit zu, als sei sie der Arzt, er der Ratsuchende. «Sie kennen bestimmt die sechs Maximen zur Gesundung in den Hippokratischen Schriften? Da wird auch die Kontrolle der Gemütsbewegungen empfohlen. Eine Art Diät für die Seele. Also, ich zersteue mich nie auf heftige Weise, gerade deshalb, weil ich von Natur leidenschaftlich bin. Ich kontrolliere die Wirkung, welche bestimmte Gedankengänge auf meine Natur ausüben …»

«Und wenn trübe Gedanken mit großer Macht über Sie kommen?»

«Sie werden lachen, Zimmermann! Dann wende ich mich der Mathematik zu, meinen Zahlenreihen.»

«Zahlen gegen die Leidenschaft?»

«Auch Zahlen sind eine Leidenschaft!»

Er nickte. «So etwas Ähnliches schreibt die Mathematikerin Emilie du Châtelet. Die Französin scheint mir überhaupt so etwas wie eine Schwesterseele von Ihnen zu sein ...»

Julie wehrte errötend ab. «Zuviel der Ehre.»

«Die Freundin Voltaires versteht wie keine Frau unserer Zeit die Gedanken und Experimente Newtons ...» Er betrachtete sein Gegenüber nachdenklich und fuhr dann fort: «Haben wir nicht soeben über das Glück gesprochen? Wissen Sie, daß die Châtelet neben ihren wissenschaftlichen Büchern ein ‹Traktat über das Glück› geschrieben hat?»

«Ach ja.» Sie lächelte. «Ich besitze die kleine Schrift und lese gern darin.»

«Dann wissen Sie, daß sie nach Beendung des Traktats über das Glück unglücklich gestorben ist?»

«Am Glück?»

«An der Leidenschaft. Auch darin war sie Spezialistin.»

Die Bondeli schwieg.

Zimmermann trank still seinen Tee und betrachtete die weiße Halslinie dieser Frau, den Schwung des Nackens, die schön geformten Arme.

«Glück und Leidenschaft», sagte er, den Faden des Gesprächs wiederaufnehmend, «sind es nicht Themen unserer Generation? Die wissenschaftlichen Akademien veranstalteten neuerdings Preisausschreiben über Fragen wie: ‹Wie kann der Mensch glücklich sein?› ‹Welches ist die glücklichste Nation?›»

Julie stimmte ihm zu. «Ist das Glück nicht wichtiger als die Gelehrtheit, Zimmermann? Was nützt unser illuminiertes Zeitalter, wenn wir bei all dem Fortschritt nicht glücklich sind? Doch mir scheint, Glücklichsein muß gelernt werden.»

Sie hatte sich in Eifer geredet, ihre Kohlenaugen sandten kleine Blitze aus, die Wildheit ihres Ausdrucks entzückte Zimmermann. Er erinnerte sich an Stellen in Wielands Briefen, wo von Julies *graziöser Figur* die Rede war, und an anderer Stelle: *Sie hat eine Welt von Verstand in den schönen Augen.* Zwar erwähnte der Dichter Nase und Stirn, die dem *Eindruck des Ganzen zuwider waren*, aber Zimmermann strich das in Gedanken durch. Wieland, diese emotionale Windfahne. Wahrhaftig, er hätte nicht so lange hin und her gefackelt, wenn er Wieland gewesen wäre! Julie gegenüber drückte er diese Empfindung in abgewogenen Worten aus: «Ich bin ein verheirateter Mann, Julie, aber Sie beeindrucken mich. Dieser Abend bleibt unvergessen.»

Sie betrachtete amüsiert sein Gesicht, der untere Teil mit dem wuchtigen, kantigen Kinn erschien ihr jetzt hölzern, ja nußknackerhaft, doch die obere Gesichtspartie machte alles wieder wett mit den lebhaften Augen und der freien Stirn. Der Mann hat etwas Steifes, Redliches, dachte sie, sein Blick verrät das empfindliche Gemüt. Noch ahnte sie nicht, daß ein Dämon in ihm steckte.

«Freundschaft zwischen Mann und Frau ist immer möglich, Zimmermann, was soll daran unziemlich sein?» sagte sie.

Er stutzte, dachte an die enthusiastischen Briefe, die Wieland an Zimmermanns Frau schrieb, und fragte dann schnell, um seine Verlegenheit zu überspielen: «Sie lesen Rousseau?»

«O ja, im Moment die ‹Nouvelle Héloïse›. Und wie halten Sie es mit unserem französischen Enfant terrible?»

«Die Neuerscheinung, von der Sie sprechen, besitze ich leider noch nicht, doch ich kenne seine Briefe und Essays. Ich verehre Rousseau. Wenn Sie meine Arbeit über den Nationalstolz lesen, werden Sie Spuren dieser Lektüre erkennen. Da sind auch einige gewagte Ausfälle gegen die Berner Aristokratie, die vielen, auch dem großen Albrecht Haller, in den falschen Hals geraten.»

«Sie wagen es also, sich von Ihrem Meister Haller, dem Gegner Rousseaus, zu distanzieren?»

«So ist es.» Er lachte bitter. «Schüler und Lehrer bringt der Lauf des Lebens manchmal auseinander.»

«Das macht Sie sympathisch. Wir sind Freunde.» Sie reichte ihm die Hand.

Er blickte auf die gut gepolsterte kleine Hand und verwarf den Einfall, sie zur Besiegelung der neuen Freundschaft zu küssen. Handküsse empfand er als lakaienhaft, sie paßten nicht in ein demokratisches Land, wird er später in einem Essay urteilen. So entschied er sich für einen dezenten Kuß auf die Stirn. Seine Annäherung geriet etwas unbeholfen, als gelte es, seine Locken zu schonen oder die ihren, ein bißchen Puder stob auf.

«Als Beweis meiner Freundschaft dürfen Sie meinen Gedankenbrief lesen. Ausnahmsweise.» Sie lachte und er beugte sich über ihre Notizen.

Wir sind, chérissime Sophie La Roche, süchtig nach Glück und Freiheit.

Halten Ausschau nach Landstrichen, wo wir es zu finden hoffen, unser freies Glück, unsere glückliche Freiheit!

Die Schweiz, die Schweiz, werden Sie rufen, denn Herr Haller hat mit seinem Poem in ganz Europa den Philhelvetismus geweckt, und Sie schreiben mir, Ihr Gatte denke daran, ein Bauerngut in der Schweiz zu kaufen. So weit ist es hier mit der Freiheit, daß ich Ihnen jetzt Gedankenbriefe schreibe, da Geschriebenes herumgezeigt wird, sogar Rousseau soll neuerdings meine Briefe lesen. A propos Rousseau, haben Sie gehört, daß er beim Betreten des Staates Bern die Erde geküßt hat? Wenn Sie an unsere Schlagbäume kommen, Sophie, heben Sie nicht den Drohfinger, Sie könnten Rousseau auf der Flucht sehen, Haller und die Gegner der

Aufklärung verfolgen ihn mit dem Vorwurf, er sei vom Glauben abgefallen.

Doch, chérissime Sophie, in Wirklichkeit verhält es sich so: Der große Haller, den alles als Dichter der Freiheit verehrt, ist von der Freiheit abgefallen.

Er gab ihr den Brief zurück, drückte freundschaftlich ihre Hand, und sie hätte sie ihm wohl eine Weile nicht entzogen, hätte jetzt nicht stürmisch, auf ganz unanständige Art, jemand an die Tür getrommelt.

Julie schoß auf. Das konnte nur die kleine Schwester sein, das Biest! Schon während Wielands Besuchen hatte sie es so erlebt: Charlotte war allgegenwärtig hinter Türen, hinter Büschen, neugierig auf alles, was sich zwischen Mann und Frau ereignen konnte.

Julie riß die Türe auf, Charlotte wich zurück, grinste frech und leierte: «Man bittet zu Tisch.» Lang und schlaksig drückte sie sich an die Wand des Korridors. Zimmermann schätzte ihr Alter auf sechzehn.

«Geh schon voraus», sagte die große Schwester unwirsch.

2

Am Tisch fehlte der Alt-Landvogt und Ratsherr Bondeli. Hausarzt Rosselet habe ihn, des hohen Blutdrucks wegen, zum Aderlaß in die Kur geschickt.

Unter einem enormen Kronleuchter, der aus der Landvogtzeit in Burgdorf stammte, saß Zimmermann mit den Frauen zu Tisch. Auch Julies Freundin, Marianne Fels, die wegen eines Familienzwists zur Zeit hier im Haus wohnte, nahm am Essen teil. Der Rehbraten war exzellent.

Der Arzt sah sich nicht ungern eingesponnen in das Netz

weiblicher Aufmerksamkeit; in seinem Tagebuch, das ihm als religiöse Gewissenserforschung diente, hatte er sich neulich selbst angeschuldigt, zu oft die Gesellschaft von Frauenzimmern aufzusuchen, um der Schwermut zu entgehen. Wie immer in Gesellschaft fühlte er sich herausgefordert, zu brillieren. Er verzichtete auf die kleinen Schlüpfrigkeiten, die einem Arzt auch in Damengesellschaft durchgelassen werden, und gab statt dessen Anekdoten zum besten aus seiner ersten Arztpraxis in Bern, die ihm, dem Anfänger, durch seinen Lehrer Haller vermittelt worden war. Nur einfache Leute hatten ihn aufgesucht, kleine Handwerker, fliegende Händler und Marktfrauen, die wohlhabenden Bürger hatten ihre eigenen Ärzte. Mit den deftigen Frauen aus dem Volk hatte sich manche köstliche Szene abgespielt, Zimmermann verstand, sie plastisch vor Augen zu führen. Charlotte konnte nicht genug von diesen Geschichten hören, auch Julie und ihre Mutter fanden daran Gefallen, nur die Fels blieb in kritischer Distanz.

Die Magd Ernestine reichte dem Arzt, versunken in die Betrachtung des stattlichen Mannes, zweimal hintereinander den Rehbraten. Charlotte, die ihre Augen überall hatte, begann zu kichern, Ernestine errötete und verschwand in der Küche.

«Schade, daß Ernestine keinen zweiten Mann gefunden hat», sagte Madame Bondeli mit ehrlichem Bedauern. «Ihr Mann, damals Arbeiter auf dem Gutsbetrieb während unserer Landvogtzeit in Echallens, ist kurz nach der Heirat von einem scheuenden Pferd verletzt worden. Noch keine zwanzig, wurde Ernestine zur Witwe.»

«... und möchte nochmals heiraten, à tout prix!» kommentierte Charlotte.

Mutter Bondeli verwies ihr die vorlaute Bemerkung mit einem strafenden Blick.

Die Gastgeberin drängte darauf, der Arzt möge bei diesem Winterwetter über Nacht bleiben, worauf Zimmermann lachend erwiderte, in seinem Kontrakt mit der Stadt Brugg stehe unter Punkt 1, er dürfe ohne Erlaubnis der Behörden nicht außerhalb der Stadt übernachten!

«So hält man das ärztliche Haustier an der Leine», bemerkte Julie spitz.

Zimmermann gab ihr recht. «So eingebunden in das Leben einer kleinen Stadt, verfällt man leicht dem Trübsinn. Aber ich werde, und dies mit Einverständnis der Obrigkeit, in drei Wochen für ein paar Tage nach Bern kommen.»

«Gerade richtig für den Karnevalsabend meiner Sorbonne!» rief Julie erfreut.

Der Arzt war einverstanden, nach dem Essen noch eine Stunde dazubleiben, ein Lesezirkel sollte sich einfinden und Rousseau lesen. Es war ihm angenehm, noch ein bißchen in Julies Leben Einblick zu nehmen. Als Beobachter aus einer Guckkastenoptik setzte er sich außerhalb des Kreises, er tat es mit der Entschuldigung, er bleibe nur kurz, wolle nicht zu spät von Bern aufbrechen. Aber er habe vor, im Februar wiederzukommen. Die Damen und Herren des Lesezirkels wurden dem Arzt vorgestellt, er merkte sich die bekannten Namen aus den Kreisen der Patrizier und angesehenen Bürger.

Alle Augen waren nun auf Julie gerichtet, sie zeigte stolz ihr Exemplar der ‹Nouvelle Héloïse›. Das Buch war ein Primeur, erst seit diesem Monat in Paris im Verkauf! Dank Suzanne Curchod sei sie so schnell in den Besitz der Ausgabe gekommen, ein zweites Vorwort habe die Freundin heute nachgeschickt, sie schulde für den Versand noch einige Batzen.

Man schmunzelte. Erinnerte sich mit Behagen an die schöne Pfarrerstochter aus Crassier, während eines Bernbesuchs hatte sie dem Lesezirkel die Ehre gegeben. Ein Fräulein, gelehrt wie Julie. 1737 geboren, um wenige Jahre jünger. In Lausanne und Genf war die Pfarrerstochter eine Berühmtheit, angesehene Männer hatten sie als ihre Thémire in ihrem Kreis zur Vorsitzenden gewählt. Dort saß sie und wurde angestaunt, eine weibliche Idealfigur, ihr galten die schöngeistigen Reden und Verse der dichtenden Herren.

Im Nebenamt waren diese jungen Männer Pfarrer, Juristen und Lehrer. Suzanne, geblendet von der Vielfalt der Verehrer, hatte sich bis anhin für keinen entscheiden können. Das habe sich inzwischen geändert, berichtete Julie, ihr Herz schlage neuerdings für einen Engländer, den Schriftsteller Edward Gibbon. Ein Ausbund an Häßlichkeit, der Körper von der Form eines Bierfäßchens und das Gesicht wie das einer knurrenden englischen Dogge, doch Suzanne sehe ihn mit den Augen der Liebe, finde ihn klug, edel und elegant. Was der Julie in Bern ihre Sorbonne, sei für Suzanne in Lausanne ihre Poudrière.

Doch nun wandte man sich der ‹Nouvelle Héloïse› zu. In Paris werde sie gekauft wie im Fieber. Julie habe das umfangreiche Werk denn auch atemlos verschlungen. Auf sechshundert Seiten Gefühl und Intellekt. Grenzen der Emotionen und Moral werden gesprengt. Die unheilvolle Verquickung von Staat und Kirche in Frage gestellt. Enfin. Schon haben sich überall entrüstete Stimmen gemeldet. Mr. Wolmar, der Atheist, sei zu vorteilhaft gezeichnet. Die Klasse der Priester paktiere mit dem französischen Parlament, eine Verurteilung des Menschen Rousseau sei im Gange. Ihm drohe der Kerker. Vielleicht trachte man ihm nach dem Leben.

In Bern würde es ihm bessergehen? Ach wo!

Julies Wangen waren nun vom Eifer fleckig gerötet, ihre Stimme wurde dünner, höher, sie warf ihre berühmten Bonmots in die Runde, versprühte Zynismus. «Kommt uns diese Geschichte nicht bekannt vor?»

Tschiffeli nickte. «Ich denke an einen gewissen Wahrheitsfanatiker von 1749. Haben nicht die meisten von uns Lessings Fragment über Samuel Henzi gelesen?»

«Beschwören wir den Geist des Unglücklichen nicht herauf», winkte Julie ab.

Die Mitglieder des Lesezirkels, erpicht auf verbotene Leckerbissen, kannten das Fragment. Haller, Mitbegründer und Schriftleiter der ‹Göttinger Gelehrten Anzeigen›, habe in einer Rezension das Werk verrissen und im Namen des Rates den Autor beschworen, das Stück nicht zu vollenden. Böse Zungen behaupteten sogar, der Berner Rat habe dem jungen Dichter Lessing den Mund mit Gold verschlossen. Wie dem auch sei, ‹Samuel Henzi› war Fragment geblieben. Ein Fragment, so nahm man in Bern mit Befriedigung zur Kenntnis, wird nicht gelesen und an keiner Bühne gespielt.

«Die ‹Nouvelle Héloïse› hingegen ist schon jetzt ein Bestseller», sagte Julie mit Triumph in der Stimme, «das wenigstens kann unser großer Haller nicht verhindern. Ein Roman, der die verbotene Liebe des Hauslehrers St. Preux zu seiner adeligen Schülerin Julie schildert und vice versa Julies verbotene Liebe zu ihrem Lehrer. Eine doppelt verbotene Thematik. Doch der Briefroman ist kein schlüpfriger ‹Crébillon›, kein erotischer Schinken. Die Briefe des Liebespaars werden manchmal zu kleinen Abhandlungen über die Sitten, sie offenbaren die Unruhe und die Konflikte des Zeitalters. Und trotzdem durchbebt den Briefroman über sechshundert Seiten eine ganz neue Art von Emotion ... Mit dem Vorlesen soll nun begonnen werden.»

Julie drückt Kirchberger das kostbare Buch in die Hand, er rückt aus dem Halbschatten näher ins Kerzenlicht.

Die Gesichter im Kreis zeigen höchste Spannung, das

flackernde Licht verleiht selbst den Biederen etwas Abgründiges, Stapfer mit dem spitzen Bärtchen wirkt geradezu dämonisch. Frau von Erlach hält die Hand hinter das schwerhörige Ohr. Der Zirkel rückt enger zusammen. Die grüne Seidentapete mit den Längsstreifen umschließt sie wie Gitterstäbe.

«Il faut vous fuir, mademoiselle, je le sens bien; j'aurais dû beaucoup moins attendre, ou plutôt il fallait ne vous voir jamais ...» Kirchberger liest in einem vom Berner Dialekt geprägten Französisch, daß das Liebesdrängen des St. Preux auf schwerfällige Art entschärft und verlangsamt.

Engel soll fortfahren. Er beugt sich zum Licht vor, stockt bei jedem zweiten Wort, entschuldigt sich für seine schlecht «ajustierte» Lesebrille.

Julie, ungeduldig geworden, übernimmt persönlich die Lektüre. Ihr Französisch ist geschmeidig, die mit Gefühl aufgeladenen Sätze erhalten durch den leidenschaftlichen Anteil der Leserin Stoßkraft und Tempo: *«Vous m'avez promis de l'amitié; voyez mes perplexités, et conseillez-moi. Vous savez que je suis entré dans votre maison que sur l' invitation de madame votre mère ...»*

Zimmermann, am Rande des Lesezirkels im gnädigen Halbdunkel sitzend, hofft, sich unbemerkt davonzustehlen. Doch Julie, über den Rand ihres Blattes schielend, sieht ihn aufstehen. Ihr Lesefluß stockt, sie schließt das Buch und bittet den Lesezirkel für die kurze Unterbrechung um Entschuldigung.

Die Frauen Bondeli begleiten den Arzt unter den offenen Torbogen, wo auf dem Vorplatz die vier Kutschenpferde scharren und schnauben, weiße Dunstschwaden steigen in die Schneeluft.

Julie steht in einem rasch übergeworfenen roten Wollumhang fröstelnd im Licht der Laterne. Zimmermann zieht sie einen Augenblick zur Seite. «Damit ich eine Diagnose machen kann, möchte ich Sie bitten, mir von ihrer Kindheit und Jugend zu erzählen. Erinnern Sie sich an den ersten Unterricht? Man sagt mir, der unglückliche ...»

«Still.» Sie legt den Finger an die Lippen. «Es gibt in Bern Namen, die ausradiert wurden.»

Der Arzt nickt und verspricht, in drei Wochen wiederzukommen.

«Zu unserem Karnevalsabend?»

«Vielleicht.»

Sie sieht sein schmales, schon abwesendes Lächeln, er winkt noch einmal, steigt dann in die Kutsche, duckt sich unter die Leinenblache. Ein Peitschenknall, das Gefährt setzt sich mit einem Ruck in Bewegung und wird zwischen den Pappeln im Schneerauch schnell undeutlich.

3

Auf dem Landsitz der Bondelis in Köniz, dem Buchsigut, ruft Ernestine, damals noch blutjung, nach dem Kind Julie. Vor der Tür steht der Hauptmann Samuel Henzi. Er sei gekommen, sagt er, die Tochter Bondeli zu unterrichten.

Da steht er, füllt beinahe den Türrahmen aus, guckt ernst, aber nicht unfreundlich. Ernestine ist völlig verdattert, wie vom Blitz getroffen vor Schreck, denn sie hat vergessen, Julie, diesen Wildfang, anzuleiten, sie müsse heute im Haus bleiben, müsse sich sauber gewaschen und ordentlich gekleidet bereithalten. Von dem neuen Lehrer ist zwar bei Tisch schon seit einer Weile die Rede, doch der Ratsherr Bondeli hat nicht sagen können, wann es Hauptmann Henzi passe, mit dem Unterrichten zu beginnen. Daß er am Montagmorgen komme, hat ihr erst gestern der Verwalter über den Hof zugerufen, aber es ging zum einen Ohr rein, zum andern raus. Dem Herrn hat sie heute früh alles bereitlegen müssen für eine Reise, und die Frau liegt im Wochenbett, da muß sie ihr das Neugeborene an die Brust legen, sie hat es zu waschen und zu wickeln, und darüber hinaus gilt es auf alle Wünsche der Wöchnerin einzugehen, denn Frau Bondeli hat Angst, das neue Kind, ein Knäblein, könnte wie die andern sich gleich wieder verabschieden und in die Schar der Engel eingehen.

Viele Male habe sie schon geboren, hat sie zu Ernestine gesagt, die erst seit kurzem im Dienst der Bondelis steht. Und nur das erstgeborene Kind, die Julie, habe überlebt und lebe weiterhin munter dahin, habe wohl, wenn sie auch mager und klein sei, Leben für sieben, frage den Erwachsenen Löcher in den Kopf. Neugierig sei sie für alle anderen, unter der Erde liegenden Bondelikinder!

Ernestine am Fenster ruft nochmals, aber nichts regt sich.

Sie eilt in den Flur zurück und bittet den Herrn Henzi, er möge ihr in den Salon folgen und dort bequem in einem Polsterstuhl warten, doch Henzi mag sich in dem Raum der mit Tüchern verhüllten Möbel nicht setzen. Am Fenster sieht er zu, wie die Magd in den Garten eilt, sich da und dort bückt, die Äste der Blutbuche auseinanderhält, die wie ein Zelt den Boden bedecken, dann die Büsche teilt beim Rondell, ins Gartenhaus späht. Das alles sind, so vermutet er, Lieblingsplätze der Bondelitochter.

Die Zeit reut ihn, er hat sich in Bern von seinem Schreibtisch losgerissen, wo ein begonnenes Spottgedicht auf die Zustände in der Regierung auf Einfälle wartet. Wie hat er nur dem Ratsherrn Bondeli zusagen können, seine, wie man annehmen muß, verwöhnte, Tochter zu unterrichten?

Auf dem Marktplatz, vor etwa zehn Tagen, sprach Bondeli ihn an: Er wolle für sein Kind einen erstklassigen Lehrer, und er, Henzi, verfüge nicht nur über Wissen, sondern sei auch fähig, es weiterzugeben.

«Wie alt ist denn Euer Sohn?»

«Es ist eine Tochter.»

Gestaunt hat Henzi nicht schlecht, sich von Bondeli, Mitglied des Großen Rates und ehemaligem Landvogt von Echallens so gewürdigt zu sehen, haben sie beide doch in politischen Fragen das Heu nicht auf derselben Bühne. Ungewöhnlich auch, daß ein Patrizier ein Mädchen unterrichten lassen will, in die Tasche greift man nur für die Söhne.

Bondeli gilt nicht als Gelehrter, doch ist er interessiert am kulturellen Geschehen. Freilich bleibt dafür nur wenig Zeit, wenn einer angewiesen ist auf Ämter und Nebenämter. Sein Portefeuille soll nicht so reich gespickt sein wie das anderer vornehmer Bürger.

Auch Henzi kennt Geldsorgen, für den angebotenen Unterricht sagte er deshalb ohne Federlesens zu. Wann Henzi beginnen könne? Das stehe noch nicht fest, entgegnet er. Seine Frau erwarte dieser Tage ein Kind. Auch wolle der Mathematiker Samuel König, seit kurzem aus Frankreich zurück, in den Homer eingeführt und in neuen Sprachen unterwiesen werden. Er müsse seine Zeit einteilen und gebe dann Bescheid.

Ernestine kann das Kind nicht finden, es ist leichter, einen Sack voll Flöhe zu hüten. Vermutlich ist Julie, obwohl es verboten ist, hinaus aufs Feld, da bleibt Ernestine nichts anderes übrig, als den Bauern auf dem Kartoffelacker zu fragen.

«Dort», sagt er und zeigt hinunter zu dem kleinen Waldstück, «sie spielt mit den Gerberkindern.»

Die Buben des Gerbers lieben die Lichtung zwischen den hohen Bäumen, hier haben sie am Morgen ein Feuer entfacht, nun ist es erloschen. Da liegen noch verkohlte Stecken am Rand des Unterholzes, die Kinder schwärzen die Gesichter, sind jetzt Indianer, die um ein Lagerfeuer tanzen, Julie, die Squaw, tanzt am wildesten.

Ernestine teilt die Büsche, packt den Arm der kleinen Wilden und zieht sie mit sich fort. Durch den Hintereingang gelangen sie zum Haus, wo Herr Bondeli einen Brunnen einrichten ließ. Ernestine beginnt das geschwärzte Gesicht des Kindes mit einer Wurzelbürste zu traktieren. Das braucht seine Zeit.

Unterdessen hat Hauptmann Henzi die Tür in den Garten entdeckt, geht unter den Bäumen auf und ab und wälzt Gedanken. Die Pfründe für sein Amt als Hauptmann wirft aus politischen Gründen nichts mehr ab, die Familie ist durch die zweite Heirat nun auf vier Söhne angewachsen und verbraucht Geld. So muß er also, was Bondelis Tochter betrifft, in den sauren Apfel beißen.

Vielleicht ist sie ja hübsch, fast schon eine junge Frau? Im Gegensatz zu den Kindern armer Leute, die früh eingespannt werden, sind die Patriziertöchter schneller reif, neulich hat er die zwölfjährige, schön aufgeblühte Tscharnertochter gesehen, in einem solchen Fall stellt er sich den Unterricht nicht ohne Reiz vor.

So übt er sich weiter in Geduld, geht auf und ab unter den Buchen und schmiedet an seinen galligen Versen.

Da kommt die Magd. Sie schubst ein Kind vor sich her mit rotgeflecktem Gesicht.

«Das ist Julie, Herr Hauptmann Henzi.»

Henzi blickt erstaunt auf das noch sehr kleine und magere Mädchen und vernimmt, daß Ernestine es im Wald beim Indianerspiel ertappt hat. Was um Himmels willen soll er mit so einem Wesen?

«Wie alt bist du?»

«Ich bin elf.»

Er beugt sich über das Mädchen und mustert es. Es hält seinem Blick stand.

«Bist du schon unterrichtet worden?»

«Im Strümpfestricken und in biblischer Geschichte.»

«Und was soll ich dir beibringen?»

«Mathematik und Philosophie.»

Vertrauensvoll blickt es zu ihm auf, die Augen in dem vom Pockennarben verunstalteten Gesicht blitzen. «Mein Vater hat erzählt, daß der Mathematiker Samuel König sich auch von Euch unterrichten läßt?»

Henzi nickt. «Ein freundschaftlicher Austausch. König vermittelt mir dafür Erkenntnisse aus dem Gebiet der Ingenieurskunst, der Mechanik, der Optik und der Kosmographie.»

«Das trifft sich gut. Ich möchte mehr über die Gestalt der Erde erfahren und wissen, wie man mit Hilfe der Sterne Erdberechnungen macht.» Julie sagt es mit großem Ernst.

Das ist ungewöhnlich, denkt Henzi. Und er, ein Liebhaber des Ungewöhnlichen, entschließt sich, gleich mit dem Unterricht zu beginnen. Solange das Wetter es erlaubt, wollen sie im Freien arbeiten. Henzi verabscheut die in den wenig bewohnten Landhäusern von Jalousien abgeschirmten Räume mit den verhängten Möbeln.

Auf der Bank, vor dem Rondell, zeichnet Henzi für Julie ein gleichschenkliges Dreieck mit der Fußspitze in den Kies.

Lehrer und Schülerin unter den drei überhohen Ulmen.

Das Glück hängt in den Ästen der Lernbäume.

Zweimal in der Woche erscheint Henzi in Köniz zum Unterricht. Das hat sich schnell in anderen Patrizierfamilien herumgesprochen, man fragt an, ob zwei Töchter aus der Nachbarschaft mithalten könnten, dann lohnen sich ja auch die

Kosten, ein so gelehrter Mann macht das schließlich nicht umsonst.

Henzi hat nichts dagegen, da sitzen eben drei auf der Gartenbank unter den Ulmen, und während die neuen Elevinnen Augen und Ohren aufsperren, um nichts zu verpassen, zieht Julie eine der jungen Katzen auf den Schoß, krault sie, neckt sie mit einem Stecken. Henzi spricht über gleichschenklige Dreiecke, Julie guckt nach oben, schreibt Formeln und Regeln in die gezahnten, eiförmigen Blätter der Ulmen, läßt sie durch eine Lücke im Blätterdach mit den Wolken ziehen, da ist auch eine Spinne, die sich von einem Ast über Julies Kopf abseilt. Henzi läßt zu, daß sie jedem Schmetterling nachschaut.

Da ist ein leidenschaftlicher Zug in dem Mädchen, es hat eine Art, den Kopf zu heben, seine Gedanken sind eigenwillig, es spricht selten aus, was es denkt, archiviert alles in seinem Innern. Saugt auf wie ein Schwamm.

Zu Beginn der nächsten Lektion ist der Kopf der beiden Aufmerksamen leer, alles wie Spreu im Wind fortgewirbelt, nur Julie zaubert aus den Blättern die Regel der Tris hervor.

Nach einem Monat bittet Henzi den Vater Bondeli, er möge die zwei anderen Mädchen nach Hause schicken, sie störten Julie in ihrer Entwicklung.

Das sorgt für böses Blut. Es spricht sich herum, daß Julie Geometrie, Optik und Kosmographie lernt und andere solche Ungeheuerlichkeiten. In den Kreisen der Ratsherren mokiert man sich über Bondelis Ehrgeiz, aus seiner Tochter eine Savante en miniature zu machen, man zitiert Molière – Bondeli versuche wohl auf diese Weise, seine häßliche Tochter auszustaffieren für den Heiratsmarkt.

4

Der Juni bringt eine Reihe von schönen Tagen. Die von Wattenwyl, die Tscharner, die Bondelis sitzen hinter einem Schutzwall aus Bäumen auf ihren Landgütern, helle Mauern schimmern über grünem Rasen, Statuen grüßen von den Rampen der Treppen. Weiße, gewundene Kieswege. Künstliche Teiche mit Grotten und Springbrunnen, Blumenrabatten. Heitere, von Rosenduft erfüllte Bezirke, weitab von den Machtkämpfen der Stadt.

Die Bondelis laden, wie neuerdings bei den Patriziern üblich, zum englischen High-Tea ein. Albrecht Haller, Dozent an der neuen Universität Göttingen, weilt in der Vaterstadt und hat die Einladung angenommen. Die Ehre seines Besuchs verdankt man wohl dem Umstand, daß seine älteste Tochter Marianne, 1732 geboren, gerne in der Gesellschaft der gleichaltrigen Julie ist.

Zwar ist das Buchsee- oder Buchsigut in Köniz kein Bellevue, doch hat man den Garten nach neuer Mode hergerichtet, eine kleine Grotte mit Wasserspiel, ein Rondell mit Lusthäuschen. Die Buchsbäume von Gärtnern zu Kegeln, Pyramiden und Vögeln geschnitten. Der Irrgarten, ein Kuriosum, das bei den Damen beliebt ist, sie begehen das Labyrinth ringelum, ringelum, im Innern wird der Weg rattenschwanzdünn, eine junge Frau kippt aus ihrem pastellfarbenen Stoffschuh.

Wehendes Gelächter, Wasserfontänen.

Auf der Freitreppe widmet sich die Gattin des Ratsherrn Bondeli den Neuankommenden. Sie ist von ungewohnter Eleganz, ihr taubengrauer Rock wechselt bei jeder Bewegung die Farbe, mal rubinrot, mal türkisfarben funkelnd.

«Changeant», sagt Frau Major Tscharner.

«Sehr à la mode», sagt die Freudenreich, die einen Teil des Jahres in Paris verbringt.

«Die Röcke an der Seine sind noch voluminöser, ma chère», korrigiert die alte Tillier. Und ihre Tochter ergänzt: «Praktisch für Damen, die ihre Schwangerschaft kaschieren müssen, wahrscheinlich lassen sich auch Liebhaber darunter verstecken!»

Man lacht nicht. Zeigt sich über die lockeren Worte der jungen Tillier indigniert, zumal sie ein unverschämtes Decolleté zur Schau trägt.

Da bietet die Familie des gelehrten Albrecht Haller einen züchtigeren Anblick. Der Arzt, Naturwissenschaftler und Dichter, auf dem Lehrstuhl von Göttingen zu einer europäischen Berühmtheit geworden, später von Kaiser Franz mit dem Adelstitel ausgestattet, toleriert bei seiner Frau und seinen Töchtern keine Extravaganzen. Ihre Haare sind nach der Manier der Landmädchen zu Zöpfen geflochten. Eine Haartracht, die nach frischer Butter riecht, oder riecht das Gastgeschenk, ein Butterzopf für den sonntäglichen Frühstückstisch, selbst gebacken?

Die Gäste in Gruppen an der Freitreppe. Unwillkürlich ergibt sich Gelegenheit, nach oben zu schauen und die Hallertochter mit dem Töchterchen des Gastgebers zu vergleichen. Die Hallersche ist schmuck, schon ein kleines Fräulein, nach der sich die Söhne der Patrizier umdrehen, während Julie – ach, ein Holzäpfelchen! Klein und mager. Es heißt, sie wolle weder zunehmen noch wachsen.

«Wird nur täglich gescheiter», flüstert Frau von Tavel ihrer Nachbarin zu, «kennt Euklid und die Regeln der Tris!»

«Quelle horreur!»

Man kichert diskret.

Und setzt sich an die reich gedeckte Tafel im Freien. Der herbe, grasige Geruch des blühenden Schneeballs weht herüber vom Boskett. Gemietete Diener in Livree und Handschuhen haben die Bedienung übernommen. Ernestine, in einer Spitzenschürze im Hintergrund, überreicht den Behandschuhten Teekrüge, Pastetchen zum Weiterreichen, vergoldete Tabletts mit spielzeugkleinen Süßigkeiten, den Petits fours.

Tischgespräche kommen nur zögerlich in Gang, man wittert erst links und rechts, wer der nächste ist, eruiert seinen Rang und seine Stellung. In diesem Bern hat jeder und jede durch Geburt und Namen seinen Platz, eine für alle Zeit festgezimmerte Hierarchie, so scheint es. Nur Haller und Henzi sind Ausnahmen, beide gehören ihrer Herkunft nach nicht zu dem hier versammelten erlauchten Kreis der Patrizier. Sie stammen aus achtbaren Bürgerfamilien, Henzis Vater war Pfarrer, und Haller ist das fünfte Kind eines in Baden etablierten, mager besoldeten bernischen Landschreibers. Beide haben mit großem Fleiß versucht, den Mangel an vornehmer Herkunft durch Gelehrsamkeit wettzumachen. Der um sieben Jahre jüngere Haller, schon als Kind ein Büchernarr und Stubenhocker, durfte studieren, in Leiden und Tübingen Medizin, in Basel bei Bernoulli Mathematik, während Henzi sich alles selbst aneignen mußte. Und nun ist Haller Dozent in Göttingen, während Hauptmann Henzi auf einen Wink seines Herzogs in Modena wartet und unterdessen die kleine Julie unterrichtet.

Heute hat man Henzi mit seiner schönen, aus Italien stammenden zweiten Frau, der Katharina Malacrida, an der Tafel neben die Hallers gesetzt.

Ein Fauxpas. Haller und Henzi, das sollte man wissen, stehen nicht in bestem Einvernehmen: Haller ist Mitglied im Verein zur Förderung der deutschen Sprache, den Henzi mit galligen Versen angreift, weil man dort dem Halbgott Gottsched aus Leipzig ergeben ist.

Doch das Gespräch dreht sich um ein anderes Thema. Haller, sonst wenig gesprächig, will von Henzi wissen, ob er tatsächlich die kleine Julie in Geometrie, Erdkunde und Philosophie unterrichte. Als Henzi nickt, bemerkt Haller mit säuerlichem Lächeln: «Meine Tochter liegt mir in den Ohren, sie wolle wie Julie in der Art der Patrizierknaben unterrichtet werden.»

«Und was ist Ihre Meinung zur Mädchenbildung, Doktor?» erkundigt sich von der anderen Seite des Tischs Frau von Wattenwyl.

Die Gespräche verstummen. Man wendet die Aufmerksamheit dem Ehrengast, dem großen Haller zu. Dieser lehnt sich zurück – man bemerkt neuerdings sein Doppelkinn – und räuspert sich. In klarer Diktion, als stehe er im Hörsaal in Göttingen, bekennt er, in bezug auf die Frauenbildung halte er es mit der Tradition.

«Mädchen werden durch eine gutbeleumdete Frauensperson in Religion und Haushaltsführung unterwiesen. Begehren die Töchter ein Weiteres, lasse man sie in französischer und englischer Konversation unterrichten. Auch ein Musikinstrument gestehe ich ihnen zu. Alles andere scheint mir Beiwerk: Ich wünsche mir keine Tochter, die imstande ist, in Alexandrinern zu sprechen!»

Beinahe hätte man geklatscht, doch mit Rücksicht auf den Gastgeber hält man sich zurück, nun soll sich Bondeli dazu äußern.

Der ehemalige Landvogt ist in persönlichen Angelegenheiten kein geschickter Redner. Seine Julie sei eben über die Maßen wißbegierig. Die erste Erzieherin, eine Katholische aus Echallens, habe versucht, dem Mädchen einige Gebete und die Kunst des Strumpfstrickens beizubringen. Mit wenig Erfolg. Darauf habe die Erzieherin versucht, das rebellische Mädchen in die Grundlagen ihrer Religion einzuführen. Der protestantische Pfarrer habe bei gelegentlichen Hausbesuchen dasselbe auf seine Weise getan. Julie habe eifrig den katholischen Katechismus auswendig gelernt und den protestantischen dazu, auf die redlichste Art der Welt einmal an sieben Sakramente und in der nächsten Unterweisung an zwei geglaubt. Der Verwalter, ein Sektierer, habe dann noch seine Glaubensweisheit aufgepfropft. Julies Wissensdurst sei aber nicht gestillt gewesen, und die Erzieherin habe entsetzt den Dienst quittiert. Man solle einen Lehrer suchen für das seltsame Kind! In seiner Familie sei leider noch kein Knabe zu unterrichten, so habe er den Hauptmann Henzi für seine wißbegierige Tochter zugezogen, schließlich sage man in Frankreich: L'esprit n'a point de sexe.

«Ein großes Wort des Cartesianers Poullain de la Barre», nickt Henzi.

Die Freudenreich gibt zu: «Ach! Ich hätte den Ausspruch ohne weiteres Voltaire zugeschrieben, der vergleicht doch, seit er mit der gelehrten Emilie du Châtelet zusammenlebt, jede kluge Frau mit Minerva!»

Frau von Tavel erkundigt sich nun bei Hauptmann Henzi: «Ist Julie denn fähig sei, Ihrem Unterricht zu folgen?»

Henzi fängt vom unteren Ende des Tisches Julies neugierigen Blick auf. «Ja», sagt er und zwinkert seiner Schülerin zu, «Julie ist ungewöhnlich begabt in Mathematik, wobei Mathematik im alten Sinn auch Naturwissenschaft und Philosophie umfaßt.»

Julie bewundert, wie ihr Lehrer, der Epigrammdichter, liebenswürdig und mit großer Sprachgewandtheit auf die Fragen der Tischgesellschaft eingeht, doch in seinen Antworten verbirgt sich oft ein ätzendes Salzkorn.

«Eine Frau und Mathematik?» hakt jetzt Frau von Tavel nach. «Mangelt es einer Frau nicht an logischem Denken?»

«Das dürfte ein Vorurteil sein.» Henzi lächelt nachsichtig,

fährt dann aber eifrig fort: «Ist nicht der Name Emilie du Châtelet soeben gefallen? Es gibt keine bessere Kennerin der Denksysteme von Newton. Die Châtelet ist eine Schülerin von Maupertuis, dem berühmtesten französischen Mathematiker, und als Freundin Voltaires steht sie mit den großen Wissenschaftlern unserer Zeit im Austausch. Der Basler Mathematiker Bernoulli mußte aus Zeitgründen darauf verzichten, die Châtelet in Algebra zu unterrichten, als Ersatz hat er ihr unsere Berner Leuchte der Mathematik vermittelt ...»

«Wir haben in Bern eine Leuchte?»

Man rätselt.

«Ah», tadelt Henzi, «die eigenen Begabten kennt man nicht. Oder schickt sie ins Ausland», und er zeigt mit einer galanten Geste zu Haller hinüber.

Da fällt endlich der Name des großen Berner Mathematikers: Samuel König. Bei Bernoulli in Basel, bei Wolff in Leipzig hat er studiert und ist Mitglied der Wissenschaftlichen Akademie in Paris! Aber in Lausanne und Bern wartet der Gelehrte vergeblich auf eine Anstellung. Momentan verdiene er seinen Lebensunterhalt mit der Erledigung von Rechtsangelegenheiten.

Der Himmel hat sich bewölkt, einige der Gäste haben sich schon verabschiedet. Die anderen ziehen sich ins Haus zurück, die Herren ins Rauchzimmer, die Damen in den Salon.

Julie beugt sich lieber im Nebenzimmer über geometrische Formen und hört durch die halbgeöffnete Salontür mit einem Ohr mit, was über die Châtelet gesagt wird: Im Salon der Madame de Graffigny in Paris hält man die Gelehrte für häßlich. Ein langes Frauenzimmer mit plumpen Gliedern, monströsen Füßen!

«Der arme Liebhaber Voltaire», kichert die Tillier.

Die Freudenreich erklärt das für Klatsch und Tratsch. «Im Salon der Graffigny wird jede, die in Paris eine Rolle spielt, durchgehechelt. Die Châtelet ist eine eigenwillige Persönlichkeit, die eben aneckt.» Sie streicht sich verärgert die rötlichen Locken aus der Stirn. «Ich habe den ganzen letzten Winter in Paris verbracht und in der Comédie oft das Opernglas auf die Loge der Châtelet gerichtet, um zu erfahren, was die schöne, elegante Frau an diesem Abend trägt. Nun, sie liebt auffällige Roben voller Pompons! Wissen Sie, wie Voltaire sie nennt? ... Madame Newton Pompon!»

II

«Ergetzen ist der Musen erste Pflicht, doch spielend geben sie den besten Unterricht.»
CHRISTOPH MARTIN WIELAND

1

Auf der nächtlichen Heimreise nach Brugg im Januar 1761 spürte Zimmermann vorerst kaum die Kälte, war er doch in der dumpfen Abgeschlossenheit der Kutsche ganz seinen Gedanken überlassen. In fast gespenstischer Weise sah er sich eingebunden in das Dreieck Julie, Wieland, Zimmermann. Diese unheimliche innere Verwandtschaft, die Wieland schon zu Beginn ihrer Korrespondenz 1756 feststellte: *Wie kann ein Mann, dessen Empfindungen so zart und edel sind, anders als mit mir verwandt sein? Dieses tönt nicht demütig, aber es ist die Wahrheit, und ich sage es nur Ihnen.*

In der Folge lasen die beiden die Werke des jeweils anderen und versetzten einander, als Liebesbeweis, kritische Flohbisse. *Ich censire immerfort an mir Selbst und an denen, die ich vorzüglich liebe,* schrieb Wieland, und in Briefen, die selbst der äußeren Form nach einander zu gleichen begannen, hüpften sie von einem Thema zum nächsten, philosophierten über Bayle, Haller, Voltaire, Wolf, Maupertuis. Bald offenbarten sie sich aber auch ihre verborgenen Seiten: *Beinahe alles, was wir einander schreiben, muß ein Geheimnis für andere sein. Es soll keine lebendige Seele von mir erfahren, daß Sie und ich so seltsame Leutchen sind,* schrieb Wieland aus Zürich und verriet dem Freund seine besondere Empfindlichkeit für weibliche Reize. In Wielands Herz war ein Mausoleum für seine erste Braut, Sophie Gutermann. Sie hatte die Verlobung gelöst, um La Roche zu heiraten. *Durch sie habe ich alle Leiden und alle möglichen Glückseligkeiten der Liebe kennengelernt, diejenige ausgenommen, die der völlige Besitz gewährt.* Wieland dichtete, weil er litt, und litt, weil er dichete. Als er seine Vaterstadt Biberach verließ und bei Bodmer in Zürich wohnte, hielt er sich von den *Papillons*, den jungen Mädchen fern. *Die wenigen Damen, mit denen ich hier einigen Umgang habe, sind alle über 40 Jahre (...) Wissen Sie nicht bald genug von meinem Serail? Ich bin in der That gewissermaßen der Großtürk unter Ihnen ...*

Bis nach Baden und Brugg war Wielands Ruf gedrungen, er sei ein Springinsfeld, ein Liebling der Witwen. Zimmermann störte sich nicht daran, in seiner Umgebung gab es ja Spießer genug. Er ertrug auch, daß Wieland an seine Frau Katharina, die Wielands Werke bewunderte, die innigsten Briefe schrieb und Zimmermann um ein Porträt der Gattin bat. *Ich wünsche, daß Ihre Gemahlin Cyane heiße, und mache ihr in diesem Falle eine platonische Liebeserklärung, es mag Ihnen nun gefallen oder nicht.* Von nun an schrieb er an Katharina Zimmermann separate Briefe. Etwa von Bern aus: *Ah, meine Schwester, ich denke nie an Sie ohne eine gewisse Extase. Welche Frau! Welche Mutter! Welche Freundin!* Im Gegenzug verliebte sich Zimmermann in eine von Wielands Zürcher Freundinnen, Melissa. Wieland meinte dazu: *Sie sind ein ganzer leibhafter Platonist geworden. Melissa ist der Schlüssel, der Ihnen die Geheimnisse meiner Schriften aufgetan. (...) Ha, ha, ha! Hi, hi, hi! Ja wohl, was ist der Mensch. Wenn ich Ihnen animae dimidium meae sage, so sage ich zu wenig, Sie sind mein anderes Ich – außer noch um drey oder vier Grade hitziger, enthusiastischer, waldströmiger als ich. Alle Egarments Ihres Geistes machen Ihrem Herzen Ehre. Ein Zug, wodurch Sie mir am meisten gleichen.*

Bevor Wieland 1759 nach Bern zog, um bei Sinner eine Hauslehrerstelle anzunehmen, besuchte er die Zimmermanns in Brugg. Zimmermann wünschte beim Abschied, Wieland möge in Bern seine *reizenden platonischen Phrenesien* ohne Sättigungswert, seine unstete Liebeslust, sein hüpfendes, flattriges Herz beruhigen. Er hoffe, der Freund werde in Bälde eine Frau finden und empfahl ihm angelegentlich einen Besuch bei Julie Bondeli.

Auch in Bern war es nach Zimmermanns Abreise eiskalt geworden, die Bise strich um die Hausecken und rüttelte an den Fensterläden. Im Hause Bondeli gab es nur einen einzigen Raum, wo sich die Wärme halten ließ, die Küchenstube, nannte ihn Ernestine, während Frau Bondeli vom kleinen gelben Zimmer sprach. Fremde wurden da nie hineingeführt, die Bezüge der Diwane und Polsterstühle aus Bondelis erster Landvogtzeit waren verschlissen, die in warmem Gelb gehaltene Tapete war aus der Mode gekommen. Zudem hing eine abscheuliche bäurische Kuckucksuhr an der Wand, die Vater Bondeli liebte, weil sie ihn an seine Kindheit erinnerte. So unelegant dieses Wohnzimmer sich präsentierte, so wohnlich war es im Winter, der offene Kamin in der Ecke zog prächtig, kaum hatte man Feuer entfacht, breitete sich angenehme Wärme aus. Auch der Umstand, daß die eine Wand an die Küche grenzte, trug zur Behaglichkeit bei. Ernestine pflegte den Herd schon am Morgen mit Holz zu füttern, um ihre Suppentöpfe oder das Pot au feu mit dem Rindfleisch auf den heißen Platten bis gegen Mittag auf dem Siedepunkt zu halten.

Julie hatte sich an den kleinen Schreibtisch aus Kirschholz gesetzt, der abends, auf zwei Seiten aufgeklappt, der Familie als Spieltisch diente. Sie starrte ins Kaminfeuer, notierte dann rasch ein paar Gedanken.

> Chérissime Sophie, was suchen wir so sehr am Horizont unseres erleuchteten Jahrhunderts nach Glück? Es heißt, Sie finden als Dichterin Ihr Glück am Schreibtisch bei Ihren erdachten Figuren. Wenn Sie nach Bern kommen, werden wir gemeinsam an den Strängen meines Lebens zurückgehen und ich werde Sie aufmuntern: Erfinden Sie mich neu.

Den Zettel legte sie in das Heft mit den übrigen Gedankenbriefen und verstaute es in einer abschließbaren Schatulle.

Sie sah zum Kamin, hörte dem Knistern der brennenden Scheite zu, griff dann nach Zimmermanns Brief und überflog lächelnd seinen Bericht über die nächtliche Heimreise: Zweimal sei die Kutsche kurz nach Bern in Schneeverwehungen steckengeblieben, und im Morgengrauen, endlich in Brugg, habe der Diener seinen Herrn, zu einem Eiszapfen erstarrt, aus den Pelzdecken schälen und vom Polster brechen müssen. In einem dampfenden Bad sei Zimmermann langsam aufgetaut. Trotz des bellenden Hustens, den er sich in jener Nacht zugezogen, erwärme ihn die lebhafteste Erinnerung an den Abend im Hause Bondeli … Er bitte die Patientin und Freundin nochmals inständig, über ihr körperliches Befinden und über die Anfänge der Krankheit zu berichten.

Um dieser Bitte nachzukommen, begann Julie ein paar einleitende Sätze auf den Briefbogen zu setzen, doch der Schreibfluß versiegte bald. Während sie den Federkiel nachdenklich in den Fingern drehte, öffnete sich an der Wand das hölzerne Türchen der Uhr, und der Kuckuck begann elfmal zu rufen. Schließlich überwand sie ihren Widerwillen, über Krankheit zu schreiben. Im Widerschein des Feuers erschien Zimmermanns Gesicht, Wangen- und Kinnpartie derb, wie aus Holz geschnitzt, doch die Augen blickten mit großer Lebendigkeit, ein liebevoller, von ärztlicher Besorgnis wacher Blick, der sie zum Weiterschreiben ermunterte.

Ich lasse alles bis zum Äußersten kommen, bevor ich mich an einen Arzt wende, Vorurteil oder Eigensinn haben damit nichts zu schaffen, nur meine Geschäftigkeit. Sie ist es, die mich übersehen läßt, daß ich krank bin, sie ist es, die mich fürchten läßt, offiziell als Kranke zu gelten. Ich habe nie Zeit, krank zu sein, obwohl ich es beinah immer bin. Es braucht schon sichtbare Beweise, damit ich merke, wie völlig erschöpft ich bin. Die Lebhaftigkeit meiner Bewegungen läßt mich für Kraft halten, was im Grunde bloße Aktivität ist und erst die Äußerungen meiner Umgebung, zusammen mit dem progressiven Zuweitwerden meiner Kleider lassen mich einsehen, daß ich immer mehr abmagere. Fügen Sie dem allem eine angeborene Abneigung für jede Klage bei, die Angst, Gleichgültige damit zu langweilen und Teilnehmende zu beunruhigen. Ich schwanke abwechselnd zwischen Schwindsucht und Nervenschmerzen; das Stadium zwischen beiden ist ein Zustand des Unbehagens und der allgemeinen Schwäche, aus welchem nur meine glückliche Geschäftigkeit mich größtenteils befreit.

Julies Mutter war leise ins Zimmer getreten. Als sie sah, daß die Tochter sich die kalten Finger rieb, bedeckte sie die Schultern der Schreibenden mit einem spinnwebzarten Gebilde aus grauer Wolle, das sie ‹Fichu› nannte oder ‹Seelenwärmer›, es verging kein Winter, in dem sie nicht zwei Dutzend, für alle Freunde reihum, mit emsigen Fingern häkelte.

Nun, da Julie von ihrer Schreibarbeit aufblickte, fragte die Mutter: «Hast du einen Moment Zeit? Wir müssen uns noch einig werden, was am Karnevalsabend serviert wird.»

«Ach, lassen wir doch wieder Wildpasteten kommen», antwortete Julie. Sie dachte einen Moment an Tscharner und Tschiffeli, an Kirchberger und andere, denen diese Wildpasteten überaus schmeckten.

«Dazu Wein vom besseren», sagte die Mutter.

Julie nickte und schlug vor, das Büffet noch durch ein paar besondere Leckereien zu ergänzen.

Die Mutter war einverstanden und gab zu bedenken, daß, da ein Karnevalsabend sich in die Länge ziehe, auch zu trinken reichlicher als an gewöhnlichen Gesellschaftsabenden dasein müsse.

«Und der Nachtisch?» fragte sie.

Julie überlegte, fand dann, dem venezianischen Motto des Ballabends entsprechend wären karamelisierte Feigen, serviert mit eisgekühler Vanillecreme, angebracht.

«Frische Feigen, von der violetten, süßen Sorte», pflichtete die Mutter bei. «Doch wo zaubert man sie her um diese Jahreszeit?»

«Ich denke an den Obsthändler an der Oberen Kramgasse. Er läßt sich natürlich diese Delikatessen teuer bezahlen ...» Bei dem Wort ‹bezahlen› erschrak Julie plötzlich. Sie griff über den Schreibtisch nach der Hand der Mutter.

«Wird uns ein solcher Abend nicht zuviel kosten, nun, da Vater auch noch zur Kur weilt?»

«Ach wo.» Über das Gesicht der Mutter war kurz ein Schatten gehuscht, ihre weiße Hand fuhr durch die Luft, eine abwinkende kleine Gebärde blieb stehen, die die Dunkelheit verscheuchte.

«Weißt du, daß noch unbezahlte Rechnungen auf Vaters Schreibtisch warten?» fragte Julie ein bißchen beklommen.

Die Mutter stutzte für einen Moment, um dann, wie immer in Geldfragen, einen unbekümmerten Ton anzuschlagen. «Warte nur, bis Vater zurück ist, Julie. Er wird deine Bedenken zu zerstreuen wissen, wie damals, als du klein warst ...»

2

Lichtbahnen zogen sich durch das gelichtete Blätterdach der Ulmen. Die Schülerin Julie saß auf ihrer Bank, grünliche Kringel spielten auf den Seiten des geöffneten Buches. Der Gärtner schnitt die verholzten Büsche der Hortensien zurück.

Da winkte ihm der Brotgeber. Julie sah die beiden im Gartenhaus verschwinden, hörte dann durch die Holzwände des luftigen Pavillons die beiden Männer addieren, subtrahieren, dividieren, Zahlen flogen wie Bälle: hin, her, her, hin. Dann herrschte Stille. Nach dieser Pause bewegten sich die Zahlen in Reihen aufeinander zu.

«Zuviel, viel zuviel!» rief der Vater plötzlich heftig.

Jerôme, der Gärtner, ließ die Schere schnappen, die Zahlen teilten sich, das Zahlenmenuett begann von vorn.

Fasziniert verfolgte die Zahlenliebhaberin die Stimmen. Sie schlich sich die Treppe hinauf, sah den Vater dasitzen, die Stirn in die Hand gestützt, als beschwerten die Ziffern seinen Kopf mit Blei.

Das konnte sie nicht verstehen. Zahlen hatten ihren Geist stets wendig und leicht gemacht.

Julie sprach die Mutter darauf an. «Bedeuten die Zahlen Geld?»

Die schöne Frau mit dem gescheitelten dunklen Haar erschrak ein bißchen und nickte.

«Macht es dem Vater Sorgen?»

Den Vater selbst zu fragen hatte sie nicht gewagt. Frauen hatten nichts mit Geld zu schaffen, nur ausgeben konnten sie es – im sparsamen Bern in vernünftigem Rahmen, versteht sich. Im Haus eines Patriziers hatte ein steter Geldstrom zu fließen – woher er gespeist wurde, darüber zerbrach man sich nicht den Kopf.

Die Mutter hielt während des Gesprächs das Knäblein, das wieder einmal Friedrich getauft worden war, auf dem Arm. Das Kind zappelte, die Mutter hielt den Säugling fester.

Julie bemerkte wohl, daß ihre Fragerei die Mutter unruhig machte, sie sah sie mit dem Kind zum Fenster gehen, als fände sich dort eine Antwort. Schließlich kam sie zurück und ihr Gesicht war ernst, als sie sagte: «Das ist so, Julie. Der Garten ist vor dem Fest hergerichtet worden, so wie das jetzt überall der Brauch ist. Statuen, Springbrunnen, Grotte, Lusthäuschen, man will ja den Vergleich mit anderen nicht scheuen. Alles hat mehr gekostet als erwartet. Wenn es dem Vater nun Mühe macht, die Summe hinzublättern, so handelt es sich um eine vorübergehende Verlegenheit. Der Familie steht noch eine große Summe Geld zu, die nächstens eintreffen wird.»

«O ja?» fragte Julie erleichtert.

Die Mutter nickte. «Sehr viel Geld wird kommen, Julie.»

«Und wer schuldet es uns?»

Sie kam näher, der kleine Friedrich griff mit seiner Patschhand in Julies Haar, die Mutter setzte ein geheimnisvolles Lächeln auf.

«Wer uns etwas schuldet? Der preußische König.»

Julie staunte. «Der König?»

«Ja, dein Großvater Emanuel Bondeli, der war doch erst Philosophielehrer in Bern, später Prinzenerzieher in Berlin, und der hat ermittelt, daß Brandenburg nach dem Spanischen Erbfolgekrieg ein Recht auf die Grafschaft Neuenburg hat. König Friedrich I. hat sich darüber gefreut und deinem Großvater eine finanzielle Belohnung für den großen Arbeitsaufwand versprochen, ja sogar einen Anteil am Statthalteramt in Neuenburg!»

Julie war beeindruckt. Der König von Preußen schuldete den Bondelis Geld!

«Kann man mit dem Geld auch Bücher kaufen, Mama?»

«Aber sicher, Julie.»

«Viele Bücher, eine ganze Bibliothek?»

Die Mutter nickte. «Vielleicht auch ein neues Haus, schön wie das Bellevue.»

Doch Julie sagte schnell: «Mir gefällt unser Buchsigut.»

Als Julie Tage später den Vater auf das in Aussicht stehende Geld ansprach, nahm er sie mit ins Wohnzimmer und zeigte ihr an der Wand ein Attest mit dem Siegel des preußischen Königs: Emanuel Bondeli, 1703 für seine Verdienste mit dem Titel ‹Baron de Chattelard› in den Freiherrenstand gehoben.

«Siehst du, Julie, dein Großvater Emanuel, der 1734 starb, wartete zu seinen Lebzeiten auf die Bezahlung. Die Untersuchungen haben ihm damals viel Arbeit gemacht, er hat aufwendige Reisen unternommen. Nun ist es an Friedrich II., mir die versprochene Summe zuzuwenden! Der Preußenkönig hat natürlich seine eigenen Geschäfte und Kriege im Kopf, so muß ich dafür sorgen, daß unsere Sache nicht in Vergessenheit gerät. Ich will morgen nach Bern fahren und Samuel König bitten, mir ein Schreiben aufzusetzen. Er ist in ausländischem Recht bewandert und soll vor wenigen Jahren in Brüssel auch Emilie du Châtelet zu ihrem Recht in einem Erbstreit verholfen haben.»

Die Châtelet. Das Stichwort.

Julie drang darauf, den Vater begleiten zu dürfen.

Das Haus der Königs, in der weniger vornehmen Brunnengasse gelegen, wirkte mit seinen Spitzbogenfenstern altertümlich. Der Mathematiker, 1712 geboren, war ein gedrungener, noch jugendlich wirkender Mann mit angenehmen Gesichtszügen. Er zeigte sich über den Besuch erfreut. Als er Julie begrüßte, sagte er schnell zu Vater Bondeli: «Ich weiß es von Henzi, unserem gemeinsamen Lehrer: Julie ist ein kleines Genie!»

Der mit Büchern ausgefüllte Vorraum war von steinernen Säulen unterteilt, hier saß in einem blauen Morgenmantel und Samtkäppchen Königs Vater, der Theologe und Orientalist Samuel Heinrich König. Dem Vater Bondeli war er kein Unbekannter, noch immer sprach man in Bern davon, daß der 1671 Geborene wegen seiner pietistischen Predigten aus Bern und der Eidgenossenschaft verbannt worden war. Nach einunddreißig langen Exiljahren ließ man ihn 1730 aus Holland in die Vaterstadt zurückkehren. Zwar verbot man ihm, zu predigen, gestattete aber, daß er an der Theologischen Schule Orientalistik lehrte.

Der betagte Gelehrte beugte sich in seinem Kabinett mit einer Lupe tief über eine alte Schrift. König gab Zeichen, man wolle den Vater nicht stören. Auf Zehenspitzen gingen die Besucher in das Reich des Mathematikers hinüber, ein Laboratorium mit Reagenzgläsern, Tiegeln und Meßgeräten.

König sah Julies erstauntes Gesicht. «Nun», sagte er, «Voltaire und die Châtelet haben mich in Cirey angesteckt mit ihrer Begeisterung für Experimente! Als ich das erste Mal nach Cirey kam, traf ich Voltaire in einem Schuppen hinter dem Schloß, dort hat er nach der Methode Newtons Studien über die Natur des Feuers gemacht. Könnt Ihr Euch Voltaire vorstellen ohne seine Lockenperücke, in einem schmutzigen Arbeitskittel? Viel jünger hat er ausgesehen als auf den bekannten Porträts, wie ein schlitzohriger Junge! Eisen hat er erhitzt und halbe Wälder angezündet. Er wollte teilnehmen an einem Preisausschreiben der wissenschaftlichen Akademie. Die Châtelet traute seinen Ergebnissen nicht, machte selbst Versuche und gab heimlich, ohne mit ihrem Namen zu zeichnen, auch eine Arbeit ein!»

Bondeli lachte. «So etwas könnte seiner Julie auch einfallen. Und, wie ging es aus?»

«Die kurzsichtige Jury hat den Preis Euler verliehen, seine Feuertheorie ist inzwischen schon widerlegt. Doch das Preisgericht entschied, nicht nur die Arbeit des Gekrönten, sondern auch zwei weitere Eingaben zu drucken. Die eine war die von Voltaire, die andere die der Châtelet! Voltaire hat die Heimlichtuerei seiner Emilie nicht übel genommen, im Gegenteil, er fand ihre Arbeit besser als seine eigene.»

«Er muß sehr großzügig sein, der Monsieur Voltaire», stellte Bondeli fest. «Wenn Sie demnächst mit Henzi zu uns kommen, möchten wir mehr über Cirey erfahren. Doch nun, fürchte ich, müssen wir hinter die leidigen Rechtsfragen ...»

Samuel König nickte, er holte aus dem Regal ein Buch der Châtelet und wies Julie hinten im Raum einen Leseplatz zu. Während er mit ihrem Vater über juristische Angelegenheiten spreche, möge sie vielleicht ein bißchen darin blättern?

Kaum hatte Julie das gelehrte Buch aufgeschlagen, wurde drüben mit Zahlenbällen geworfen, Ziffern mit blubbernden Nullen flogen durch die Luft, zielten in ihre Ecke, Julie duckte sich. Es kam ihr vor, die ungeheuren Summen, die der Vater so sehnlichst vom Preußenkönig erwartete, verhießen nichts Gutes. Für sich selbst wünschte sie sich vom Preußengeld nur Bücher, Bücher.

3

Henzi führte die junge Bondeli eines Tages in sein Lesekabinett ein, die Schülerin betrat es wie ein Heiligtum. Wände, Fensternischen voller Bücher, Bücher auf dem Regal über den Türen, Bücherstapel auf der Treppe zur Büchergalerie. Henzi griff nach einem in Leder gebundenen Band. Als

Julie ihn aufschlug, erkannte sie erstaunt die Schriftzüge des Lehrers.

«Das haben Sie selbst geschrieben, Meister Henzi?»

«Ja, gut hundert Bände. Auszüge aus bedeutenden Werken mit eigenen Kommentaren.»

Er freute sich über ihr Staunen und führte sie zu den Regalen an der Seitenwand. «Hier stehen Autoren der alten Welt: Horaz, Vergil und mein Liebling Homer. Daneben Cicero und Pindar. Auf der Gegenwand Milton und Pope. Auf der Galerie die Franzosen. Kein Durcheinander, alles systematisch geordnet.»

«Und Ihr habt das alles gelesen?»

Er nickte. «Ich lese nach Möglichkeit in der Originalsprache. Die Kommentare verfasse ich ebenfalls in der betreffenden Sprache, das verschafft Übung und vertieft das Sprachwissen.»

Julie war voller Bewunderung. Sie erinnerte sich,von König gehört zu haben, Henzi beherrsche nicht nur Deutsch, Französisch, Englisch, Italienisch und Spanisch, er spreche auch fließend die alten Sprachen. Das Griechische sei ihm so geläufig, daß er oft in dieser Sprache mit Freunden korrespondiere. Ein Wissen, das er sich autodidaktisch, mit Ameisenfleiß zusammengetragen habe.

«Warum hat er keine höhere Schule besucht?» hatte sie erstaunt gefragt, und König darauf: «Henzi ist ein Pfarrerssohn aus Bümpliz, ein Bernburger, kein Patrizier. Nur das Theologiestudium stand ihm offen. Da er nicht Pfarrer werden wollte, hat ihn sein Vater mit fünfzehn Jahren in die Büros der Bernischen Salzkammer gebracht. Als junger Kopist wurden ihm bald wichtige Aufgaben anvertraut. Er sollte die verlotterte Buchhaltung des Staatsbetriebs in Ordnung bringen und verdächtige Münzen, die überall im Umlauf waren, einziehen und auswechseln. Henzi hat alles zur Zufriedenheit erledigt. Die verdiente Anerkennung haben seine Vorgesetzten eingeheimst. Die Enttäuschung hat ihn nicht verbittert, abends hat er zu studieren begonnen und sich ein eisernes Gedächtnis erworben, die meisten seiner Autoren zitiert er ja auswendig!»

Julie blätterte noch eine Weile in dem selbst geschriebenen Band. Als sie es dem Lehrer zurückgab, sagte sie: «Da habt Ihr Euch viel Arbeit gemacht. Gewisse Bücher hättet Ihr doch kaufen können?»

Henzi lächelte über die Weltfremdheit der Patriziertocher. «Weißt du, wie teuer Bücher sind? Woher hätte ich das viele Geld nehmen sollen?»

Julie erschrak. Da war es wieder, das Gespenst aus dem Gartenhaus, die tanzenden, außer Rand und Band geratenen Ziffern.

Auch Henzi schien das Thema Geld nicht zu bekommen, das Lächeln war in seinem Gesicht erloschen, Bitterkeit blieb in den Mundwinkeln stehen. Julie lernte es nach und nach kennen, das andere Gesicht ihres sonst so heiteren Lehrers.

Mehr und mehr wurde er von trüben Stimmungen und Ahnungen heimgesucht. Was nützte ihm sein Wissen, wohin steuerte sein Leben? In der guten Jahreszeit schienen ihn die Sorgen weniger zu plagen, er arbeitete viel auf seinem Landgut Drakau, gestählt und gebräunt von der Arbeit im Freien ritt er zum Unterricht nach Köniz.

Julie, schon auf der Bank, erkannte seine Ankunft von weitem an den Geräuschen, da sein Pferd im Hof beim Anbinden jedesmal laut wieherte und mit den Hufen kräftig gegen den Boden schlug, es war ein schlankhalsiger, etwas nervöser Hengst, der seine Portion Hafer erwartete.

Auch Julie wartete voll Ungeduld. Endlich teilten sich die Zweige, Henzis Gesicht, vom schnellen Ritt noch erhitzt, erschien, eine Strähne des dunklen Haars fiel ihm in die Stirn.

Er trug keine Perücke, das machte ihn für Julie jung. Die feinen Herren, die Vater im Buchsigut besuchten, sahen in ihren Augen lächerlich aus mit ihrer weiß gepuderten Haarpracht, die in einem Haarbeutel endete oder lose auf die Schultern fiel, am schlimmsten Haller mit seinen wallenden Locken. Ernestine hatte, in ihrer Begeisterung für Henzi, in Erfahrung bringen können, wann er geboren war: am 19. April 1701. Er war also schon über die Vierzig! Für eine Zwölfjährige wirklich fast ein Greis, doch Julie dachte, wenn der Lehrer vor ihr saß, nie an sein Alter, sie bewunderte seinen wendigen Geist, seine eindringlichen, hellen Augen, den Schalk in seinen Mundwinkeln. Sie hörte ihm zu, ließ sich von ihm einspinnen in einen Wissenskokon, in eine nur ihm und ihr gehörende Welt. Schon wußte sie über Zusammenhänge Bescheid, die den meisten Erwachsenen fremd waren. Die Gleichaltrigen betrachteten Julie aus scheuer Distanz, sie erschien ihnen als Kuriosum, zu klein, zu klug!

Wenn Ernestine den Kaffee für die Pause auf dem Sims bereitstellte, blieb sie immer noch, um Henzi zu bewundern, eine Weile am Küchenfenster. «Ach, ich gäbe etwas dafür, den Hauptmann in seiner Uniform zu sehen», flüsterte sie Julie zu. «Stell dir vor, in Modena trägt man goldene Epauletten, Samtkragen und Stulpenhandschuhe aus weißem Leder!»

«Klingt nicht schlecht», gab Julie zu. Und vor der nächsten Lektion fragte sie Henzi: «Warum seid Ihr Hauptmann geworden?»

«Nun, ich hoffe, dem Herzog eines Tages dienen zu können.»

«Liebt Ihr den Krieg?»

«Aber nein. Ich muß für meine große Familie Geld verdienen.»

«Bekommt man den Posten als Hauptmann geschenkt?»

«Ach wo.» Henzi lachte. «Er hat mich eine Stange Geld gekostet, eintausendsechshundert Gulden, weißt du, wieviel das ist? Alles auf der Salzkammer in zwanzig Jahren erspart!»

«Und warum geht Ihr nicht lieber nach Holland? Mein Vater hat gesagt, man könne im holländischen Dienst mit jährlich elf- bis fünfzehntausend Bernpfund rechnen!»

«Ich bin kein Patrizier, Julie. In den mit Bern verbündeten Ländern kommen nur Patrizier zu den höheren militärischen Chargen.»

«Und in Modena?»

«Der Kleinstaat steht mit Bern in keinem Vertrag.»

«Warum seid Ihr denn hier und nicht bei Eurem Herzog?»

Henzi seufzte schwach. «Ja, mein Pech. Bevor die Kompanie im spanisch-österreichischen Erbfolgekrieg zum Einsatz kam, hat der Herzog sie aufgelöst. Nicht einmal den vertraglich zugesicherten Halbsold hat man mir ausbezahlt. So warte ich halt immer noch. Auf mein Geld, auf einen nächsten Einsatz.»

Beim Abendessen, als Julie von diesem Gespräch erzählte, schien es Bondeli, die Tochter schlage sich ganz auf die Seite des Lehrers und klage ihren Vater an als Vertreter der ungerechten Macht.

«Henzi ist wohl ein Pechvogel», meinte er und lächelte gequält. «Dafür hat er Glück in der Liebe! Die erste Frau war die Tochter des reichen Inselchirurgen Wernier. Nach ihrem Tod hat er die Katharina Malacrida bekommen, eine schöne, tüchtige Person, zu den zwei Söhnen aus erster Ehe hat sie ihm zwei weitere dazu geboren!»

III

«Versuchts, ihr Sterbliche, macht
Euren Zustand besser»

ALBRECHT VON HALLER,
Die Alpen

I

Auf Anregung seines Göttinger Lehrers Haller führte Zimmermann eine Art Seelentagebuch, in dem er Rechenschaft ablegte über *die Neigung zu Unglauben, Zorn, Unthätigkeit im Guten, Gedankenlosigkeit, Sinnlichkeit.* Nach seinem Besuch bei den Bondelis lautete die Hauptfrage, ob sein Interesse an Julie größer sei als sein ärztliches Interesse. Er konnte nicht umhin sich einzugestehen, daß ihn die Begegnung mit der gelehrten jungen Frau über das normale Maß hinaus berührt hatte. Zimmermann, durch die Gewissensprüfung nicht ganz schlüssig geworden, fand es in Hinsicht auf seine Seelenruhe ratsam, die Einladung für den geselligen Anlaß im Zeichen des Karnevals abzulehnen.

Und fuhr am entsprechenden Abend dann doch hin.

Er richtete es absichtlich so ein, zu spät einzutreffen. In Wirklichkeit traf er nie ein, saß die ganze Zeit daneben, abgerückt auf seinem Brokatstuhl, ein nachdenklicher und staunender Beobachter.

Sinner von Ballaigues, dem es zustand, die Neuankömmlinge im Kreis der Sorbonne zu begrüßen, hatte dem Arzt in der Tür des Salons eine Halbmaske in die Hand gedrückt mit den entschuldigenden Worten: «Julie hat das so angeordnet, sie möchte ein bißchen Venedig in den Saal zaubern. Doch wir bleiben natürlich in Bern.»

Die Stimmung kam Zimmermann denn auch eher gedämpft vor. Außer einem Löwen- und einem Hirschkopf mit gewaltigem Geweih sah man die Gäste trotz der von Julie verordneten Halbmasken in ihrer üblichen Biederkeit. Herren in Kniehosen und Samtröcken drückten die Kanapees, nur die Köpfe wirkten durch die Halbmasken verfremdet. Wie Vögel, dachte Zimmermann, und sah Nasenschnäbel unter den Papprändern hervorstechen, Papageienaugen bösartig in den Löchern funkeln, über dem Kinn lustlose, verkniffene Lippen. Die Damen boten ein scheckigeres Bild: Pariser Mode neben wollenen Faltenröcken und Handgewobenem aus dem Emmental, Salondamen neben Hausmütterchen, auch zwei, drei hübsch hergerichtete Kinder saßen dabei. Die beiden Bondelitöchter und die Freundin Marianne Fels waren neu ausstaffiert: Sie bewegten sich in denselben kecken grünen Kostümen unter den Gästen. Wieland hatte in einem seiner Briefe die Fels als Männerfeindin bezeichnet, davon war heute nichts zu spüren, mittelgroß, brünett, von hübscher, schlanker Gestalt, schien sie im Kreis der Sorbonne ihre Verehrer zu haben. Charlotte wirkte noch etwas dünn und schlaksig in dem damenhaften Kleid, doch ihr von blonden Locken umspieltes Gesicht war frisch und gefällig, in ein oder zwei Jahren versprach sie eine Schönheit zu werden.

Eben hatte man unter Julies Regie ein Schattenspiel aufgeführt, noch hingen im vorderen Teil des Raums Schnüre und Tücher. Nun tauschte man an den ovalen Tischchen Nachrichten aus und nippte an Gläsern mit dem säuerlichen Wein von den Hängen Berns. Gewisse Jahrgänge wurden durch Honigbeigabe schmackhafter gemacht. Den Damen wurde Kaffee, Zichorie oder heiße Schokolade serviert, das Porzellan auf den eleganten Tischchen war auserlesen, die Decken mit belgischer Spitze verziert.

Doch die Kenner wußten: Das war nur Vorgeplänkel. Bald wurde eine kleine Glocke geläutet, das Büffet eröffnet. Man applaudierte, drängte sich zu den appetitlich hergerichteten Speisen, erkannte unter den Delikatessen, schön drapiert in der Form eines Hirsches, die Wildpastete, Geheimtip an den Empfängen der Bondelis. Noch zerbrachen sich einige der Damen den Kopf über die Adresse des Traiteurs, den man außerhalb, vielleicht in Neuenburg vermutete. In Patrizierhäusern ließ man sich oft mit der Sonderpostille die Leckereien von auswärts bringen. Bei den Herren sprach sich schnell herum, daß aus den kristallenen Karaffen vom besseren Wein eingeschenkt wurde, Zimmermann tippte, was die Herkunft des Roten betraf, auf die Reben des Neuenburger Sees. Der Wohlstand der Familie, überlegte der Arzt, muß trotz der Unkenrufe immer noch beträchtlich sein.

Nach dem Essen plätscherte die Konversation artig dahin, ein zahmes Karneval-Venezia.

Die Bondeli schwebte in ihrem grünen, wippenden Reifrock und einer Schmetterlingsmaske von Gruppe zu Gruppe und versuchte, die Stimmung zu heben. Zimmermann, geschützt durch die Halbmaske, gestattete sich, sie ungenierter als sonst zu betrachten: ihre anmutigen Bewegungen, ihr ungekünsteltes Lachen, das Gesicht mit der beweglichen Mimik, das sie selbst in einem Brief als *calabresische Physiognomie* bezeichnet hatte: *Sehe ich nicht aus wie ein Federwisch, der beim geringsten Hauch bereit ist in die Luft oder in einen Abgrund zu fliegen?* Ihm gefiel, wie sie ihre Gäste mit Witz und Charme aufzumuntern suchte und dabei würdevoll blieb, eine unbestrittene Königin in ihrem Reich. Im Saal gab es, was ihr Gesicht betraf, ohne Zweifel von der Natur begünstigtere Frauen, doch Julie erschien ihm die Begehrenswerteste – was ihre Physiognomie an Harmonie verweigerte, schienen ihre Natürlichkeit und ihre hübsche Gestalt gutzumachen: die schmale Taille, die von der grünen Corsage großzügig entblößten Brustrundungen, wieder erstaunte ihn das makellose, fast marmorne Weiß des Decolletés und der Arme.

Eben war sie an ihm vorbeigeflügelt und hatte ihm zugewinkt. Nun gab sie dem Hirschköpfigen ein Zeichen, er ging nach vorne und begann, das Pianoforte zu bearbeiten, ein Klarinettist trat hinzu und spielte ein rasantes Rondo, man begann zu tanzen, mal in Reihen, mal in paarweisen Formationen.

Zimmermann hoffte, in Ruhe gelassen zu werden, doch schon schwebte Julie heran, mimte die Rolle des Kavaliers, indem sie sich verbeugte und ihn auf die Tanzfläche komplimentierte. Er hatte sich, wohl oder übel, in seiner hölzernen Art in die Reihe der Tanzenden einzufügen. Das Gehopse verdroß ihn.

Plötzlich brach unter den heftigeren Klängen des Pianofortes die lange Reihe auseinander, paarweise drehte man sich weiter, Julie mit Zimmermann. Auf übermütige, fröhliche Art zwang sie ihn zu Wirbeln. «Vergessen Sie Ihr verschlafenes Städtchen!» rief sie neckisch. «Morgen reisen wir nach Venedig!» Seine Antwort ging unter, denn ein Hustenstoß hatte sie gepackt, sie stand still und preßte die Hand auf die schmerzende Brust. Der Anfall dauerte an, offensichtlich bereitete es ihr Mühe zu atmen. Zimmermann steuerte mit der Erschöpften aus dem Saal hinaus ins Vestibül, wo er rasch ein Kanapee von Taschen und Mänteln befreite und sie sitzen hieß. Noch immer kamen Hustenstöße, ihr Atem ging rasselnd, sie rang nach Luft. Zimmermann nahm ihr die Maske vom Gesicht, öffnete Mieder und Schnürleibchen, bearbeitete mit der flachen Hand sanft klopfend ihren Rücken.

Als Zimmermann aufschaute, stand Charlotte vor ihnen und starrte auf das seltsame Paar. Unwirsch fuhr er sie an: «Was steht Ihr und schaut?»

«Im Saal hat jemand geflüstert, im Vestibül ziehe ein Mann eine Frau aus», sagte Charlotte und kicherte.

«Geht Wasser holen, schnell», befahl Zimmermann.

Er wandte sich zu Julie und beobachtete, wie der Anfall langsam abebbte. Seufzend richtete sie sich auf, er sah sie besorgt an. «Julie, ich kann von Brugg aus wenig für Sie tun. Es kann auch sein, daß ich ein Angebot aus Deutschland erhalte und dem Städtchen, das mir den Geist ausbläst, den Rücken drehe. Ich wäre ruhiger, wenn wir Haller beiziehen könnten, wenn auch erst für eine Untersuchung, als Consiliarius.»

«Ausgerechnet Haller?» Sie hatte sich aufgesetzt und brachte mit ein paar Handgriffen ihre Kleidung in Ordnung.

Er fing ihren mißtrauischen Blick auf. «Haller ist ein ausgezeichneter Arzt.»

«Ach, durch und durch ein Theoretiker.»

«Das ist ein Vorurteil. Bereits in Göttingen hat er sich um Kranke gekümmert, und jetzt, als Leiter des Salzwerks in Roche, kommt er regelmäßig nach Bern, um nach seinen Patienten zu sehen.»

«Erst läßt sich der berühmte Mediziner in Bern zum Rathausammann, gewissermaßen zum Pedell des Rathauses wählen, und nun versetzt man ihn nach Roche als Leiter des Salzwerks?»

«Machen Sie ihn nicht zum Gespött, Julie. In Bern, wo man blind ist für Begabungen, wurde ihm eben kein besserer Posten gegeben. Trotzdem treibt Haller in seiner Einsamkeit in Roche seine Forschungen weiter und bleibt als Arzt eine europäisch anerkannte Koriphäe.»

«Ach, Zimmermann, Sie wissen doch, daß ich mit Haller meine Schwierigkeiten habe.»

«Was Haller denkt, steht auf einem andern Blatt. Was Sie jetzt brauchen, ist ein guter Diagnostiker.»

«Er lehnt meine Sorbonne ab, wird also kaum hier ins Haus kommen.»

«Sie gehen zu ihm, in meiner Begleitung. Er steigt in Bern an der Kramgasse bei seinen Verwandten ab, der Familie Engel.»

«Muß ich über meinen Schatten steigen? Haller ist ein Freiheitsdichter, der Freiheitskämpfer haßt ...»

2

Am Tag darauf, dem Fasnachtssonntag, begegneten Julie und Zimmermann bei einem Spaziergang dem Umzug des Äußeren Standes. Diese Vereinigung der jungen, noch nicht wahlfähigen Patrizier übte sich in einem Schattenkabinett spielerisch ein auf die späteren Regierungsgeschäfte. Das Sinnbild dieses Standes, über dem Vereinshaus an der Zeughausgasse angebracht, war der Affe. Einige der jungen Herren waren in alte Trachten gekleidet, vor ihnen her ging tapsig der Berner Bär, zuletzt folgte Tell in Begleitung seines Knaben. Die meisten der jungen Männer im weiteren Gefolge trugen schwarze Gesellschaftsanzüge. Am Straßenrand applaudierten die Schaulustigen, warfen Äpfel und Süßigkeiten, die jungen Herren dankten gnädig, hoben winkend die Hand.

Die Regenten von morgen.

Da nahte in Gegenbewegung ein anderer Zug, wilde, aufreizend klingende Musik führte ihn an, Dudelsäcke, Klarinetten. Mit einem Drahtbesen wurde über ein holpriges Waschbrett gefahren, Pfannendeckel aufeinandergeschlagen. Im Gefolge der historische Figuren auch ein Tell, diesmal auf

Stelzen, übermenschlich groß. In der Hand schwang der Hüne eine Hellebarde, die Männer in den alten Uniformen hatten ebenfalls etwas Wildes an sich.

Als sich die beiden ungleichen Züge gegenüberstanden, sah es so aus, als wollten die Wilden das manierliche Züglein des Äußeren Standes verhöhnen, der mächtige Tell grüßte den kleinen mit einer übertriebenen Reverenz. Dann schwang er die Hellebarde wie einen Taktstock, seine Ritter und Krieger begannen sich mechanisch, als bewege sich ein Uhrwerk, nach dem Takt zu drehen. Als der große Tell begann, auf dem Straßenpflaster seine wilden Bocksprünge zu machen, wurde die Musik lauter und artete zuletzt aus in eine ohrenbetäubende karnevaleske Kakophonie.

Die feinen schwarzgekleideten Herren hatten ratlos zugeschaut. Endlich setzte der wilde Haufen unter dem Scheppern der Pfannendeckel seinen Gang Richtung Rathaus fort. Hier schien man den Zug erwartet zu haben, Wachen umstanden das Gebäude, doch sie machten gute Miene zum kecken Spiel. Nach alter Gepflogenheit warf ein Mann in Amtstracht vom zweiten Stock aus Birnenschnitze und Nüsse auf die Schar herunter. Zwar spielte die Fasnacht im protestantischen Bern keine oder nur eine untergeordnete Rolle, doch galt es als Gebot der Klugheit, die Fasnächtler aus dem niederen Volk zu tolerieren. Die meisten Hintersäßen, wohnhaft im oft überschwemmten Mattenviertel, waren vor Generationen aus katholischen Gebieten zugewandert.

Nun machte die Horde für Tell eine Gasse. Der Hüne schritt näher zum Rathaus, auf seiner Hellebarde aufgespießt ein wuchtiger Kopf.

Der Kopf glitt an der Fassade des Rathauses höher, schien bald in das Amtszimmer im zweiten Stock zu spähen. Da kippte durch eine Bewegung des Steckens der Pappkopf vornüber, baumelte, wie von einer einzigen Sehne gehalten, an einem Seil über der Menge.

Die Zuschauer schrien, dann begann man in der Menge einen Namen zu skandieren: «Henzi, Henzi!»

Am Abend, allein am Kaminfeuer, spürte Julie pochende Kopfschmerzen, als ob ihre Schädeldecke bersten wolle.

Ernestine brachte eine Kanne Kaffee. Als Julie zwei Tassen getrunken hatte, ließ der Schmerz nach, sie holte aus der Schublade ihr geheimes Heft mit den Gedankenbriefen an Sophie La Roche und notierte:

> Chérissime Sophie,
> Haller und Henzi und ich – haben wir nicht alle drei unser Glück in der Freiheit gesucht? Henzi hat für die Freiheit gekämpft, Haller hat sie erdichtet und ich, was wohl das schwierigste ist, möchte sie leben, und dies im Alltag einer Frau.

Sie verstaute ihr Heft wieder in der Schublade und dachte darüber nach, was sie Sophie in der Umgebung von Bern zeigen würde. Sie sah sich mit ihr in einer Kutsche über Land fahren, Sophie voller Bewunderung über die Holzhäuser mit den hängenden Gärten der Geranien und Petunien, auch die behäbigen Höfe fielen ihr auf. Was haben sie doch für seltsame Dächer, hörte Julie ihre erdachte Sophie sagen, und Julie holte nochmals ihr Heft heraus und trug die Bemerkung ein:

> Chérissime Sophie, wenn Sie zu uns kommen, werden Ihnen die Höfe mit den Schlafmützen-Dächern auffallen. Im obersten Stockwerk hindern diese auskragenden Dächer den freien Blick, man schottet sich von

der Außenwelt ab und scheint auch tagsüber zu dösen. Gemütlichkeit wird großgeschrieben und das Phlegma ist eine Landestugend. Henzi, Haller und ich, wir tanzten da wohl aus der Reihe, wer zu viel wissen will, zu viel nachfragt, macht sich suspekt.

Später wird Julie in einem Brief an Sophie La Roche, den die Dichterin in ihrem Buch ‹Mein Schreibetisch› zitiert, Phlegma und Zurückhaltung als Elemente eines Nationalcharakters bezeichnen, dem man als Angehöriger sich schlecht entziehen kann.

3

Dem jungen Henzi hatte man noch durchgehen lassen, daß er in jeder freien Stunde zur Bibliothek lief, als er jedoch im reifen Alter immer noch studierte, schüttelte man den Kopf. Henzi und Haller müssen sich von 1735 an in der Bibliothek oft begegnet sein, Haller hatte damals die Anstellung bekommen, von der Henzi nur träumen konnte: Er wurde Leiter der Stadtbibliothek. Für Haller ein Posten auf Abruf, denn nach sechsjähriger Tätigkeit als praktischer Arzt hatte er, der 1708 Geborene, für das Amt des Stadtphysikus kandidiert. Bei jedem einzelnen der zweihundert Herren des Großen Rats, die ihn wählen sollten, hatte er vorsprechen müssen. Die meisten Räte störten sich an der Tatsache, daß Haller Gedichte schrieb. Ein Poet als Stadtarzt? Als Haller spürte, daß die Zeichen schlecht standen, bewarb sich der als wortkarg bekannte Dichter für den freigewordenen Lehrstuhl der Eloquenz, auch hier erlebte er eine Abfuhr.

Als Stadtbibliothekar wollte der erst siebenundzwanzigjährige Haller nicht alt werden, und doch war der Posten auf ihn zugeschnitten: Hier saß der Wissensgierige wie der Vogel im Hanfsamen inmitten der geliebten Bücher. Henzi, damals vierunddreißig Jahre alt, mußte ihm als eifriger Bibliotheksbenutzer unter den jungen Studenten aufgefallen sein.

Henzi bewunderte damals den Dichter Haller. Er hatte sich in Hallers Sammlung ‹Versuch Schweizerischer Gedichten› vertieft und mit Genuß, ja Ergriffenheit das Poem ‹Die Alpen› gelesen. Eine Dichtung nach dem Vorbild von Vergils ‹Georgica› und Lukrez' ‹De natura rerum›. Beeindruckt lernte er die Verse auswendig und beherzigte ihre Botschaft. Er sehnte sich nach einem Gedankenaustausch mit dem Autor.

Doch Henzi tat sich schwer, den Jüngeren anzusprechen. Stets war der Bibliothekar in irgendeine Lektüre vertieft, auch in der Umgebung der Stadt wurde Haller kaum je anders als lesend und sinnierend gesehen.

Einmal, in einer Allee, näherte sich Henzi höflich, zog den Hut, begann zu sprechen, doch der Angeredete blickte nur flüchtig von seinem Buch auf, stellte sich taub und ging weiter.

Es hieß in Bern, Haller nehme auch von seinen Patienten kaum Notiz, geize mit jedem Wort. Habe er kurz nach dem Puls des Kranken gegriffen – er zählte ihn mit einer neuartigen Sekundenuhr – und den Urin beschaut, stecke seine Nase wieder in seiner Privatlektüre!

An einem Winterabend, der Lesesaal war schon leer, brannte noch Licht im Büro des Oberbibliothekars. Henzi erinnerte sich an den Hallerschen Vers: *Hier läßt kein hoher Geist sich von der Ehrsucht blenden.* Er machte sich also Mut, klopfte kräftig an und drückte die Klinke. Der Büchernarr, über die Störung erstaunt, blickte mit seinen kurzsichtigen Augen zwinkernd von einem Buch auf.

Henzi entschuldigte sich. Es dränge ihn, dem Verfasser

der ‹Alpen› mitzuteilen, wie eminent politisch er diese Verse empfinde! Eine fürtreffliche Schilderung der Alpenwelt, gewiß, aber doch auch der deutliche Aufruf, sein Schicksal in die Hand zu nehmen, die Verhältnisse zu verbessern!

Henzi trat näher und fuhr vertraulich fort: «Leiden wir nicht beide daran, daß unser Freistaat Bern morsch geworden ist? Im ehemaligen Ort der Freiheit dreht sich alles um die Vorrechte des Geldes und der Geburt!»

Haller war hinter seinem Pult sitzen geblieben. Da saß er verschanzt wie hinter einem Bollwerk und zupfte an seiner immer schief sitzenden Perücke, während der stattliche, an den Schläfen schon leicht ergraute Henzi anfing, seine Verse zu zitieren: *«Versuchts, ihr Sterbliche, macht euren Zustand besser, / Braucht, was die Kunst erfand und die Natur euch gab ...»*

Der Autor erschrak über die Wirkung seines eigenen Gedichts. Lange nach der Alpenreise, die dem Studium der Pflanzen gegolten hatte, hatte er ‹Die Alpen› am Schreibtisch in Basel verfaßt, die Berge im Abendglühn fern am Horizont seiner Imagination. Das Blitzen in den Augen des Rezitators warnte ihn, Henzis politische Deutung roch nach Umsturz. Er nahm sich vor, Henzi zu meiden. Wer nach oben will, muß einen Pakt eingehen mit dem Bestehenden.

Ein Jahr später erhielt Haller den ehrenvollen Auftrag, an der neugegründeten Universität Göttingen Anatomie, Chirurgie und Botanik zu lehren. Er blieb in Göttingen mit Bern verbunden, und bald bestätigte sich der damals in der Bibliothek gefaßte Verdacht: Im Streit um Gottsched und die ‹Deutsche Gesellschaft› wurden Henzi und er zu Gegnern.

Die Gründung dieser Berner Vereinigung hatte der Leipziger Gottsched 1739 persönlich angeregt. Er plädierte für den französischen Klassizismus, weder Shakespeare noch

Milton noch Klopstock ließ der selbstgefällige Kritiker gelten. Die Zürcher Bodmer und Breitinger hingegen sahen das Ideal der Dichtung in der äsopischen Fabel, im Wunderbaren und Außerordentlichen. Gottsched hielt dagegen und verwies auf seine Lehrsätze. So kam es zum Bruch.

Die Berner Gruppe, gerne im Gegensatz zu Zürich, hielt weiterhin zu Gottsched und besiegelte damit ihre Rückwärtsgewandtheit. Man huldigte devot dem Meister und schickte Briefe mit der Anrede *Sr. Hochedelgebohren Magnifizenz d. Herr Prof. Gottsched.* Aus den Zuschriften seiner Adepten mußte Gottsched schließen, daß man in Bern, wo man im Alltag Französisch oder Berner Dialekt redete, die deutsche Sprache wenig beherrsche. Zur Behebung des Defizits versprach der Sprachpapst aus Leipzig, einen Magister Steinauer zu schicken, um in Bern ‹Collegia privatissima› in deutscher Sprache zu geben.

Henzi und sein Freund Samuel König empfanden diesen Sprachpurismus als peinlich. König zitierte Voltaire und Maupertuis: Die Macht der französischen Sprachpuristen habe die Sprache künstlich und dünn gemacht, solche Erfahrungen dürften sich nicht in der deutschen Sprache wiederholen. Sprachtyrannei, meinte König, mache die Sprache matt, nervenlos, weitläufig und vage. Henzi korrespondierte in diesem Sinn mit Bodmer und verfaßte gegen Gottsched satirische Epigramme nach der Devise: *Der Gedanke muß kurz und artig gekleidet sein und im letzten Vers muß man das Salz fallenlassen.*

Haller, Mitglied der ‹Deutschen Gesellschaft›, erschien im Herbst 1739 zu einem Besuch in Bern. In der Gerechtigkeitsgasse kamen ihm, scherzend und lachend, Henzi und König entgegen. König hielt an und notierte etwas auf ein Schreibtäfelchen, Henzi überflog es und brüllte los. Haller war sich sicher, daß die beiden wieder an ihren frechen Anti-

Gottsched-Versen schmiedeten. Um sie nicht grüßen zu müssen, bog er in eine andere Gasse ein.

Noch an diesem Abend äußerte er sich in der ‹Deutschen Gesellschaft› indigniert über Henzis leichtfertige Art.

4

Im Herbst, bei noch milden Temperaturen, ging der Unterricht unter den Ulmen flott voran, doch die gute Zeit des Jahres war vorbei. Schatten färbten den Kiesweg malvenblau, die Astern vor der Taxushecke wetteiferten mit ihrem Violett. Das Blätterdach war dünn geworden, Wind griff in die Zweige, ein verschwörerisches Rauschen im Rhythmus der Fragen und Antworten.

«Und die Regel des Fibonacci, Julie?»

«Soll ich die Reihe aufsagen?»

Henzi hatte mit ihr die spiralförmig verlaufenden Stränge der Sonnenblumenkerne gezählt, links herum, rechts herum. «Schau, die Natur arbeitet nach einer mathematischen Reihe. Schon um das Jahr 1200 hat sie der Italiener Fibonacci entdeckt: 1, 1, 2, 3, 5, 8, 13, 21 und so fort, jede Zahl bildet die Summe der beiden vorhergehenden. Und noch mehr der Rätsel: Wenn du jede Zahl durch die nächstfolgende teilst, näherst du dich dem Wert 0,618. Dieser Quotient ist der Wert des Goldenen Schnitts, ein ideales geometrisches Verhältnis, mit dem viele Maler und Architekten arbeiten.»

Zu Julies Verwunderung waren auch die Schuppen der Tannzapfen und sogar die bescheidenen Gänseblümchen nach dieser Reihe gebaut, und Henzi, der sich über ihr Staunen freute, zitierte die Pythagoreer, daß das Wesen aller Dinge in der Zahl bestehe. So hörte der Garten für Julie auf, ein zufälliges Beieinander von Formen, Farben und Gerüchen zu sein, er erschien ihr jetzt voll rätselhafter Gesetze, voll harmonikaler Entsprechungen.

Die Idee, die Welt sei aus Zahl und Maß geschaffen, imponierte der Zahlenliebhaberin, immer mehr wurden die Zahlen zu ihrem Reich, zu ihrem Zaubergarten, hier konnte sie ungestört herumgehen, sich ergötzen, die Unwissenden besaßen den Schlüssel dazu nicht ... Daß dieser Garten des Wissens aber auch ein Käfig war, der sie von den Gleichaltrigen, ja, überhaupt vom normalen Leben ausschloß, kümmerte sie nicht, noch nicht.

Ernestine beobachtete die Lektionen heimlich vom Küchenfenster aus. Ihr gefiel der Hauptmann Henzi, sie mochte seine ungeduldige Geste, mit der er von der Bank aufsprang, sich vor Julie hinstellte, um eindringlich so verworrenes Zeug zu sagen wie: «*Wenn zwei Dreiecke ihre Spitzen von einem Punkt x angereiht haben, dann schneiden sich die ihre Seiten verlängernden Geraden in zwei beziehungsweise drei Punkten in der Reihenfolge A, B und C.* Kapierst du, Julie?»

Ernestine sah vor ihrem inneren Auge den Hauptmann in Modena, sah ihn von Kopf bis Fuß, in kleidsamer Uniform. Er stand vor seinen Soldaten, gab Befehle, manchmal entfuhr ihm wie im Buchsigut ein Scherz. Warum war der Hauptmann nicht in Italien, warum hatte er nichts Besseres zu tun, als die kleine Julie zu belehren? Ernestine verstand nicht, wie sich das Mädchen alles in Ohren und Kopf stopfen konnte: Regeln, Vokabeln und Gott weiß was. Kein Wunder, daß sie oft Kopfweh bekam.

5

Als sich im Oktober das Wetter änderte, versuchten Lehrer und Schülerin es mit dem Gartenhaus, doch der Wind pfiff durch die Ritzen, Julie schrieb ihre Zahlen mit klammen Händen. Als die Temperatur weiter sank, mußten sie sich wohl oder übel ins Innere des Hauses zurückziehen.

Henzi haßte den Salon mit den dunklen Möbeln, die nach Lavandel rochen.

Julie störte sich an den Geräuschen aus den Nebenzimmern.

Der kleine Friedrich lag krank, im Flur hing der Geruch der in Essigwasser getränkten Söckchen, die man dem Kind gegen das Fieber überstreifte. Da war auch ein Kommen und Gehen von Schritten.

Der Arzt kam aus der Stadt. Flüstern im Flur.

Die Mutter weinte. Der Tod war erneut ein Thema.

Julie wußte, er lag immer schon auf der Lauer: Im Zimtgeruch der düsteren Zedern, wo sie unter den Ästen ihr Zeltnest hatte, im Schatten der Mauer mit den blicklosen Göttinnen. Nun hatte sich der Tod ins Haus geschlichen. Er wartete im dunklen Flur an die Wand gedrückt, bis ihm wieder eins der Bondelikinder zufiel.

Nur Julie schlug ihm ein Schnippchen. Sie lernte gegen den Tod. Er biß es nicht an, das Holzäpfelchen.

Aber der süße kleine Friedrich, dessen blondes Köpfchen nach Milch und Nüssen roch, wurde sein Opfer. Er starb ohne Kampf, wie all die andern Kleinen vor ihm, als gingen sie nicht ungern zurück in den geheimnisvollen Urgrund, aus dem sie hergekommen waren. Auch die Familie ergab sich, was sonst blieb ihr übrig.

Tagelang hatte die Mutter gebangt, die Nächte wachsam neben dem Bettchen, als wollte sie den Tod hindern, das flackernde Lebenslicht zu löschen. Glühende rote Backen hatte das fiebernde Kind, man hörte es kaum mehr atmen, zur Probe, ob es noch lebte, wurde ihm eine Taubenfeder vor das Näschen gehalten.

Eines Morgens bewegte sich die Feder nicht mehr. Vater Bondeli bestellte den Sarg. Wieder einmal hatte seine Frau für den Tod geboren.

Auf dem Friedhof legte Bondeli den Arm ungeschickt um ihre zuckenden Schultern. Der bärenhaft Gutmütige konnte diesmal die Tränen nicht zurückhalten, sein Traum vom kleinen Ebenbild, der zweite oder dritte Friedrich, wurde begraben.

Julie war erneut allein. Addiert man die Eintragungen in den verschiedenen Taufbüchern der Berner Burger, hätte sie mindestens sieben Geschwister haben sollen, so exakt nahm man es damals mit den Eintragungen nicht. Ein Kind wog leicht wie ein Vögelchen, kaum da, flog es wieder davon. Wenige der Kleinen erreichten, selbst in den hygienischen Verhältnissen der Patrizierfamilien, das zweite Lebensjahr.

Jahre später werden diese Eindrücke nachwirken, wenn Julie Bondeli an Zimmermann schreibt: *Gebäre keine Kinder, denn wenn sie sich mehren, mehren sich auch für ihre Großmutter und Urahne eine ganze Menge Sorgen und Geschichten, die nur mit dem Leben selbst aufhören.*

Die Kindersärge, kaum größer als Schuhschachteln, waren beim Sargmacher in der Dorfgasse vorrätig. Wenn der Schreiner im Hinterhof aus einem zerschnittenen Tannenstamm neue anfertigte, dann stoben die Späne. So dienten auch die Bäume dem Tod.

Der kleine Friedrich lag auf dem Kirchhof wie schlafend in seiner Kiste, die Wangen hatten die Fieberröte verloren und waren wachsfarben. Julie hatte den kleinen Kerl liebgewonnen, ihn abends herumgetragen und mit ihm gespielt.

Nun biß sie die Lippen zusammen, als der Deckel über ihm geschlossen wurde. Sie betrachtete die Holzmaserung des Sargs, während der Pfarrer, feierlich gekleidet, am offenen Grab sagte: «Der Tod hat nichts Erschreckendes. Der Tote sinkt in den göttlichen Frieden zurück.»

Im grauen Himmel hatte sich über den Grabsteinen ein blaues Loch geöffnet.

«Schaut, ein Himmelsauge», flüsterte Ernestine.

Die Mutter hörte es und nickte mit tränennassem Gesicht.

In ihrem Bauch wuchs schon ein neues Kind.

6

Ab 1736 überschüttete die Stadt Göttingen Haller mit Ehren, denn er war ein Novum: In seiner wallenden Lockenperücke, in einem Samtcape, stand er in seinem ‹Anatomischen Theater› vor dem Seziertisch und schnitt lebendige Tiere auf, mal ein Kaninchen, mal einen Hund oder ein Schaf, er tat es, um die Irritabilität der Nerven zu studieren.

Monsieur le Vivisecteur.

Seine Studenten, unter denen sich in späteren Jahren auch Zimmermann befand, untersuchten nach Anweisung des Meisters mit einer Nadel einen lebendigen Frosch.

Experimentum II

Bei einem Frosch habe ich in der elften Vormittagsstunde durchs Hirn eine Nadel gestochen. Er krümmte sich zusammen, aber nicht stark. Als das Gehirn ganz herausgenommen war, kam es allgemein zu Konvulsionen über den ganzen Körper hin. 15 Minuten darnach gab der Frosch einige Male ein Geräusch von sich, 11.25 machte er drei sehr große Sprünge …

Mit ihren Federkielen, mit denen sie auch Korrespondenzen an die Eltern erledigten und ihre Liebesbriefe verfaßten, untersuchten sie später eine lebendige Taube auf ihre Reizbarkeit.

Experimentum III

An einer Taube nahm ich das Hirn heraus und sie konnte auch so einige Minuten auf den Füßen stehen. Und während 15 Minuten krümmte sie sich zusammen, hinten und vorn von einer Lähmung gepackt. Die Augen behielten stets einen lebendigen Ausdruck.

Noch blieb das Experiment mit dem Hund.

Da klopfte es heftig an die Türe des Kabinetts, Hallers Faktotum, ein gutmütiger, aber roher Mann mittleren Alters aus der Lüneburger Heide trat ein und berichtete aufgeregt, Hallers Gattin gehe es erneut sehr schlecht.

Haller riß seinen Mantel vom Haken, verließ seine Schüler ohne Abschied und eilte dem Mann hinterher über die Straße zu seinem Wohnhaus, wo er seine Frau ohnmächtig vorfand. Seine drei kleinen Kinder umstanden ratlos und wimmernd das Bett. Haller hatte geglaubt, seine Frau habe vor zwei Tagen die schwere Typhuserkrankung überwunden, noch lag auf seinem Schreibtisch ein Gedicht als Dank für die heiß ersehnte Besserung. Nun sah er sie in den letzten Zügen, gegen Abend verschied sie, genau zwei Monate nach ihrer Ankunft in Göttingen.

Er sank in seinen Stuhl, sah die Stationen dieser Liebesverbindung vor sich: Marianne Wyss, älteste Tochter eines bedeutenden Berner Magistraten, hatte andere, angesehenere Bewerber ausgeschlagen und den damals noch unbedeutenden Haller erwählt, Gefühl und Sinnlichkeit hatten diesen jungen Mann in ihren Augen begehrenswert gemacht. Das Gedicht über sein Liebeswerben, überschrieben mit ‹Doris›, ging denn auch wie das Gedicht ‹Die Alpen› durch halb Europa. Haller hatte Marianne 1731 in Köniz geehelicht, Frau Bondeli, schon mit der kleinen Julie im Bauch, hatte der Trauung beigewohnt. Fünf Jahre später mußte sich die junge Frau mit drei kleinen Kindern von ihren Eltern, von den Freunden und ihrem Bern verabschieden, sie folgte ihrem Hallern widerstrebend auf die lange Reise nach Göttingen, die am 7. September mit einer Schiffahrt auf der Aare begann und am 30. September nach langer Kutschenfahrt endete. Kurz vor Göttingen war die Reisekutsche auf der von Regengüssen morastigen Straße umgestürzt, ein böses Omen.

Und nun, geschwächt von den Strapazen der Reise, starb Marianne mit 25 Jahren an Typhus.

Der Tod schlug dem berühmten Vivisecteur ein Schnippchen, grinste, schwang die Sense, zeigte dem Professor seine Ohnmacht. Was nützten ihm seine Kenntnisse von der Irritabilität der Nerven, wenn er seine geliebte Frau nicht retten konnte?

Drei Jahre später war er wieder in Bern auf Freiersfüßen, doch die zweite Gattin Elisabeth Bucher erlag ein Jahr nach der Eheschließung der Geburt ihres ersten Kindes. Die ältesten Knaben aus beiden Ehen wurden im zarten Alter vom Tod dahingerafft.

Hallers grüblerische Natur sah in diesen Schicksalsschlägen eine Strafe Gottes für seinen Ehrgeiz, von nun an überwogen in seinem geheimen Tagebuch und in den Gedichten die schwermütigen Gedanken. Und immer klang das Heimweh nach Bern mit. So auch in den in ganz Europa berühmt gewordenen Trauerversen auf Marianne: *O Bern! o Vaterland! o Worte / Voll reger Wehmut, banger Lust / O zärtlich Bild geliebter Orte …*

In Göttingen fand der Gelehrte wohl *ein ehrenvolles, ja reichliches Auskommen, vorzügliche Anstalten (…) in Bern nichts von alledem.* Haller grollte der Vaterstadt, die den düster dreinblickenden Physikus hatte ziehen lassen, und wurde doch vom Heimweh geschüttelt, das ernsthafte Mediziner damals die ‹Schweizerkrankheit› nannten.

Er sah dieses Bern vor sich mit seinen Gassen und Lauben, dem verschneiten Kranz der Alpen. Er nahm sich vor, als berühmter Mann zurückzukehren, um die Stufenleiter der bernischen Ämter zu erklimmen, höher und höher, sein himmlisches Jerusalem. Im Europa der Gelehrten wird man staunen, wie bescheiden Berns Angebote an den berühmten Mediziner ausfielen: das Amt des Rathausammanns, später das der Salzwerkverwaltung.

In jungen Jahren hatte Haller ein Sonett verfaßt für Isaak Steiger, später einer der vom Volk bestgehaßten Magistraten, Großonkel seiner Frau Marianne Wyss und ab 1732 Schultheiß in Bern. In Isaak Steiger zog er mit dem Gedicht ‹Die verdorbenen Sitten› am richtigen Nervenstrang, Steiger blieb fortan sein nutzbringender Freund und Mentor.

IV

«... siehet man allenthalben
eine ganz erstaunliche Menge von
Weibern, deren zarte Nerven bey
jeder Ursache auffahren und in
Krämpfen sich zusammenziehen ...»

ALBRECHT VON HALLER,
Von den Nervenkrankheiten

I

Zimmermann hatte es an dem Venezia-Abend erreicht, Julie zu einem Arztbesuch bei Haller zu bewegen. Der Kutscher fuhr sie Richtung Innenstadt. Ein paar verlorene Schneeflocken trieben durch die Luft, es war kalt, Zimmermann hatte über ihre Knie eine Felldecke gebreitet.

Auf der ganzen Fahrt war er bemüht, Haller für Julie in ein besseres Licht zu rücken.

«Lesen Sie wieder einmal seine frühen Gedichte, Sie werden einem empfindsamen Dichter begegnen.»

«Ach? Und wo trifft man diesen Haller heute?»

Er überging ihr spöttisches Lächeln und sagte ernst: «Das Leben hat für Lawinen gesorgt und die Emotionen der Jugend zugeschüttet. Zwischen der ersten Publikation seiner Texte und heute liegt fast ein Menschenleben. In der Zwischenzeit hat Haller eine immense Arbeit als Arzt und Naturforscher geleistet, Schicksalsschläge haben ihn gebeutelt. Wenn ich seine frühen Texte lese, ist mir, als hörte ich tief unter dem Geröll der Zeit ein menschliches Wesen trauern und seufzen. Sie kennen doch seine Gedichte?»

«O ja. Wer kennt sie nicht?» sagte sie spitz.

«Und welche mögen Sie?»

Sie überlegte eine Weile, bevor sie entschied: «Die frühen Liebesgedichte.»

Er betrachtete sie freudig überrascht. «Dann mögen Sie auch mein Lieblingsgedicht ‹Doris›? Sie wissen, es ist Ausdruck von Hallers Liebeswerben um seine erste Gattin Marianne Wyss.» Und er begann zu zitieren: *«Doris, komm zu jenen Buchen, / Laß uns den stillen Grund besuchen, / Wo nichts sich regt als ich und du*... Und weiter unten heißt es: *Wenn zärtlich Wehren, holdes Zwingen, / Verliebter Diebstahl, reizends Ringen / Mit Wollust beider Herz beräuscht ...»*

Julie lauschte Zimmermanns wohlklingender Stimme, jedes Wort des ungeliebten Haller verwandelte sich in der Frostluft in eine kleine Wolke. Sie fror, alle Zähne taten ihr weh. Während sie versuchte, die Felldecke höher zu ziehen, schwärmte Zimmermann vom europäischen Erfolg der Hallerschen Poesie. «Denken Sie, Giacomo Casanova hat den Schweizer Autor in Rom in den Kreis der Arkadier aufgenommen, dem so berühmte Dichter wie Metastasio und Goldoni angehören! In Paris kennt man Haller, nicht nur die Frauen lesen ihn, auch Staatsmänner wie Trudain, der nun Deutsch lernt, um die Gedichte in ihrer Originalsprache zu lesen!»

«Genießt Haller seinen Ruhm?»

«Daran zweifle ich.»

«Trauert er vielleicht dem Haller nach, der er einmal war?»

«Das mag durchaus sein.»

In den Kurven, wenn der Wagen über dem unebenen Pflaster schlingerte, rutschte sie Zimmermann unter dem Schaffell unfreiwillig ein bißchen entgegen, er spürte ihre Körperwärme und dachte mit Bedauern, daß die Fahrt bald zu Ende sein würde.

«Julie», sagte er und hob den Kopf ein bißchen aus der Pelzdecke, «es gibt in diesem Gedicht Verse, die ich Ihnen besonders ans Herz legen möchte! Wie ich Sie gestern tanzen sah, ging mir durch den Kopf: Sie ist jetzt dreißig und hat noch keinen der vielen Verehrer erhört. Marianne, die gleichaltrige Hallertochter, hat inzwischen drei Kinder geboren.»

Und erneut zitierte er bedeutungsvoll Hallersche Verse: *«Mein Kind, genieß des frühen Lebens, / Sei nicht so schön für dich vergebens, / Sei nicht so schön für uns zur Qual!»*

«Ach, mit meinem bißchen Schönheit richte ich wohl keinen Schaden an!» Julie lachte ungerührt.

Der Kutscher war unterdessen in die Kramgasse eingebogen und rief nach hinten: «Welches Haus ist es?»

Da sei er sich nicht ganz sicher, antwortete Zimmermann, sie wollten aber hier aussteigen und die letzten Meter zu Fuß gehen.

Unter den Lauben blickten die Passanten dem eleganten Paar nach, einige erkannten Julie Bondeli. Als eine alte Dame aus Julies Bekanntenkreis sie unter den Bögen ansprach, erkundigte sich Zimmermann bei einem Tuchhändler, der in der Ladentür stand, nach dem Hause Engel – «dort, wo der berühmte Haller gelegentlich absteigt und seine Patienten behandelt.»

Der Händler lächelte vielsagend: «Das kann ich Euch sagen, Haller hat nämlich an meinem kranken Bein herumgedoktert, doch ohne Erfolg. Der Baader macht es jetzt besser und billiger! Wißt Ihr», er kam einen Schritt näher, «der Salzdirektor will sich hier ein Zubrot verdienen, er braucht für seine große Familie Geld!» Mit einem Seitenblick vergewisserte er sich, daß die junge Dame außer Hörweite stand, und fügte dann vertraulich hinzu: «Mit der dritten Ehefrau hat er auch schon wieder sieben Kinder! Und der Unersättliche hat der jungen waadtländischen Hausgehilfin auf Schloß Roche noch zwei dazu gemacht!»

Im Weitergehen gestand Julie: «Ich habe mitgehört, stimmt die Geschichte mit der Hausgehilfin?»

«Mmh, es wird so erzählt. Sie soll Marie Jaunin heißen, aus dem waadtländischen Dörfchen Cudefin.»

«Ist er denn nicht glücklich mit der dritten Gattin?»

Zimmermann lächelte. «Die Professorentochter aus Jena, heißt es, soll mit grünen Handschuhen kochen. Vielleicht läßt sie sich auch nur mit Handschuhen anfassen?»

«Für sieben Kinder scheint der Kontakt jedenfalls gereicht zu haben», sagte Julie unzimperlich.

Als sie in das vom Tuchhändler bezeichnete Haus traten, schlug ihnen schon im Flur der säuerliche Geruch der Medikamente entgegen.

«Aha, Hallers berühmte saure Tropfen», lachte Zimmermann.

Julie wand sich hinter ihm das düstere Treppenhaus hinauf, mit jeder Stufe wurde ihr flauer im Magen. Was für einen Streich spielte ihr Körper, daß sie nun Hilfe suchen sollte bei einem Mann, den sie von Kind auf nicht mochte: Aufgeblasen wie ein Frosch war er bei den Gartenfesten unter den Gästen gesessen und hatte seine Meinungen verbreitet. Wie würde er sie behandeln? Doch im zweiten Stock, wo sich die Praxis befand, blieb für weitere Befürchtungen keine Zeit. Aus der Küche, eingehüllt in Backgerüche, kam ihnen eine ältere, rundliche Frau entgegen, die ledig gebliebene Tochter des Rats Engel – Jungfer Engel, wie sie in Bern genannt wurde. Sie begrüßte Julie und Zimmermann mit großer Herzlichkeit und lud die beiden ein, nach der Konsultation mit Doktor Haller im Eßzimmer Kaffee zu trinken. Auch Hallers älteste Tochter, Marianne Jenner, werde mit ihren Kindern dabeisein.

2

Der berühmte Haller stand mit einer wallenden Lockenperücke im Untersuchungzimmer. Der Arzt zeigte sich erfreut, daß sein ehemaliger Lieblingsschüler Zimmermann ihm eine stadtberühmte Patientin zuführte. Trotz zunehmender Meinungsverschiedenheiten auf politischem Gebiet zeugte das immerhin von Vertrauen in seine ärztlichen Fähigkeiten. Mit dieser Reaktion des Meisters hatte Zimmermann nicht ganz uneigennützig gerechnet – wollte er von seinem Brugg loskommen, konnte ihm dabei nur Hallers Empfehlung helfen.

Während die beiden Ärzte sich unterhielten, sah sich Julie um: In dem rechteckigen, weiß gestrichenen Raum war es unordentlich, die Abstellflächen mit Tiegeln, Salbtöpfen und ärztlichen Instrumenten belegt, in einer Metallschale auf dem Tisch ein Häufchen blutverschmierte Scharpie und eine Pinzette. Wieder roch es säuerlich, auf den Gestellen waren die Fläschchen mit den berühmten Hallerschen Tropfen allgegenwärtig.

Nun wandte sich der Medicus Julie zu. Eine neuartige Sekundenuhr in der Hand, schob er den feist gewordenen Kopf näher an die Patientin und begann den Puls zu fühlen.

«Wer ist der Hausarzt Ihrer Familie?»

«Doktor Rosselet. Meine Übel schreibt er einer außerordentlichen Reizbarkeit des Nervensystems zu. Sie rühre daher, daß sich kleine Blutgefäße mit dickem Blut anfüllen.»

«Was hat er verschrieben?»

«Mineralwasser und Milch, das ist mir gut bekommen. Er hat mir den Genuß von Fleisch verboten und seinen Bannfluch auch gegen den Kaffee geschleudert.»

«Woran leiden Sie zur Zeit?»

Zimmermann, der auf einer Stabelle nebenan Platz genommen hatte, mischte sich ein und schilderte unaufgefordert die letzte Attacke ihres Nervenhustens. Haller bat darauf die Bondeli, über ihre Verdauungsschwierigkeiten zu berichten. Anschließend fragte er nach ihrem Kopfweh.

Julie überwand ihre Abneigung, über Schmerzen zu sprechen, und entwarf eine detailgetreue Schilderung ihrer Zustände.

Haller, diesmal ein aufmerksamer Zuhörer, machte dann und wann Notizen. Seine Krankenberichte, von einer breiteren Öffentlichkeit gelesen, basierten auf konkreten Gesprächen: *der Bericht soll am Bett des Patienten entstanden sein, die Krankheit mit treuem Pinsel nachgezeichnet.* Der Arzt war sich bewußt, daß in einer Sammlung von Krankheitsfällen eine prominente Dame immer besonderes Interesse weckte, im Geist sah er schon den Eintrag, der in die Annalen der Medizingeschichte eingehen sollte: *eine junge unverheyrathete patricische Dame, die durch ihr außerordentliches Genie berühmt ist …*

Während er begann, die Patientin abzutasten, konnte er es nicht unterlassen, seinen ehemaligen Schüler zu belehren. «Nervenkrankheiten, Hysterie und Hypochondrie breiten sich aus, Kollega Zimmermann. Die englischen Ärzte Whytt und Blackmore betrachten sie als Zivilisationskrankheiten. In unseren Breiten, sogar in unserem biederen Bern, sehe ich sie bei den Weibern im Vormarsch.»

«Wie erklärt Ihr Euch das, Professor?»

Haller hatte auf dem gebeugten Rücken seiner Patientin eine Serviette ausgebreitet, nun bettete er sein riesiges Ohr darauf und begann, das Endglied des Mittel- und Zeigefingers als Pessimeter benutzend, mit der Perkussion. Die Schläge kamen aus lockerem Handgelenk, aufmerksam lauschte der Arzt dem Klang des erschütterten Bezirks nach.

Nach einer Weile hob er den Kopf und antwortete auf

Zimmermanns Frage: «Es liegt an unseren Ansprüchen, Zimmermann. Dem philosophierenden Zeitalter sind die feiner organisierten Frauen nicht gewachsen. Wie Ihr wißt, hängt die zentrale Empfindung von der Stärke des Nervendrucks ab, mit dem ein Körper den Nerv berührt, oder, mit anderen Worten, vom Widerstand des Nervs, den dieser dem Körper entgegensetzt ...» Hallers Kopf hatte sich wieder dem Rükken der Patientin genähert, doch das Tüchlein war zu Boden geglitten und eine Locke der mächtigen Perücke fuhr kratzend über Julies bloße Haut.

«Au!» rief sie und ihre Hand fuhr nach hinten.

Zimmermann, der es bemerkt hatte, lächelte und fragte schnell, um die Verlegenheit zu überbrücken: «Und wo, Meister, seht Ihr die therapeutischen Möglichkeiten?»

Der Medicus richtete sich auf und wandte sich dem Kollegen zu. «Ihr erinnert Euch, in Göttingen haben wir während unserer physiologischen Experimente die Schwefelsäure als Reizmittel zur Prüfung von Sensibilität und Irritabilität benutzt und die härtende und zusammenziehende Wirkung auf die Nerven beobachtet. Es geht im Falle der Hysterie darum, die allzu zarten Nerven abzuhärten und so den Krämpfen, die durch übermäßige Reize entstehen, vorzubeugen.»

«Ihr werdet wohl die Hallerschen Sauren Tropfen verordnen?»

Haller nickte und sprach von seinen guten Erfahrungen mit dem Elixir Acidum: «Schwefelsäure und Alkohol zu gleichen Teilen gemischt, beim Eintragen der Schwefelsäure in den Weingeist ist eine Temperatur von 60 Grad Celsius nicht zu überschreiten, damit sich kein Athyläther bildet ...»

Der Doktor öffnete am Ende der Untersuchung ein Heft und trug Bemerkungen ein. Er ermahnte die Patientin, sich wieder zu melden und über den Erfolg der Kur zu berichten.

Die Bondeli nickte nur vage. Wie sie sich kannte, würde sie, wenn ihr Gesundheitszustand sich nicht dramatisch verschlimmerte, einige Zeit bis zur nächsten Konsultation verstreichen lassen.

Als sie sich ankleidete, drehte sich der Arzt nochmals zu ihr um und sagte: «Ich erinnere mich, was für ein kleines und mageres Kind Sie waren. Sie haben sich damals ganz in Ihre Studien verbissen, waren schon mit zwölf eine kleine Philosophin! Wenn ich mich nicht täusche, war die Emilie du Châtelet Ihr Vorbild, über ihr Lasterleben und jähes Ende hat man ja damals noch nichts gewußt ...»

3

Samuel König war der einzige, von dem die Schülerin Julie Einzelheiten über das Leben der Châtelet erfahren konnte.

An schönen Sommerabenden erschien König nach Henzis Lektion oft im Buchsigut, bis zur Dämmerung saß die ganze Familie mit den beiden im Gartenhaus. Ernestine brachte aus der Küche eine Platte mit Bauernschinken. Mit dem Landbrot und dem Waadtländerwein weckte er nach dem warmen Tag die Lebensgeister.

Auch Julie langte kräftig zu, der Vater sah es mit Wohlgefallen.

Doch dann sagte er halb scherzend, halb klagend zu König: «Unsere Julie will nicht heiraten!»

«Warum nicht?» fragte König.

Julie wurde unter seinem Blick verlegen. «Ach, ich möchte tun und lassen, was mir gefällt», versuchte sie auf ihre launige Art zu sagen, aber es klang ein bißchen unsicher.

«Sie soll erst mal einen der hübschen Patriziersöhne kennenlernen ...», warf Madame Bondeli ein. Heimlich dachte sie an die beiden Tscharnersöhne, die eine ausgezeichnete Schulung bei Professor Stapfer genossen, der lebhafte, vielversprechende Vinzenz Bernhard, nur wenig älter als Julie, war ihr Liebling. Manchmal sah sie in ihren Träumen Julie im Bellevuepark spazieren, doch sie wußte: Eine Bondeli war für einen Tscharner nicht gut genug.

Julie hatte sich jetzt an König gewandt. «Emilie du Châtelet, die Ihr unterrichtet habt, ist sie verheiratet?»

«O ja, sie hat ihren Ehemann, eben den Baron du Châtelet.»

«Und Kinder?»

«Drei. Die sind inzwischen erwachsen.»

«Aber sie lebt doch mit Voltaire zusammen?» fragte Frau Bondeli befremdet.

«Ja, der Baron toleriert das. Die beiden Gelehrten führen auf einem abgelegenen Schloß an der lothringischen Grenze ein zurückgezogenes Leben, jeder arbeitet in seinem Schreibkabinett.»

Es schien König nicht ratsam, vor Frau Bondeli von dem gemeinsamen Schlafzimmer zu sprechen. Er fügte nur hinzu: «Die Gelehrte ist eine leidenschaftliche Frau.»

Frau Bondeli hätte gerne gewußt, wie sich denn diese Leidenschaft äußere, doch sie schwieg aus Furcht, die Antwort könnte in Anwesenheit der kleinen Julie unziemlich ausfallen.

In der Tat hätte König sagen müssen, die Châtelet habe ihren Lehrer Maupertuis zu ihrem Geliebten gemacht. Vermutlich wäre auch er, König, zu den Ehren ihres Bettes gekommen, doch auf der Reise nach Brüssel hatten sie sich über den Begriff des *unendlich Kleinen* gezankt und um Königs Honorar, daß ihm ebenfalls *unendlich klein* vorkam, so hatten die Streitlust der Mathematikerin und ihre Knausrigkeit schließlich zum Bruch geführt.

Eine Woche später erzählte König wieder von Cirey. Diesmal saßen sie am Steintisch. Julie beobachtete beim Zuhören, wie die Schatten der Buchen länger wurden, wie sich ihre scharfen Umrisse auflösten und allmählich mit der braunen Dunkelheit zwischen den Stämmen verschmolzen.

«Hol die Kerzen, Ernestine», befahl die Mutter.

Im flackernden Lichtschein sah Julie, wie sich das Gesicht des Mathematikers in Gedanken an damals entspannte, ihr war, als reite sie mit ihm über Hügel voll Schafherden nahe an die lothringische Grenze. Hier, in dieser ländlichen Abgeschiedenheit, hielt die Châtelet also den Philosophen und Dichter Voltaire versteckt, nach seinen spöttischen Versen über die ‹Pucelle› von Orléans hatte man ihn in Paris als Freigeist verschrien und verfolgt. Das Schlößchen erschien König in seiner Baufälligkeit wenig reizvoll, auch stellte er sich seine zukünftige Schülerin blutleer und abweisend vor. Da erschien sie unter dem Torbogen im Reitkostüm, das Gesicht unter dem rabenflügligen Haar schön, noch gerötet vom Ausritt. Fast überschwenglich hatte sie ihn willkommen geheißen, Maupertuis und Bernoulli hätten ihn warm empfohlen, Mathematik sei in dieser Einsamkeit ihr Trost!

«Meine Algebrastunden haben die Marquise fast ein bißchen überfordert. Ach, vielleicht bin ich auch ein schlechter Lehrer», sagte König lächelnd und warf Henzi einen neckischen Seitenblick zu. Lieber habe sich die Marquise von Leibniz erzählen lassen, der Philosoph war damals in Frankreich fast unbekannt, die Lektionen habe die Châtelet auch wieder brav verwertet in einem Buch. Alle Ideen und Anregungen habe das fleißige Paar gesammelt und wieder genutzt. Am Vormittag, im Sinn und im Fieber von Newtons Lehre ‹Von der Metaphysik zur Physik› beschäftigten sich die beiden mit naturwissenschaftlichen Versuchen. 1738 war Voltaires Buch ‹Elemente der Philosophie Newtons› erschienen, das die neue englische Freiheit der Gedanken propagiert. Emilie hat die Lichtexperimente in der Dunkelkammer vorgezogen. Voltaire werkelte am liebsten in einer Eisenhütte hinter dem Schloß, dort erforschte er mit Eisenplatten und der in Leiden entwickelten Meßstange für die Ausdehnung erhitzter Körper die Erwärmungsgesetze. Ein spartanisches Mittagessen, anschließend empfing Voltaire in seinem Vorzimmer zum Gedankenaustausch.

«Es steht da kein Stuhl», berichtete König, «man darf sich nicht setzen, damit die Gespräche nicht unziemlich in die Länge gezogen werden. Der Tag ist minutiös eingeteilt. Am Nachmittag reitet das Paar aus, Emilie in die eine, Voltaire in die andere Richtung, jeder in Gedanken an seinem Projekt. Abends beim Diner kommt endlich Geselligkeit auf, Voltaire ist ein brillanter Unterhalter. Anschließend wird auf der Hausbühne Theater gespielt, alle, auch Gäste und Diener, erhalten eine Rolle. Voltaire erprobt auf diese Weise sein neues Stück, damals ‹Mahomet›, das die Folgen des religiösen Fanatismus vor Augen führt. Die Châtelet studiert und schreibt halbe Nächte hindurch, vier Stunden Schlaf sind ihr genug. Wenn sie in Paris ist, stürzt sie sich ganze Nächte lang in Vergnügungen. Dann und wann eine Liebesgeschichte. Doch meist eine furiose Spielleidenschaft. Ohne die Einsamkeit in Cirey und den geistreichen, emsigen Partner Voltaire hätte sie wahrscheinlich nichts zustande gebracht.»

Julie hörte mit großer Aufmerksamkeit zu. Emilie du Châtelet. Ihr Partner half ihr, sich die Rechte des Geistes zu nehmen und sich Freiheit zu verschaffen. Doch fand sich in Bern so etwas wie ein Voltaire? Bis anhin war da für Julie nur einer, der ihr mit seinem Wissen und seiner heiteren Gelassenheit imponierte: Samuel Henzi, ihr Lehrer.

Doch damals war sie noch keine fünfzehn, er dreiundvierzig.

«Nützen die Leidenschaften dem Glück oder sind sie dem Glück hinderlich?» fragte Julie unter den Ulmen.

Henzi zitierte den Abbé Pestré. «In seinem Essay, der bald in Diderots ‹Enzyklopädie› zu lesen ist, nimmt der geistliche Herr die Leidenschaften in Schutz. Er bemängelt, daß man Leidenschaft zu negativ, zu einseitig sieht, alle großen Unternehmungen, so meint er, entständen durch den Impuls der Leidenschaft. Sie ist ein inneres Feuer, das den Menschen zu großen Taten antreibt.»

«Demnach kann jeder Mensch seine Art von Leidenschaft entwickeln?»

«So ist es.»

«Dann heißt Eure Leidenschaft Freiheit, Meister Henzi?»

Er nickte, lächelte auf eine bittere, traurige Art. «Wenn wir uns nicht auf die alten Rechte zurückbesinnen, werden meine Kinder zu Sklaven.»

«Ich glaube, meine Leidenschaft ist das Wissen», sagte Julie.

Er sah sie an und bemerkte das Leuchten in ihren Augen.

Rasch fügte sie hinzu: «Im Ernst, Meister Henzi, ich möchte alles in meinem Kopf haben, was Ihr in Eurem habt!»

Er lachte. «Dann kann ich ja ruhig um meinen Kopf gebracht werden. Ihr tragt ihn dann auf Euren Schultern weiter.»

«Warum solltet Ihr Euren Kopf verlieren, Meister Henzi?»

«Nun ... wir leben in einer gefährlichen Stadt.»

4

Nach dem ärztlichen Untersuch wurde Julie von der Jungfer Engel ins Eßzimmer gerufen, unterdessen hielt Haller Zimmermann noch eine Weile im Untersuchungsraum zurück. Mit ernster Miene sagte er: «Am Beispiel der Bondeli zeigt sich, wie schädlich sich Kopfarbeit auf Frauen auswirkt. Die Patientin ist überanstrengt, ihre körperlichen Symptome sind gravierend.»

Haller sah bei dieser Bemerkung den jüngeren Kollegen durchdringend an, als wolle er ihm seine Freundschaft mit der Bondeli vorwerfen.

«Man sieht Julie zu viel beim Lesen und Schreiben», gab Zimmermann zu.

Der Medicus nickte. «Frauen sind nicht für das Studieren gemacht, durch die Blutzufuhr im Kopf werden ihre feiner organisierten Nerven malträtiert.»

Zimmermann lächelte. «Und doch fordern gewisse Leute Schulen für Frauen ...»

Zornröte schoß Haller ins Gesicht. «Höchst bedenklich, Herr Kollega! Wenn zukünftige Mütter den gottgewollten, geschlechtsspezifischen Weg verlassen, entsteht ein Schaden für die Volksgesundheit! Tissot sagt, lesende Frauen müßten sich in kaltes Wasser getauchte Servietten um den Kopf binden ...»

Zimmermann, der sich Julie und ihre Geschlechtsgenossinnen mit solchen Bandagen vorstellte, unterdrückte ein Lächeln. «Das klingt, als ob das Weibliche eine Krankheit wäre», wagte er mit einem Achselzucken zu sagen.

Haller überhörte es, aus einer Schublade hatte er eben ein Manuskript geholt. «Meine Reflexionen zu diesem Thema, seid Ihr daran interessiert?»

Als Zimmermann nickte, drückte Haller ihm die Blätter

in die Hand mit der Bitte, der Kollege möge die Abhandlung aus dem Lateinischen ins Deutsche übersetzen, um sie dann einrücken zu lassen in das ‹Hannoverische Magazin für die gebildeten Stände›.

Die Nervenkrankheiten (mala hysterica) sind allgemein. Sie waren es nicht bey unsern Müttern, die, für ihre Haushaltung besorgt, ihrem Körper die nöthige Bewegung verschafften; deren Seele mit geringen Vergnügungen zufrieden, nicht auserlesene, nicht neue Wollüste begehrten; die noch nicht verstanden, ihr Glück zu verläumden.

Nun, da auf die Arbeitsamkeit die Trägheit gefolgt ist: da wir pflegen, mit spitzfindigem Urtheile die Wohlthaten der Fürsehung zu durchsuchen; da wir mit mäßigen Freuden nicht zufrieden, eine Vollkommenheit in der menschlichen Glückseligkeit verlangen, die nirgends zu finden ist; nun, sage ich, siehet man allenthalben eine ganz erstaunliche Menge von Weibern, deren zarte Nerven bey jeder Ursache auffahren und in Krämpfe sich zusammen ziehen; deren Seelen immerwährende Sorgen brüten; die sich beständig beklagen, daß nichts angenehmes ihnen begegne und daß alle Arten von Widerwärtigkeiten sich ihnen immer entgegen sperren.

Daher kommt die Menge der Nervenkrankheiten.

Zimmermann blieb gerade die Zeit, den ersten Abschnitt zu überfliegen, da öffnete sich einen Spaltbreit die Tür und das runde Gesicht der Jungfer Engel erschien. Mit aufgeräumter Miene bat sie die Ärzte an den Kaffeetisch.

Haller erhob sich rasch. Zum Glück brachten weibliche Wesen wie die Engel die Welt wieder in Ordnung.

Im Eßzimmer saßen die Frauen mit Julie Bondeli schon in eifrigem Gespräch. Mit Marianne und ihren Kindern war auch Hallers jüngste Tocher aus der dritten Ehe erschienen, sie hieß wie Julies Schwester Charlotte. Dreizehn war sie und galt als Hallers Liebling. Ein bräunlicher, südländischer

Teint und harmonische Gesichtszüge, die beweglichen dunklen Augen fixierten neugierig ihr Gegenüber. Sie interessiere sich brennend für Julies Salon, rief sie über den Kaffeetisch, auch liebe sie die nur wenige Jahre ältere Charlotte Bondeli. In Julies Sorbonne werde Rousseaus ‹Héloïse› gelesen? Aufregend. Sie wolle das Buch unbedingt lesen. «Kennst du es denn schon, Marianne?»

Die Stiefschwester winkte ab, der Kinder wegen finde sie keine Zeit zu lesen.

«Ach, die sind doch alle drei so brav!» rief Charlotte.

Julie mochte Mariannes Kinder, sie hätte sie gerne aus ihrer Reserve gelockt, denn sie saßen stumm und eingeschüchtert da, nippten an den hohen Kakaotassen, im Blick den allmächtigen Großvater. Es hieß in Bern, Mariannes Ehe mit Franz Ludwig Jenner sei nicht besonders glücklich. Zimmermann fühlte sich daran nicht unschuldig, hatte er doch Haller bei der Wahl des Schwiegersohns geholfen und seinem ehemaligen Mitstudenten vor dem zweiten Bewerber, einem Willading, den Vorzug gegeben, ausschlaggebend seien Rang und Tüchtigkeit des Bewerbers. Die Einundzwanzigjährige wurde kaum um ihre Meinung gefragt.

Während die Frauen sich am oberen Tischende unterhielten, bat Zimmermann am untern Ende den großen Haller um einen Rat. Auch er leide an Hypochondrie, schwarzen Gedanken und Antriebsschwäche, der Aufenthalt in Brugg sei geisttötend.

«Ach, Zimmermann», antwortete Haller ein bißchen zynisch und rückte seine Perücke zurecht. «Ihr solltet mehr Befriedigung in ihrer ärztlichen Tätigkeit suchen als beim Schreiben von schöngeistigen Gedichten.»

Zimmermann schwieg irritiert. Verachtete Haller die literarische Tätigkeit seines Schülers? Nahm er es übel, daß er nach seinem Vorbild beides sein wollte, Literat und Arzt?

Er wechselte das Thema und kam auf sein liebstes politisches Anliegen zu sprechen, die ‹Helvetische Gesellschaft›.

Wie Haller wohl bekannt sei, gehöre er zu den Gründern. Die jährlichen Zusammenkünfte in Schinznach sollten Freiheit und Bildung in der Eidgenossenschaft fördern. Prominente Gäste trügen mit ihren Gedanken zum Anliegen bei, eine besondere Ehre, wenn Haller, der Dichter der ‹Alpen›, an der nächsten Tagung partizipiere …

Haller reagierte unwirsch. Es sei ihm zu Ohren gekommen, daß Rousseau als Referent beigezogen werden solle, und auf eine Gesellschaft von Rousseauanhängern könne er verzichten. Rousseau untergrabe die christlichen Werte, auch sei sein Glaube an die Volkssouveränität, an ein von Natur aus unfehlbares, gutes Volk, lächerlich, ja, für ein Staatswesen höchst gefährlich!

Der Name Rousseau hatte Julie aufmerken lassen, sie hörte zu, wie Zimmermann unten am Tisch tapfer seinen *Lieblings-Scribenten* verteidigte. Haller widersprach. Rousseau sei ein Volksverderber. In Genf bereite man seine Ausweisung vor. Auch Bern habe Konsequenzen zu ziehen.

«Konsequenzen?» fragte Zimmermann beklommen.

Haller nickte. «Verbannung, Verbot der Schriften.»

«Das werden Sie doch gewiß als Mitglied des Großen Rats zu verhindern wissen», mischte sich die Bondeli ein.

Haller streifte sie mit einem strafenden Blick. «Der Rat hat die Pflicht, wirre Freiheitsgedanken zu beschneiden.»

Julie spürte in ihrer Kehle einen würgenden Kloß, sie erinnerte sich an Hallers traurige Rolle in Henzis Leben, sie schwieg, war unfähig, auch nur ein einziges Wort zu sagen.

Die unheilschwangere Stille, die sich ausbreitete, zerschnitt die junge Charlotte, die nur das Stichwort Rousseau gehört hatte, mit unschuldiger Stimme: «Nicht wahr, Papa, ich darf in Julies Sorbonne die ‹Nouvelle Héloïse› lesen!»

Der Medicus reckte den wuchtigen Kopf mit dem dreifachen Kinn. Seine Stimme schwoll bedrohlich an, als er an die Adresse seiner Lieblingstochter das Verdikt richtete: «Kein Mitglied meiner Familie wird sich mit den Schriften dieses Vergifters beschäftigen!»

Eines der Jennerkinder stieß erschrocken seinen Kakao um, Marianne schalt es, Geschrei erfüllte den Raum. Julie hörte Haller noch eine Weile vor sich hin schimpfen: «Wer Mädchen unterrichtet, setzt ihnen Flöhe ins Ohr …»

5

Als Kind liebte Julie die Freiluftlektionen im Frühling. Die Kronen der Ulmen, im April noch blattlos, färbten sich rötlich von den geflügelten Blüten. Am Himmel sah Julie die Züge der Wildgänse, die in V-Form aus dem Süden zurückkehrten. Die große getigerte Katze hatte Junge geworfen, die ihr nun um die Beine strichen.

Henzi holte mit einem Witz die Aufmerksamkeit der Schülerin zurück, aber der Witz war nur das Einwickelpapier für eine Regel. Seine zupackende Sprache rückte die Welt der Zahlen nahe, geometrische Formen konnte er mit Worten genau umreißen, sie entstanden vor Julies innerem Auge, bevor der Lehrer sie auf sein Schiefertäfelchen zeichnete.

Manchmal, wenn die Schülerin verträumt schien, erzählte Henzi blanken Unsinn. Er lauerte schweigend, bis sie es entdeckte und ausrief: «Halt, halt, das glaube ich nicht!»

«Gut so. Glaube an keine Autoritäten, Julie.» Sein Gesicht nahm einen vergnügten Ausdruck an, auf seinen Wangen bildeten sich Hügel und Dellen, blau und lupenscharf blickten die Henziaugen aus ihren Faltennestern.

Julies Eifer war auch im zweiten und zu Beginn des dritten Jahres nicht erlahmt, im Gegenteil, sie sog alles auf, als müßte sie für ihre Mutter, Großmutter und Urahnen, denen das Lernen verwehrt gewesen war, Wissen einheimsen. Einer der ersten Biographen der Bondeli, Eduard Bodemann aus Hannover, wird 1874 schreiben: Henzi vermittelte ihr *rege Teilnahme an allem Wissenswerten, das Verständnis des Altertums und einen freieren, geschichtlichen Blick.*

Auch für die toten Brüder und Schwestern wollte sie lernen. Am Grab des kleinen Friedrich hatte sie bemerkt, wie zwei der schwarzgekleideten Frauen sich gegenseitig anstießen – dort, die Julie. Sie lebt munter weiter, während alle Bondelisöhne sterben müssen.

Scham überkam sie. Sie lebte frischfröhlich dahin, während alle ihre Geschwister schon im Grab lagen. Bis anhin hatte sie es für eine Selbstverständlichkeit gehalten, zu leben.

Vor der nächsten Schulstunde betrachtete sie aufmerksam ihre Füße. Tote, hatte sie beobachtet, verlieren den Bodenkontakt, liegen da wie gefällte Bäume. Der kleine tote Friedrich war ihr wie eine geknickte Blume vorgekommen.

Julie vergewisserte sich, daß ihre Füße fest verankert auf der Erde standen, auf einem Fleck im Buchsigut, in Köniz im Freistaat Bern, der zur Eidgenossenschaft gehörte, die sich in Europa befand, und Europa war ein Teil der Erde.

Henzi kam. «Willst du dich nicht setzen, Julie?»

Sie blickte auf ihre Füße und fragte: «Meister Henzi, wie soll ich mir die Gestalt der Erde vorstellen?»

Henzi berichtete von seinem Schüler König, der den Bericht des Erdforschers und Mathematikers Maupertuis übersetzt hatte. Maupertuis war von der Akademie der Wissenschaften ausgeschickt worden, um nachzuprüfen, ob die Erdkugel mehr einem Apfel oder einem Ei gleiche.

«Ein Apfel? Wie ist man auf diese Idee gekommen?»

«Newton, angeregt durch seine Himmelsmechanik, behauptete, die Gestalt der Erde sei gegen die Pole abgeflacht. Giovanni Cassini hingegen, ein bedeutender Astronom, vermutete die Erde an den Polen länglich. Um es genau zu wissen, nahm man bei Amiens eine Triangulation, eine Gradmessung vor. Dann wurden 1735 der Forscher Condamine nach Peru geschickt, Meister Maupertuis in den hohen Norden. Maupertuis hat König von den Strapazen seiner Expedition erzählt: Die schweren Meßinstrumente mußten durch Sümpfe und Wälder gezogen werden, dichte Mückenschwärme erschwerten ein Vorwärtskommen und für die Messungen mußte da und dort Urwald gefällt werden. Naturforscher, das sind die neuen Argonauten, Julie! Mit ihren aufwendigen Winkel- und Längenmessungen haben sie die Krümmung der Erde bestimmt und Newtons Theorie bestätigt: Die Erde gleicht dem Apfel! Sie hat um den Äquator einen Wulst, denn durch die Zentrifugalkraft der Erddrehung werden Land und Wasser nach außen geschleudert. Die Pole sind platt, der Nordpol um 21 Kilometer näher am Erdmittelpunkt als der Äquator. Auf einen Erdradius von 6370 macht das allerdings wenig aus …»

«Nur 0,3 Prozent», sagte Julie.

Im Frühjahr 1743 gebar Julies Mutter ein Mädchen, Charlotte. Niemand wagte sich über den Familienzuwachs zu freuen, das Kind würde sich ja gleich wieder verabschieden wie die anderen vor ihm.

«Henzi», fragte Julie unter den Bäumen, «wie kann der Mensch glücklich sein, wenn es den Tod gibt?»

In der nächsten Lektion erzählte der Lehrer von den Philosophen der Antike, den Stoikern und Epikureern, die beide auf ihre Art mit dem Schicksal fertig zu werden versuchten.

Auf Julies Frage, mit wem Henzi es halte, gab er zu, er übe mit den Stoikern, Freude und Schmerz mit Gleichmut zu ertragen.

«Und Madame du Châtelet?»

«Ach», lachte er, «die bekennt sich eher zu den Epikureern mit ihrem Carpe diem.»

Den Sommer verbrachten die Bondelis wie immer in der französischen Schweiz, wo der ehemalige Landvogt von Echallens in der Nähe des Genfersees noch ein Landgut besaß. Der Säugling lag auf einem Spitzenkissen unter dem Apfelbaum und gedieh. Charlotte, obwohl klein und schwächlich, sollte dem Tod Widerstand leisten, so bekam Julie nach zwölf Jahren doch noch eine Schwester.

6

Im Winter 1761, als Julie für Zimmermann an einem Krankenbericht schrieb, verwandelte sich die Schwester Charlotte, inzwischen lang aufgeschossen, in eine Nervensäge.

Im gelben Zimmer, dem einzigen Ort, der, ordentlich geheizt, sich zum Briefeschreiben eignete, hörte man im angrenzenden Salon Charlottes stümperhaftes Geklimper am Klavichord. Sie übte widerwillig für die nachmittägliche Klavierstunde, jedem andern Unterricht, sah man von einer Konversationsstunde in englischer Sprache ab, hatte sie sich längst entzogen. Vater Bondeli fand es zwecklos, der an geistigen Dingen wenig interessierten Jüngeren Lektionen aufzudrängen. Noch lag ihm, was die Ausbildung der Älteren betraf, der Spott der Ratsgenossen im Ohr. «Eine Gelehrte in der Familie genügt», sagte er. Julie, die sich für Charlotte verantwortlich fühlte, protestierte gegen die mangelhafte Ausbildung, doch auch die Mutter sprach ihr zu: «Überlassen wir doch deine Schwester ihrem liebenswerten Leichtsinn, das Leben wird sie von selbst ernster machen. Sie wird bestimmt bald heiraten, vielleicht noch vor dir, Julie.» Charlottes Welt bestand inzwischen aus Schönheitspflege, Kleidern und Liebesgeschichten.

Im Salon brach das Geklimper ab, Charlotte stürmte in das gelbe Zimmer. Sie stöhnte über die Kälte, rieb sich die Hände. «Eine Polarkälte, warum können wir es uns nur leisten, den Salon zu heizen, wenn deine vornehmen Sorbonne-Leute zu Besuch kommen?»

«Die Kamine ziehen schlecht und das Brennholz ist teurer geworden», antwortete Julie.

«Vater hat seine Anteile am Stadtwald verkauft», warf Mutter Bondeli ein. «Ernestine wird dir, wenn du so frierst, einen Krug Tee machen.»

«Und für mich Kaffee!» rief Julie. «Ich komme mit meinem Bericht nicht voran, meine Lebensgeister müssen geweckt werden.»

«Die wievielte Tasse heute?» fragte die Mutter tadelnd. «Du weißt, daß Doktor Zimmermann …»

Julie lächelte, eben hatte sie in ihrem Bericht an den Arzt geschrieben: *Herr Rosselet (…) schleudert den Bannfluch auch gegen den Kaffee. Ich gestehe, ich beichte, ich schwöre sogar, daß ich viel zuviel Kaffee getrunken habe, aber ich erkläre auch, daß ich es mehr aus Notwendigkeit denn aus bloßer Genußsucht tat; bereits habe ich auf zwei Drittel meiner üblichen Portion verzichtet. Kaffee zu trinken ist mir ein Bedürfnis, und zwar ein dringendes, niemals erregt er mich oder raubt mir den Schlaf, sondern er ist die Stütze meines vegetativen, animalischen und spirituellen Lebens; ohne ihn sinke ich auf das Niveau einer Auster ab.*

Als Ernestine den Kaffee in das gelbe Zimmer brachte und zuschaute, wie gierig Julie ihn schlürfte, stiegen Erinnerungen in ihr auf an Henzis Unterricht im Buchsigut: die kleine Julie nach der Lektion auf den Zehenspitzen am Küchenfenster. «Ernestine, ich brauche einen Kaffee.» «Schon wieder?» «Der Kaffee vertreibt mir die Wolken im Kopf.» Ernestine hatte die Tasse auf den Sims des Küchenfensters geschoben, das klein gebliebene Mädchen betrachtet, geseufztt und dann gefragt: «Was willst du tun mit allem, was du weißt?» «Wie meinst du das?» «Nun, du wirst heiraten und Kinder bekommen wie deine Mutter. All das, was Herr Henzi dir beibringt, wird dir nicht nützen.» Julies Gesicht hatte sich verfinstert. Sie hatte die Lippen zusammengepreßt, den Kopf zurückgeworfen und gesagt: «Was die Mutter lebt und die Mutter der Mutter gelebt hat und die Mutter der Mutter der Mutter ... Warum soll man nichts ändern können? Der Geist ist frei, man muß sich seine Rechte nehmen, hat Henzi gesagt.»

«Aha!» rief Charlotte und umkreiste mit neugierigen Blicken den Schreibtisch der älteren Schwester. «Schreibst du deinem neuen Freund?»

«So ist es», sagte Julie.

Charlotte lachte zufrieden. «Er gefällt mir gerade so gut wie dein ehemaliger, der Dichter. Wirst du im Frühling mit ihm wie mit Wieland im Buchsigut bei der Grotte sitzen und Händchen halten?»

«Charlotte!» rief Julie. «Wie oft muß ich es dir noch sagen, Herr Zimmermann ist ein verheirateter Mann und ein Familienvater. Bitte denke dir andere Liebesgeschichten aus.»

«Schade», sagte Charlotte, es klang enttäuscht.

Julie mußte lachen. «Schau, wenn ich schon nicht heirate, so werde ich dir helfen, einen gutaussehenden Mann auszusuchen, einen mit einem Schloß. Erinnerst du dich, was Ernestine, wenn du dir weh getan hast, früher vorgesungen hat?

Ne pleure pas, Jeannette, ah, Charlotte, on te marirera, avec un fils du prince … Doch nun laß mich bitte allein.»

Als die Türe hinter Charlotte zuschlug, überfiel Julie mit großer Wucht die Erinnerung an Christoph Martin Wieland.

Auf ihr Drängen hin hatte Zimmermann ihr Wielands Briefe überlassen. An diesem Abend entnahm sie ihrer Schatulle die Briefe und las, sie überflog den chronologischen Ablauf von Wielands Berner Zeit und begann, die Ereignisse zu rekonstruieren.

V

«Ich meyne, man könne nicht
zuviel Zeit aufwenden, um glücklich zu seyn ...»

CHRISTOPH MARTIN WIELAND

I

Mitte Juni 1759 war Christoph Martin Wieland, von Zürich her kommend, in Bern im Gasthof ‹Zum Goldenen Falken› abgestiegen. Schon am Abend der Ankunft besuchten ihn Stapfer, Tscharner und Sinner, der frühere Landvogt von Interlaken. In seiner Familie sollte er die Hauslehrerstelle antreten.

In Bern war man neugierig auf den Dichter, der mit seinen 26 Jahren schon literarische Erfolge aufweisen konnte, die Belesenen und Weltoffenen rühmten das eben erschienene Fragment ‹Cyrus›, die Konservativen hielten sich lieber an ‹Empfindungen eines Christen›, die Frauen lobten ‹Lady Johanna Grey›, eine Lektüre, die zu Tränen rührte, die bekannte Ackermannsche Truppe hatte das Stück vor kurzem in Winterthur aufgeführt.

Im Hause Sinner nahm Wieland sogleich seine Hauslehrertätigkeit auf, doch die Schüler, elfjährige Zwillinge, enttäuschten ihn. *Die Knäblein Sinner sind so unwissend, ungeschickt, kindisch und ungelehrt ...*

Bernhard Tscharner, der damals den Einfall hatte, Wieland nach Bern zu locken, zeigte sich rührend um den Neuankömmling bemüht. Er lud ihn fast täglich ins Bellevue ein. Hier erwartete Wieland eine Berner Sensation: Die außerordentliche, überall gerühmte Schönheit der Madame

Tscharner. *Die Frau Tscharner hat wirklich sehr viel Ähnliches mit den Engeln des Paul Veronese oder des Parmesano,* gestand Wieland in einem seiner ersten Briefe aus Bern, doch man habe ihm noch die Bekanntschaft mit anderen weiblichen Besonderheiten versprochen: *Es sind einige Damen, die mich sehen wollen. Die merkwürdigste ist eine Mselle Bondeli.*

Offensichtlich wurde in Wielands ersten Tagen zuviel von der gelehrten Bondeli gesprochen, jedenfalls zeigte der Dichter wenig Lust, dieses *Wunder an Geist und Gelehrsamkeit* persönlich kennenzulernen, einen schon angekündigten Besuch schob er hinaus. *Ich habe einen Besuch bei ihr am letzten Sonntag vernachlässigt,* schrieb er an Madame Zimmermann.

Julie hatte an jenem Sonntag vergeblich den Besuch erwartet.

Mittlerweile hatte sie von Berner Patrizierinnen gehört, der junge Dichter wisse zu charmieren, in Zürich habe er älteren Damen aus bester Gesellschaft, vor allem einer Amtsmännin Grebel, einer Statthalterin Hirzel, einer Jungfrau Hess und einer Schultheiß den Kopf verdreht.

Ein paar Tage später erschien Wieland in Begleitung des Ägyptologen Schmidt. Schmidt, der in Bern als Monstrum eruditionis galt, liebte es, seine Weisheit auszubreiten, schon auf dem Gartenweg hörte Julie von Anubis, Serapis, Osiris, Isis sprechen, und als Ernestine fragte: «Tee oder Kaffee, Herr Professor?», antwortete er nicht, weil er immerzu in Ägypten war und wie ein Tuchhändler am Markttag seine Schätze vor dem Neuling ausbreitete. Auch als Wieland vortrat, um Julie zu begrüßen, wirbelten die Namen der ägyptischen Götter durch die Luft. Julie neigte sich vor, sah endlich vor ihren kurzsichtigen Augen diesen Wieland, ein hageres, von Pockennarben gezeichnetes Gesicht mit einer überaus langen, nach unten knollig werdenden Nase und blaue, etwas wässerige Glubschaugen.

Nun, äußere Schönheit bedeutete ihr wenig, doch sie fand, der junge Dichter trete eine Spur zu siegesbewußt auf und sein gleich zu Beginn gemachtes Kompliment über ihren Ruf als gelehrte Frau kam ihr sarkastisch vor. Um sich zu schützen, griff sie zu einer Maske, erlaubte sich den Scherz, die Rolle eines weiblichen Wissensmonsters zu spielen. Sie, die sonst mit ihrer Bildung nicht prahlte, überschüttete den Besucher pausenlos mit Beispielen ihrer Gelehrsamkeit, und dies in einem so schnellen Französisch, daß Wieland staunend und angewidert davorstand.

Über diese erste Begegnung berichtete er an Zimmermann am 4. Juli 1759 auf französisch: *Mselle Bondeli hat es zustande gebracht, mich während zwei Stunden ununterbrochen zu langweilen. Ein schreckliches Mädchen, dieses Fräulein Bondeli. Sie sprach gleichzeitig von Platon, Plinius, Cicero, von Leibniz, von Pfaff, Aristoteles, Locke, von gleichschenkligen Dreiecken und weiß was noch, sie sprach von allem. Es gibt in der Natur nichts Vergleichbares mit der wollüstigen Aufgeblähtheit ihrer Sprache, sie spricht mit einer Geschwindigkeit, die es unmöglich macht, mit den Gedanken zu folgen, sie hat Geist, Wissen, ist belesen, hat Einblick in Philosophie, Geometrie, in die sphärische Trigonometrie, wenn Sie wollen, aber sie hat die Gabe, mir souverän zu mißfallen. Es leben die unwissenden Frauen (les femmes idiotes), alle haben nicht das Genie und den Bon-Sens von Madame Zimmermann. Die Lektüre steht nur Frauen zu, die so sind wie sie. Aber dieser Gelehrten Bondeli ziehe ich alle Landmädchen des Berner Oberlandes vor. Sie sehen, sie hat mich schrecklich gegen sich aufgebracht. Vielleicht wird sie mir bei einem zweiten Gespräch besser gefallen. Aber ich zweifle daran.*

Einige Tage später kam es zu einer zweiten Begegnung, diesmal erschien der Dichter in Begleitung von Stapfer, unter allen seinen Berner Bekannten schätzte Wieland den gesetzten Professor und den jungen Fellenberg am meisten.

Es war ein heiterer, nicht allzu heißer Sommernachmittag, man traf sich im Garten, Julie hatte die Halbmaske der Femme savante abgenommen. Im Schatten der Bäume erschien ihr der junge Dichter in einem besseren Licht. Nein, häßlich war er nicht, sie mochte seine Augen, den lebhaften Ausdruck des schmalen Gesichts. So erfrischend ungeniert, aus persönlichem Blickwinkel, hatte sie schon lange nicht mehr erzählen gehört. Wieland klagte, wenn sein Auftrag im Hause Sinner, die Büblein täglich vier Stunden lang in den Elementen der Grammatik zu unterweisen, fortdaure, so werde sein Geist gänzlich erlöschen oder wenigstens zum Pygmäen werden! Dabei sollte dieser Geist taugen, den ‹Cyrus› fertigzuschreiben und Shaftesbury, Diderot und Rousseau Konkurrenz zu machen!

Das klang auf witzige Weise arrogant. Julie lächelte. Wieland lobte darauf die Berner Gastfreundschaft, vergnügliche Gesellschaften und Ausfahrten en masse, doch er fühle sich gespalten, der eine Teil divertiere sich, der andere begehre allein zu sein und zu schreiben. Sitze er endlich vor dem leeren Blatt, würden seine Einfälle weggeblasen durch die naiven Fragen der Knäblein ... Stapfer amüsierte sich über Wielands Gesicht, auf dem die Geschichte nochmals geschrieben stand, doch er sah die unmögliche Situation des Dichters ein und kam mit einem tauglichen Vorschlag, den Sinner akzeptieren müsse: Die Knäblein sollten in Latein und Französisch andere Lehrer bekommen, Wieland unterrichte sie am Tag nur eine Stunde, bekomme dafür bei Sinner Tisch und Zimmer. So bleibe Zeit, vernünftigeren Schülern von fünfzehn bis sechzehn Jahren zwei Stunden am Tag eine Collegia philosophica zu lesen, was ihm circa 200 Kronen im Jahr eintragen werde. Auf diese Weise bleibe doch Muße genug, den ‹Cyrus› fertigzuschreiben?

Wieland war sehr angetan von diesem Nachmittag und schrieb über diese Begegnung: *A propos. Ich habe Mselle Bondeli am letzten Sonntag zum zweiten Mal gesehen in Begleitung von Stapfer. Sie war von einer natürlichen Ausstrahlung, sie wirkte überhaupt nicht geziert, sie begeisterte mich. Man sagt viel Gutes über ihren Charakter.*

Julie und Wieland kamen in der Folge oft im Bellevue zusammen. Nicht nur das Anwesen mit dem großen Park, auch die Bewirtung war feudal, die junge Tscharnergeneration war bemüht, aus dem Bellevue einen Begegnungsort der Philosophen zu machen. Ein intelligenter Mann, so wollte es die Mode, hatte ein Philosoph zu sein, er dachte auf eigenwillige Weise über Gott und die Welt nach, er dichtete, beackerte auf einem Wissensgebiet sein privates Feld und vor allem: Er schrieb Bücher. Vinzenz Bernhard Tscharner, 1728 geboren, besaß die Imagination eines Dichters; wenn auch eigene literarische Versuche nicht glückten, so konnte er doch schon 1750 eine brauchbare Übersetzung von Hallers ‹Alpen› ins Französische vorweisen. Er war ein offener Mensch mit großen Plänen, einige davon hatte er schon realisiert: das Café litteraire und eine Zeitschrift, dann mit dem Italiener de Felice zusammen eine typographische Gesellschaft, zu der ein Verlag und eine Buchhandlung gehörten.

Doch sein Herzensanliegen waren im eigenen Haus die Montagabende der jungen Philosophen. Die Beiträge der einheimischen Gelehrten waren schon zur Genüge bekannt, man lechzte nach Anregung. Als Julie mit zweiundzwanzig Jahren nach der Burgdorfer Zeit wieder in Bern erschien, hieß man sie im Bellevue hoch willkommen, aber zu der von ihrer Mutter erträumten Verbindung kam es nicht. Zwar verstanden sich Vinzenz Bernhard und Julie auf Anhieb: Begeistert von Julies Temperament und ihren Ideen, drang er auf ihre Teilnahme bei all seinen Veranstaltungen. Doch zum Heiraten brauchten die jungen Herren Tscharner Bräute aus erstklassigen Familien. Frühzeitig hatten sich die Eltern umgesehen bei den von Bonstetten und den von Tavel, wo eine beträchtliche Mitgift zu erwarten war, gerade für Bernhard mit seinen hochfliegenden Plänen eine Notwendigkeit, wie sich bald zeigte. Darüber hinaus hatte er das Glück, daß seine Frau landesweit als engelhafte Schönheit galt.

Wieland ließ sich von diesem Wunder nur mäßig beeindrucken. Zwar gestand er, man könne nicht müde werden, Frau Tscharner wie ein Gemälde zu betrachten, wie sie so dasitze mit ihrem harmonischen Gesicht, ihr reizendes Söhnchen auf dem Arm, das Hündchen zu Füßen. Doch, fügte er hinzu, in Leidenschaft fallen könne er für eine solche Frau nicht.

Julie dachte damals, Wieland sage das nur ihretwegen, als Trost sozusagen, doch später entnahm sie dieses Urteil über die schöne Madame Tscharner einem Brief an Zimmermann: *Man sagt, sie hat noch in niemand Leidenschaft entfacht, und ich glaube es. Ich betrachte sie gerne, ich spreche gerne mit ihr, aber ich bewahre dabei das kalte Blut eines vollendeten Stoikers.*

Wieland war als frisches Blut der etwas steril gewordenen Montagszusammenkünfte sehr willkommen, hier traf sich die jüngere, den Gedanken der Aufklärung zugetane Generation, ‹Der kleine Olymp› nannte sich der Zirkel.

2

An einem Sommerabend bat man den jungen Dichter, im Freien aus seinem ‹Cyrus› zu lesen.

Wieland stand oben auf der Freitreppe in einem seltsam geschnittenen schwarzen Samtrock, über den sich die Damen beim Essen gestritten hatten: Entsprach er der neuesten Mode? Oder hatte ihn sein Urgroßvater in Biberach getragen? Der Abend war lau, der Dichter hatte die Knöpfe des seltsamen Kleidungsstücks nachlässig geöffnet, über dem zu weiten Kragen hing sein Haar unordentlich und spärlich gepudert, alles nicht comme il faut, doch bei ihm ließ man es durch, er war ein junges Genie.

Da stand er, lässig an eine Säule gelehnt, und entfachte mit ruhiger Stimme ein sprachliches Feuerwerk. Auch die Art, wie er das hier selten gehörte Hochdeutsch aussprach, war ein Ohrenschmaus.

Julie entging nicht, daß die Aufmerksamkeit der Zuhörenden geteilt war. Nur der Senator von Bonstetten, Tscharner und Tschiffeli waren ganz Ohr, sie galten im Zirkel als literarische Feinschmecker. Bernhard Tscharners Favorit, der Italiener de Felice, dessen Verlag er großzügig unterstützte, rührte während der Lesung in seinem Lieblingsgetränk, der Schokolade. Der Bibliothekar Sinner starrte auf den schönen Rücken der Madame Tscharner. Wieland vernahm später, Sinner goutiere den Stil des ‹Cyrus› nicht. Stapfer begleitete die Lesung mit rhythmischem Kopfnicken.

Als Wieland das Buch zuklappte, trat Stille ein, niemand wollte sich über das Gehörte äußern, nur de Felice erklärte den Umstehenden das Geheimnis, wie man den Kakao zum Schäumen bringe. Endlich räusperte sich Professor Stapfer umständlich und lobte den ‹Cyrus›: Das Gedicht habe die Vorbilder Bodmer und Klopstock hinter sich gelassen, die

Alexandriner kämen leichtfüßiger und harmonischer daher, doch – er vermisse die Reime!

«Ich werde ihm zum ‹Cyrus› ein paar Glöckchen schikken, damit er zu Ende eines jeden Verses das Unisono selbst machen kann», sagte Wieland am späteren Abend augenzwinkernd zu Julie. Als er in der Dämmerung mit ihr unter den Bäumen spazierte, versuchte er ihr Komplimente zu machen, Julie fand solche Schmeicheleien abgeschmackt, als kämen sie aus irgendwelchen Romanen.

Ob sie denn die Liebe, wie sie in den modernen Romanen beschrieben werde, nicht schätze?

Nein, sie schätze die Freundschaft.

Die Bondely ist eine prude par principe und will nichts von Liebe hören. Sie ist meine Freundin und ich soll ihr Freund seyn. So sey es dann so! (Ich zanke nicht gern um Worte.), schrieb Wieland im Juli 1759 an Zimmermann. Und im August: *Ich an meinem Ort habe eine kleine Ahnung, daß meine Verbindungen mit der Jgfr. Bondely meine übrigen Freunde kaltsinnig machen werden; sie meynen, ich wende zu viel Zeit bey ihr auf, und ich meyne, man könne nicht zuviel Zeit aufwenden, um glücklich zu seyn (...) so würde ich das Glück an dem Ort zu leben, wo Jgfr. Bondely lebt, dem Glück der Könige vorziehen.*

3

Die Orte des Glücks in diesem heißen Sommer 1759: mal bei Tscharner im Bellevue, mal bei der gastfreundlichen Frau Stürler im Altenberg, mal im Buchsigut. Hier führt Julie Wieland gerne zu den drei hohen Ulmen, wo sie als Kind mit Henzi saß. Wieland zieht die kleine Grotte mit der Wasserfontäne vor. Auf dem Rand des Bassins sitzend, Hand in

Hand, beobachten sie, während sie sich angeregt unterhalten, in der Mitte des Beckens den Tuffelsen mit dem Wasserspiel.

Ab und zu schicken Julies Eltern Charlotte vorbei, damit nichts Ungebührliches passiert.

Julie sitzt da und vergißt die Zeit.

Da sind Dinge, die sie nicht mehr im Griff hat: der schnellere Herzschlag. Das atemlose Zuhören. Das zwinkernde, geblendete Auge.

Nein, es ist nicht das Sonnenlicht, das blendet. Es ist Wielands schockierende, wunderbare Offenheit, die sie erst vor den Kopf stößt. Dann belustigt, ergötzt.

Mit solchen Sätzen läßt sich die eingerostete Welt aus den Angeln heben.

Die verkorksten Herren, die betulichen Damen, die unter Sonnenschirmchen im Bellevuepark spazieren, reiben sich die Augen. Hat man richtig gehört?

Wieland möchte Julie vorlesen. Ein Text, den er eben in Bern geschrieben hat, in der Dachkammer bei Sinners.

Er liest, dann wandern seine Augen von den Papieren weg und erforschen das Gesicht der Zuhörerin, erwarten ein Urteil.

«Julie, ich bitte Sie, nehmen Sie kein Blatt vor den Mund!»

Sie bemüht sich um Offenheit. «Der Text ist zu abgehoben, Wieland. Wie soll ich sagen: Er geht wie auf Stelzen. Wenn ich ehrlich sein soll, dann empfehle ich dem Dichter, Klopstock und die Metaphysik hinter sich zu lassen und Shakespeare oder zeitgenössische englische Literatur zu lesen, die sich mehr an Sinneseindrücken und an der menschlichen Psyche orientiert.»

Er bedenkt es, schätzt ihren Sachverstand.

Julie hat sich längst an sein füchsisch zugespitztes Gesicht gewöhnt, an den wechselnden Ausdruck der leicht schielenden Augen, blau blitzende Lichter mit einer eigenen Partitur.

Sie läßt zu, daß er jeden zweiten Tag ihre Gesellschaft aufsucht, obwohl man in ihrer Umgebung Bemerkungen fallenläßt. Als ihr Vater feststellt, der Umgang eigne sich nicht für eine heiratsfähige Patriziertochter, läßt das sie kalt. Ich will ihn ja nicht heiraten! denkt sie trotzig, jedenfalls heute nicht und nicht morgen. Hier wird alles, was zwischen Mann und Frau aufkeimt, sofort in längst überholte Formen gepreßt.

Die Frau wird durch die Ehe zum Besitz des Mannes. Gibt es denn keine anderen Möglichkeiten? Wo bleibt auf diesem Gebiet die menschliche Erfindungskraft?

Lange Dispute folgen über Freundschaft und Liebe.

Julie will keine Liebe, das macht Wieland ein bißchen ratlos. Fürchtet sie, in die Bahn der Mutter zu geraten? In Abhängigkeit, ständigen Gebärzwang? Zur Führung eintöniger Hausgeschäfte verdammt, zur Aufgabe geistiger Neugier und Tätigkeit?

Wieland paßt sich ihren Regeln an. Spricht leidenschaftlich, vermeidet aus Liebe das Wort Liebe. Sie folgt seinen wendigen Gedanken. Liebt seine Phantasie. Noch nie im Leben hat sie sich auf so geistreiche und witzige Art unterhalten, gewisse Gespräche mit Henzi ausgenommen.

Wieland fühlt sich durch ihre Freundschaft beschenkt. Er hält sich, um nicht aus ihrem Paradies gejagt zu werden, ganz an das Platonische. Doch sein *ausschweifender Kopf*, wie er Zimmermann einmal schreibt, gaukelt ihm andere Szenen vor. Da belebt sich, während er nahe bei Julie sitzt, die kleine Grotte mit Sirenen, Tritonen und der schönen, seiner Freundin ähnlichen, nur von einem Schleier verhüllten Danae. Schon reifen in seiner Imagination Szenen heran seines späteren ‹Agathon›. In dieser glücklichen Zeit paßt sich Wieland in Julies Welt ein, ohne sich zu verleugnen, verstellt sich nicht, denn er beschreibt sich selbst als *Camäleon*, das, blau, grün oder gelb, immer sich selber bleibt, in Wirklichkeit aber *weder gelb noch grün*, sondern *durchscheinend oder weiß* ist.

Nur der Umstand, daß Zimmermann keine Briefe mehr schreibt, trübt die Harmonie. Wieland grübelt, warum der *erste unter seinen Freunden* ihm grollt: Sind es die verletzenden Dispute über den ‹Cyrus›? Wielands Warnbrief vor dem üblen Charakter Melissas? Oder nimmt ihm Zimmermann den Abgang bei Sinner übel?

Jedenfalls will der junge Dichter den ersten Schritt zur Versöhnung tun und läßt in einem vertrauensvollen Brief am 8. September 1759 den Freund in sein Herz blicken. Er verrät seinen verliebten Zustand. Vierzehn Tage lang werde er Gast bei Frau Stürler im Altenberg sein, wo sich gleichzeitig Mselle Bondeli und Mselle Fels befinden: *Ich liebe Julie und mich dünkt, die äußerliche Schönheit ausgenommen, vereinige sie alle schönen und guten Qualitäten in sich, die ich an meinen übrigen Freundinnen vertheilt bewundert habe.*

Sie ist nicht so schön als Mad. la Roche, sie ist, wenn man will, gar nicht schön; aber sie ist alles, was man sein muß, um zu gefallen.

In einem Cirkel von Frauenzimmern, wo sie unter allen am wenigsten schön ist, zieht sie dennoch alle Mannspersonen an sich, und das ohne im mindesten Cokette zu sein (...)

Niemals habe ich ein Frauenzimmer gesehen, das bei einer außerordentlichen Gleichheit der Gemüthsart, bey dem heitersten Humor, und der größten moralischen Simplicität, die nur in ihrem Alter möglich scheint, mehr Lebhaftigkeit, mehr Mannichfaltigkeit und unerschöpfliche ressources im Umgang gehabt hätte als sie (...)

Der aufgeklärteste Geist, den ich je an einem Frauenzimmer gesehen habe ...

Das, was ich Ihnen geschrieben habe, könnte Sie wohl auf den Argwohn bringen, Julie und mich für ein paar ehrsame Mitglieder des verliebten Völkleins zu halten. Aber Sie würden sich irren, mein lieber Doktor. Julie ist eine Philosophin, und was noch mehr ist, elle est Femme de Genie (...)

Ich glaube die Freude über die vierzehn Tage die ich mit Julie in einem Haus zubringen soll, hat mich schwindlicht gemacht ...

Julie scheint in vollem Ernst weder Idee noch Empfindung von der Liebe zu haben, die in den Romanen und Tragödien herrscht. Sie will Freunde haben, sie hält die Freundschaft für eine vernünftige und beständige Liebe, und weil sie nicht anders geliebt sein will, so hasset sie alles, was den Schein einer überspannten, fanatischen Leidenschaft trägt (...) Darinn besteht mein Privilegium, daß wenn mein Gegenstand eine Julie ist, die Liebe der Engel sich natürlicher und ungezwungenerweise zu der Thierischen verhällt wie eine Weltkugel zu einem Sonnenstaub.

Ein jedes erblickt in dem Andern sein verschönertes Selbst. (...) Wir sind übereingekommen, daß jedes das andere nach seiner eigenen ihm natürlichen Art, ohne den mindesten Zwang, lieben soll – ich mit Enthusiasmus, weil meine Natur es so mit sich bringt, sie ohne Enthusiasmus, aus gleichem Grunde. Ich weissage ihr, sie werde noch so gut Enthusiast werden als ich; sie zweifelt und sagt, daß sie es wünsche, um mich glücklicher machen zu können.

Ich brauche Ihnen nicht zu sagen, daß nichts in der Welt ist, das ich nicht thun wollte, wenn Julies Besitz der Preis davon wäre. Sie würde mich unaussprechlich glücklich machen. Aber ich sehe keine Möglichkeit. Ich müßte auf eine sehr anständige und vortheilhafte Art etabliert sein ...

Wieland verbringt die vierzehn ersehnten Tage im Altenberg in einer Art fiebriger Erregung. Er sehnt sich nach

Zweisamkeit, hält jedoch seinen Gefühlsüberschwang zurück. Lange habe sie keinen Verdacht geschöpft, daß sie in Wieland eine *belle passion* entfacht habe, entweder sei Wielands Feingefühl der Grund oder ihre Naivität, schreibt Julie an Zimmermann.

Die Gastgeberin bittet den Dichter nach Tisch, aus seinem Manuskript vorzulesen, sie weiß, daß er an einem ‹Lucian› schreibt. Während der Lesung mokieren sich Julie und Marianne Fels über eine Szene mit Satyren, am Ende spenden sie lauwarmes Lob. Wieland hatte die Fels von jeher in Verdacht, Julie von ihm wegbringen zu wollen, jedenfalls zeigt sie wenig Begeisterung für seine Texte. Es verdrießt ihn, wenn die beiden Freundinnen die Köpfe zusammenstecken, flüstern und kichern. Julie spürt das, richtet es ein, daß sie täglich mit Wieland eine Stunde allein spazierengehen kann.

Zwischen den hohen Pappeln der Allee kommt Wieland nochmals auf seinen Text zu sprechen. «Ihnen hat offenbar etwas mißfallen?»

Julie fragt darauf lächelnd: «Warum wimmelt es in dem Text von Satyren? Nach welchem System agieren sie und was für eine Funktion erfüllen diese bocksfüßigen Zwischenwesen in dieser Geschichte?»

Wieland schweigt betroffen.

Am nächsten Tag, als Frau Stürler sich das Manuskript ausbittet, bekommt sie von Wieland zur Antwort, es existiere nicht mehr, Julie habe es verurteilt.

Eine ähnliche Geschichte passiert mit einem Text über ‹Araspes›, den Wieland seiner Freundin an der Aare vorliest. Da ist ein literarisches Bild, das in Julie ein zwiespältiges Gefühl geweckt, sie findet es reizvoll und doch an der Grenze des guten Geschmacks. *Man bläst, wenn es warm ist, und man bläst, wenn es kalt ist,* rät sie. Er schaut sie an, sie hat den Gesichtausdruck einer Sphinx, darauf steckt er sein Manuskript in die Tasche und spricht nicht mehr davon. Später, als das Buch gedruckt erscheint, fehlt die Textstelle.

Frau Stürler rügt, Julie urteile zu streng. Julie antwortet in aller Unschuld, gerade diese Offenheit fordere ja der Dichter. Daß er ihr Urteil so wichtig nehme, das erscheine ihr eben fanatisch. Vieles, was Wieland denkt und macht, findet Julie *fanatisch*.

4

An den Staffeln des Altenbergs zittern die Pappeln im Septemberlicht, noch einmal werden die Tage sommerlich warm. Vom Anwesen der Stürlers aus sieht man zwischen den Baumreihen das Wasserband der Aare blitzen.

Julie packt die Lust, sich wie damals als Kind vom Fluß treiben zu lassen, als Zwölfjährige hat sie bei Ernestines Schwester in der Aare schwimmen gelernt. Sie fragt Wieland, ob sie schwimmen gehen wollen. Er sei noch nie in einem Fluß geschwommen, gibt er zu, er möchte es aber gern probieren.

Sie gehen zum Uferweg hinunter, Julie streift hinter einer Weide ihr Oberkleid ab, noch ist sie züchtig bedeckt von einem Unterrock aus Mousseline, nur Arme und Brustansatz sind bloß. Flink klettert sie die Böschung hinunter, steht im weißen Hemd in der grünen feuchten Mulde hinter dem Vorhang der Weidenzweige, ein kleiner Schrei, sie läßt sich fallen. Auf dem Rücken liegend, treibt sie, hebt den Arm aus dem Wasser und lockt: «Komm, Wieland, komm schon.»

Ihr Gesicht unter der reflektierenden Sonne ist eine helle Scheibe. Wieland sieht sie davontreiben. Er muß sie, die schöne Sirene, schwimmen lassen. Der Sprung in das für ihn ungewohnte, kräftig ziehende Wasser erscheint ihm zu riskant.

Die Schwimmende hat sein Zögern bemerkt. «Ah, der Herr aus Biberach bibbert!»

So schwimmt sie eben allein. Empfindet ungeahnte Freiheit. Sie hat sich verwandelt, sie fließt, sie schwimmt im Blau des Flusses, körperlos, da ist keine Müdigkeit mehr, kein Gewicht, kein Schmerz. Sie zieht flußabwärts, im Einklang mit den sanften Hügeln, den Uferbäumen, den hüpfenden Lichtpunkten auf dem Wasser. In der Mitte des Flusses ist nichts mehr über ihr als die Glasglocke des Himmels.

Eine grelle Frauenstimme zerreißt die Stille.

Oben am Hang steht die Fels, starrt mit vor Schreck geweiteten Augen auf den Fluß, von der Angst gepackt, Julie gehe in ihren weißen Kleidern wie eine Ophelia unter.

Ein Kindskopf ist sie, denkt Julie. Zimmermann hat recht: Alle Metaphysik, die ich mit Marianne betreibe, ist für die Katz.

Der wunderschön gleitende Zustand hat jäh ein Ende genommen, die Schwimmerin arbeitet sich gegen die Strömung und findet am Ufer Halt an den Weidenästen.

Es ist die Stelle, wo auch Henzi damals an Land gegangen ist. Ein Gedanke, der sie unangenehm berührt.

Wie viele Jahre ist das her? Pötzlich überkommt sie die Vorstellung, wie Henzi mit dem von ihrem Vater angeschossenen Fuß flieht. Eine Blutspur im Gras. Das schmerzt. Immer noch.

Auf dem Uferweg kommt ihr barfuß und lachend Wieland entgegen, erleichert, seine Freundin heil auf dem Trockenen zu sehen. Er überhört ihren Spott. Sieht nur den nassen, an der Haut klebenden Unterrock, der ihre Formen verrät. Meine Danae. Ach, er liebt sie!

Julie legt sich zum Trocknen ins Gras und Wieland neidet der Sonne, daß Julie sich ihrem warmen Hauch hingibt, sich von ihren warmen Zungen trocknen läßt. Nun setzt sie sich an der Böschung auf, blickt neben Wieland schweigend auf den Fluß, auf die im Wind vibrierenden sichelförmigen Blätter der Weiden. Momente, in denen die Zeit stillsteht, wo die endlosen Diskussionen verstummen, die Freundschaft lautlos, ganz selbstverständlich, in eine freundschaftliche Liebe übergeht. Augenblicke, kostbar, fragil wie Glas.

Wieland packt plötzlich ein Verlangen, Julie im Gras heftig an sich zu drücken, hält sich, zum wievielten Mal diese Woche?, zurück. Schwört sich, alles zu tun, um dieses *göttliche Mädchen* zu gewinnen: eine Anstellung. Ein bürgerliches Leben. Ein geachteter Mensch werden, ein gezähmter Wieland.

Am letzten gemeinsamen Abend im Altenberg erscheint Tscharner. Auf der Terrasse genießt man den Sonnenuntergang bei einem Glas Wein. Tscharner gibt sich ein bißchen geniert, glaubt er doch, eine Idylle zu stören, von der ganz Bern spricht: *Die rein ätherische Neigung zwischen der Bondeli und Wieland hat durch vertrauliches Zusammensitzen an Leib und Konsistenz gewonnen.*

Er wage, im Namen der Literatur zu stören, sagt Tscharner, sei ihm doch daran gelegen, Wieland für die Übersetzung einiger Gedichte Hallers zu gewinnen, die Sache dränge!

Wieland will sich der Bitte nicht entziehen. Als Vierzehnjähriger, in Biberach, habe er Hallers Verse mit *geistiger Wollust* gelesen.

Als man sich darüber erstaunt zeigt, schaut Wieland herausfordernd in die Runde: «Weiß man hier überhaupt, daß Haller die Stadtrepublik Bern, ihre Schönheit und ihre Freiheiten in ganz Europa bekannt gemacht hat?»

«Man weiß es wohl überall besser als hier», gibt Tscharner zu. «Jedenfalls versucht der große Sohn seit fünfzehn Jahren umsonst, in der Vaterstadt zu einem Amt und einer angemessenen Anstellung zu gelangen.»

VI

«Die Freyheit teilt dem Volk, aus milden Mutter-Händen, / Mit immer gleichem Maß Vergnügen, Ruh und Müh.»

ALBRECHT VON HALLER,
Die Alpen

I

Seit Hallers ‹Die Alpen› erschienen war, blühte in Europa der Philhelvetismus. Die Verse hatten den republikanischen Bazillus weitergetragen. In Berlin, Paris und überall, wo es Leser gab, entstand in den Köpfen die Fata Morgana einer freien Alpenrepublik. Im Mittelpunkt dieses Topos dachte man sich Bern mit seinem gebirgigen, von Künstlern gepriesenen Oberland.

Als Haller, immer noch heimwehkrank, im Frühjahr 1744 aus Göttingen nach Bern kam, war die Absicht eines solchen Besuchs kurz vor den Wahlen mehr als durchsichtig: Er lechzte nach einem Amt. Und das in einem Staatswesen, das er doch als eine Karikatur seiner Alpenschilderung erkennen mußte!

Der Arzt ging durch die Straßen seines wiedergefundenen Berns. Über den Dächern flimmerten in der Frühlingssonne die noch schneebedeckten Alpen, doch die Schönheit der Stadt konnte ihn nicht blenden, die Mängel zu übersehen. Es kam ihm vor, als gleiche die von den Mauern der Halbinsel eingeengte und mit langen, geraden Straßenzügen korsettierte Stadt einem kranken Organismus, als blähe Unverdauliches und Faulendes ihre Därme.

Deutlicher als bei früheren Besuchen fiel ihm in den Salons der Patrizier der Standesdünkel auf. Es war, als wecke die in der Flußschleife eingezwängte Stadt Gefühle der Klaustrophobie. In den Kreis der Regierenden wurden keine neuen Familien mehr aufgenommen. Alte Geschlechter starben aus, der Kreis der Machthaber schrumpfte dramatisch. Beteiligten sich 1635 noch 159 Geschlechter an den Ämtern, waren es 1691 noch 104. Und 1735 hatte sich die Kaste der Regierenden auf 35 Familien verkleinert! Die meisten Ämter fielen auf die Familien Graffenried, Sinner, Erlach und Steiger.

Bei den Steigern gab es eine ältere Linie, der seit 1732 amtierende Schultheiß Isaak Steiger gehörte zu ihr, man nannte ihre Abkömmlinge die ‹Weißen Steiger›. Die andere Linie, die ‹Schwarzen Steiger›, hatte schon zwei Schultheißen gestellt, und nun setzte die gemäßigte Partei auf eine Wahl von Christoph Steiger, dessen Vater Samuel Henzis Pate war.

Wie man zu einem Amt kam, war jedem Berner bekannt: Als die lieblichste Art, ein Ratsbarett zu erlangen, galt die Heirat mit der Tochter eines Ratsherrn, einer sogenannten ‹Barettlitochter›. Glückte eine solche Verbindung, taten sich die Türen zu den einflußreichen Ämtern von selbst auf.

Diesen Einstieg hatte Haller mit seiner dritten Heirat verpaßt, 1741 ehelichte er, nach zwei Berner Gattinnen, die Tochter eines Göttinger Kollegen, eine Teichmeier aus Jena. So mußte er sich an das mühsamere Procedere halten: Mit weißen Strümpfen bekleidet und einigen Geschenken in der Tasche suchte der Kandidat die 200 Ratsmitglieder einzeln auf, rühmte seine Qualitäten, bat um die Stimme bei der Wahl. Solche vom vielen Weibeln geplagten Aspiranten nannte man in Bern spöttisch die ‹Weißfüßler›.

Haller, durch die erste Ehe mit Isaak Steiger verschwägert, erhoffte sich in seinem Fall ein abgekürztes Verfahren. Deshalb suchte er an diesem ersten Nachmittag im Frühjahr 1744 Steiger auf. Der Freund und Mentor kam ihm gealtert und verknöchert vor, ein anderer Politiker saß da vor ihm als der, den er in seinem Gedicht beschrieben und gelobt hatte. Steiger hatte sich einst aus einem verfemten Familienzweig aus eigenen Kräften emporgearbeitet, nun, da er ganz oben saß, vergaß er seine Kritik der jungen und mittleren Jahre und beklagte sich über das nervöse Klima vor der Ämterwahl, über die Stimmen aus der Bürgerschaft, die eine neue Verteilung der Ämter und Staatsgüter forderten. Es gab für ihn keinen Zweifel: Die Kritiker der bestehenden Ordnung, die sich vor der Ämterbesetzung 1744 überall bemerkbar machten, waren Wühlmäuse, die durch ihre Gedankengänge den Rechtsstaat untergruben.

Um einem Eklat vorzubeugen, ließ die Obrigkeit unter Steigers Führung beizeiten verlauten, es bleibe alles beim alten, man sei nicht schlecht damit gefahren, eine Neuwahl falle in diesem Jahr aus. Die Bürger sahen sich geprellt: Die Ämterbesetzung war zur Farce verkommen, der Rat erneuerte sich aus sich selbst!

Noch lag Montesquieus Abhandlung ‹Vom Geist der Gesetze› erst im Entwurf vor, und doch erkannten viele: Die Autorität zittert vor nichts mehr als vor der Lächerlichkeit, sie ist das Nervengift aus dem Hinterhalt. Der Spott ist ein Mittel, Unheimliches und Bedrohliches von sich fernzuhalten, der Spötter gesteht seine Verletzlichkeit ein. So entstanden im Klima versteckter Feindseligkeit Verse, kunstlos, doch eingängig, man trällerte sie bei der Arbeit, die Spatzen pfiffen sie von den Dächern. In den Reihen der Kritiker entstand auch eine längere Schmähschrift, die sich anonym gegen den Rat wandte. Die Herren wurden alarmiert, auch Ratsherr Bondeli fand unter die Tür geschobene Zettel, am Tisch fielen Bemerkungen über die dreisten Bürger.

2

Julie entging die politische Spannung nicht.
Wie andere Schüler verstand die nun Dreizehnjährige die Physiognomie ihres Lehrers zu deuten, entnahm ihr Sturmwarnungen und leiseste Zeichen der Veränderung. Henzis Gesicht wies plötzlich Spuren auf von erlittenem Unrecht, Furchen gruben sich seitlich der Nasenflügel in die Wangen. Die Augen lagen unter dem Versteck der Lider auf der Lauer, die Finger trommelten nervös, wenn der Meister gedankenverloren in die Weite blickte, als drohe irgendwo Gefahr. Sein Lachen war jetzt kurz und eruptiv, der Witz selten, und viele Bemerkungen klangen gequält. Wenn der Lehrer sich während des Unterrichts auch nicht deutlich über die Ursache seines Ärgers äußerte, so meinte Julie doch, Bescheid zu wissen.

Eines Tages wurde sie Ohrenzeugin eines Gesprächs.

«Eine Frechheit, diese Pamphlete! Die Bürger haben jeden Anstand verloren!» hörte sie ihren Vater zu Henzi sagen.

Darauf lachte Henzi nervös. «Diese Holperverse schreibt man hoffentlich nicht mir oder König zu?»

«Im Rat sind Verdächtigungen in diese Richtung geäußert worden, doch hat man eingesehen, daß Eure Verse von anderer Qualität sind.»

«Da bin ich erleichtert.» Nach einer Pause fuhr Henzi fort: «Anonyme Zuschriften disqualifizieren sich zum vornherein. Man muß sich mit vollem Namen, in ehrerbietigem Ton direkt an die Obrigkeit wenden. Noch hat der Bürger im Freistaat Bern ein Recht zu klagen.»

«Klagen? Worüber?»

«Die alten Freiheitsrechte sind vergessen, die Dokumente vernichtet. Die Regierenden nehmen sich, was früher Gemeindegut war: Allmenden, Felder und Wälder; der Bürger verarmt, obwohl er sich von früh bis spät abrackert.»

«Betrifft Euch das, Henzi?»

Der Lehrer lachte bitter. «Bevor der Begriff Patrizier mit den Sonderrechten aufkam, so um 1650, hat das Geschlecht der Hänzi Ratsherren und sogar einen Schultheiß gestellt. Nun hält man unsere Familien, unter dem Vorwand, sie seien mit Handwerkern vermischt, von den Ämtern fern. Aus demselben Grund gab es für mich auf dem Bureau der Salzkammer kein Weiterkommen! Vor einem Jahr hat mir der Herzog von Modena meine Hauptmannsstelle gekündigt, ohne den vertraglich zugesicherten Halbsold. Als Vater mit vier, vielleicht bald fünf Söhnen steht mir das Wasser am Hals.»

Konnte er einem Bondeli sagen, wie ihm wirklich zumute war? In dieser Stadt, die er liebte und wo seine Vorväter gelebt und gewirkt hatten, fühlte er sich nicht aufgehoben, eine Handvoll Mächtige behandelte die einst freien Bürger als Untertanen. Wer immer noch eigenständig dachte, wie Henzi selbst, lebte auf eigene Rechnung und Gefahr. Einzig in seiner schöpferischen Arbeit fand er Trost. Begeistert, ja leidenschaftlich schrieb er seine Artikel, seine angriffigen Gedichte. Doch Geld verdienen ließ sich damit nicht.

«Kürzlich habe ich mein Gut in Vinelz am Bielersee unter dem Preis verkaufen müssen», sagte er noch zu Bondeli. «Nun fürchte ich um mein Landgut im Bremgartenwald, die Drakau, die mein ältester Sohn Rudolf, ein Pferdenarr, über alles liebt.»

Henzis Sohn Rudolf. Vom Bremgartenwald aus waren neulich Vater und Sohn zusammen den weiten Weg nach Köniz geritten. Julie, im selben Jahr geboren wie Rudolf, fand Henzis Sohn vernünftiger als andere Knaben ihres Alters. Seit dem Tod seiner Mutter war er still geworden, im Lesekabinett seines Vaters notierte er in seinen Heften Ausgedachtes, meist Pferdegeschichten. Doch am liebsten verbrachte er ganze Tage auf der Drakau bei der Pflege und Aufzucht der Jungpferde.

«Komm zu mir in den Bremgartenwald, ich lasse dich auf der Koppel reiten», hatte er Julie versprochen.

Henzi sah seinen Ältesten mit den ernsten dunklen Augen neben Julie in angeregtem Gespräch auf der Gartenbank, ein Bild, das sich ihm einprägte: zwei junge Menschen, umgeben vom Frühlingsgrün der Äste.

Nach dem strengen Winter hatten die Bäume die Energie aufgebracht, ihre zähen, klebrigen Knospen aufzubrechen, neue Blatthände von frechem, leuchtendem Grün zu entfalten, ein Bild der Hoffnung. Finden auch junge Menschen eines Tages den Mut, einschnürende Konventionen zu sprengen? Angenommen, Julie und Rudolf werden sich in ein paar Jahren immer noch gut verstehen und es wird Liebe daraus, dann ersticken Spekulationen und Sachzwänge die aufkeimenden Gefühle. Heiraten darf die Tochter eines Ratsherrn einen Henzi nicht.

Überlegungen, die Henzi bitter stimmten. Die früher so geliebten Verse aus Hallers ‹Alpen› kamen ihm wie Hohn vor: *Denn hier, wo die Natur allein Gesetze giebet / Umschließt kein harter Zwang der Liebe mildes Reich / Was liebenswürdig ist, wird ohne Scheu geliebet / Verdienst macht alles werth, und Liebe macht es gleich.*

3

In der ersten warmen Aprilwoche trieben in den Obstgärten die Apfelblüten. Die Könizer Hügel lagen blau und entrückt, Schwärme von Vögeln umflogen die Dächer und strichen über die Wälder hin, der Horizont lockte in die Weite.

Doch zu dieser Jahreszeit waren für Vater Bondeli keine weiten Reisen möglich, so fuhr Julie wenigstens mit ihrem Vater und dem Verwalter am Markttag in die Stadt.

Der Kutscher ließ schon beim Christoffelturm aussteigen, ein Menschenauflauf verstopfte die Gassen, zu Fuß war ein besseres Durchkommen.

«Was ist denn hier los?» fragte Bondeli unter den Lauben einen Metzgergesellen. Der antwortete mit breitem Grinsen: «Die Regierung verbrennt an der Kreuzgasse das Register ihrer eigenen Schandtaten!»

«Schweigt!» schalt Bondeli und zog Julie vorwärts.

In der Kreuzstraße zwischen Münster und Rathaus, der Querverbindung zwischen weltlicher und geistlicher Gewalt, war tatsächlich ein Scheiterhaufen aufgerichtet. Ein Weibel in voller Amtstracht und mit Handschuhen warf vor den Schaulustigen eine Schmähschrift ins Feuer. Während die Flammen gierig nach dem Papier griffen, las der Beamte die amtliche Verurteilung: Der anonyme Autor werde in effigie verbrannt. Zur Bekräftigung und Abschreckung warf ein zweiter Beamter eine Strohpuppe ins Feuer.

Hohngelächter brach aus der Menge. Eine Frauenstimme sang die ersten Takte eines Spottlieds, Dutzende von Stimmen fielen in die bekannte Melodie ein. Die wachhabenden Soldaten versuchten vergeblich, die Sänger ausfindig zu machen, und drohten mit dem Käfigturm.

«Vater, kann man Klagen verbrennen?» fragte Julie beim Abendessen.

Bondeli ließ die Gabel sinken. Er blickte quer über den Tisch zu seiner Tochter und bemerkte die trotzig vorgeschobene Unterlippe. «Die Bürger nehmen sich zuviel heraus.»

«Aha, da verschließt man ihnen den Mund, ohne sie anzuhören? Eine seltsame Vorstellung von Demokratie!»

Bondeli mißfiel der töchterliche Ton. Der Gedanke kam ihm, Henzi, den möglichen Aufwiegler, als Lehrer abzusetzen.

Während sich der Vater beruhigte und fortfuhr, das Kotelett auf seinem Teller mit Messer und Gabel zu traktieren, formulierte er Argumente für die bestehende Ordnung. Julie durchschaute die Halbherzigkeit seiner Verteidigung, kannte sie doch seine Klagen über die Konkurrenzkämpfe unter den Patriziern. Die adligen Geschlechter galten als die Vornehmsten mit dem Prädikat ‹wohledelfest›. Sie kommandierten die Dreiviertelvornehmen, die ‹Edelfesten›. Diese wiederum fühlten sich erhaben über die Halbvornehmen, die ‹Festen›, zu denen die Bondelis gehörten, dann folgten die Viertelvornehmen und die Fernerliefen, der schäbige Rest.

4

Der Weiße Steiger stand am Schreibtisch, vor ihm der widerliche Zettel, den eine unbekannte Hand am Sonntagmorgen, als ganz Bern zum Gottesdienst ging, am Portal des Münsters angeschlagen hatte. Ein Aufruf, dem Beispiel der Bürger von Genf zu folgen, die hätten sich mit Erfolg schon im Jahr 1738 gegen die Patrizier durchgesetzt. Dazu eine Warnung vor der Oligarchie, auf der Schandliste darunter stand zuerst in großen Lettern der Name Isaak Steiger!

Steiger hielt sich an der Lehne seines Stuhls, ihn schwindelte. Mit seinen fünfundsiebzig Jahren immer noch eine straffe, imponierende Gestalt, dachte er nicht im Traum daran, von seinem Amt zurückzutreten, wie die Kritiker es forderten. Er wußte, daß die Konkurrenz, die Schwarzen Steiger und ihre Partei, mit allen Mitteln in die Regierung drängten. Zwölf Jahre lang war er nun Schultheiß. Hatte Stufe um Stufe erklommen, sich mit festem Willen durchgesetzt. Jetzt, wo er ganz oben stand, blicke er in einen Abgrund. Warum? Hatte er nicht mit eiserner Gerechtigkeit regiert? Gegner schalten ihn als habgierig. Ein lächerlicher Vorwurf, bauten sich doch andere Patrizier Stadtpaläste und verfügten über Landgüter und Weinberge am Bieler- oder Genfersee.

Vor ihm auf dem Schreibtisch stand eine Uhr, das letztjährige Neujahrsgeschenk des Kleinen Rates. ‹DEM GERECHTEN› stand unter dem Zifferblatt eingraviert, daneben krähte ein bronzener Hahn und ein spannenhohes Tödchen schwang seine Sense. Ein übliches Motiv, gewiß. Und doch eine Anspielung, war doch keiner seiner noch so devoten Untertanen imstande, die Lebenszeit des Machthabers um eine einzige Elle zu verlängern.

Mit Wehmut blickte Steiger zurück. Im Jahr 1669 geboren und in Dürftigkeit aufgewachsen, versah er als Jüngling eine unbedeutende Schreiberstelle und lebte von den Trinkgeldern der Bauern, denen er am Markttag ihre Geschäfte besorgte. 1701 ereignete sich ein kleines Wunder, er schaffte es in den großen Rat. 1705 wurde er Obervogt von Schenkenberg, in diesem Amt schrieb er ein Staats- und Standbuch, das Mängel im Regierungssystem aufzeigte. Es durfte nicht gedruckt werden. Trotzdem kam Steiger weiter. 1720 sah man ihn im Kleinen Rat, später wurde er Venner und Deutschseckelmeister. 1732 stieg er zum Schultheiß auf und war nun, im Jahre 1744, immer noch an der Macht.

Drei Wochen später, vor seiner Abreise nach Göttingen, kehrte Haller nochmals bei Steiger ein. Der Magistrat ließ ihn vor seinem Schreibtisch stehen und sprach in der Manier hadernder alter Leute von nichts anderem als von anonymen

Anwürfen. Als er endlich innehielt, forderte er Haller auf, mögliche Verfasser dieser Schandschriften zu nennen.

Haller rückte mit keinen Namen heraus. Er behauptete, die Verhältnisse in Bern nicht mehr zu kennen.

Steiger bohrte weiter. Ob er Samuel Henzi diese Schmähschrift zutraue?

Haller zögerte, dachte an seinen Ärger über die Spottverse gegen die Gottsched-Jünger, sagte dann aber nur, Henzi sei ein Querkopf, ein verspielter, unausgegorener Geist. Mehr wollte er nicht sagen.

Zwar hatte er hinter vorgehaltener Hand gehört, Henzi brüte, zusammen mit anderen Unzufriedenen, die sich um einen Jakob Sinner gruppierten, ein Memorial aus. Das war wohl sein Recht, stand doch bis anhin jedem Berner in Stadt und Land zu, Klagen an die Obrigkeit einzureichen. Steiger, dem verbitterten, erzählte er nichts davon, galt es doch, ihn für sein Anliegen bei Laune zu halten. Haller war gekommen, um zu sondieren, ob für ihn im nächsten Jahr, anläßlich der verschobenen Ämterbesetzung, ein Mandat im Rat der Zweihundert denkbar sei. War diese Hürde genommen, dann stand, wie Steigers Beispiel eindrücklich bewies, einem weiteren Aufstieg im hierarchischen Gebäude der Berner Macht nichts entgegen.

Steiger blickte Haller verwundert an. Tiens, tiens, dachte er, der berühmte Anatom und Dichter, in Göttingen eine Koriphäe, begehrt ein bernisches Amt. Er schenkte Haller ein Gläschen Portwein ein und versprach, sein Mögliches zu tun, noch habe er die Macht.

Als Steiger sein Glas an den Mund hob, blickte er einen Augenblick feixend nach dem Tödchen.

Während des Gesprächs war Steigers Sohn Franz Ludwig in den Vorraum des Kabinetts getreten, ein intelligenter Mann, längst im Alter, in dem man aus dem Schatten des

Vaters heraustritt. Isaak hatte dem Sohn zu der Besitzung Allmendingen verholfen, die er nun als Bezeichnung hinter seinem Namen trug: Steiger von Allmendingen. Mehr lag noch nicht drin, in Bern galt das Alter, nicht die Jugend. Der Sohn hatte sich unter die Regeln des Vaters zu stellen.

Der Sohn fügte sich äußerlich, nahm sich jedoch heraus, eigenständig zu denken. Er gehörte zu den sensiblen jüngeren Leuten, die sich nicht täuschen ließen durch die Absicherungsversuche der Regierenden, sie waren hellhörig für das Ächzen in den morschen Fundamenten des Staates. Durch Beobachtung war ihm Menschliches nicht fremd. Ein guter Schultheiß wäre er wohl geworden, hätte ihn das Tödchen auf Vaters Schreibtisch nicht schon mit fünfundfünfzig Jahren, kurz nach des Vaters Hinschied, weggemäht.

Nun, im Vorraum des väterlichen Kabinetts, hatte er durch die halb geöffnete Verbindungstür die Frage seines Vaters gehört, ob Henzi in Hallers Augen suspekt sei? Vertraut mit den Nuancen der väterlichen Stimmlage, spürte er aus der Frage Haß heraus wie einen sandigen Belag. Auch Hallers vage Antwort stimmte Franz Ludwig nachdenklich: War der große Haller eifersüchtig auf den ehemaligen Salzbürogehilfen, auf seine lockere Art, Verse zu schmieden, während Hallers eigene Dichtung selbstquälerisch geworden war und seit neuestem den Mißmut der Gottsched-Jünger erregte? Steiger von Allmendingen galt nicht als Henzis Freund, doch er mochte die Verse des Misodème, im ‹Journal hélvetique› überflog er schnell die trockenen Beiträge, um schließlich bei den witzigen Versen aus Henzis Feder zu verweilen.

Oder neidete der große Haller, so überlegte er weiter, diesem Henzi, diesem Niemand, daß er in Bern wohnen durfte, in relativem Wohlstand, und bei vielen wohlgelitten war? War es ihm ein Dorn im Auge, daß Henzi in Hallers Lieblingsgegend, dem Bremgartenwald, ein Landgut besaß?

5

Die Stadt knisterte vor nervöser Heimlichkeit. Unter den Lauben, in den Kneipen und in den Gassen waren die Ohren von Steigers Geheimpolizei gespitzt: Spione des Geheimen Rats, einer Art venetianischer Inquisition, die den sogenannten ‹Heimlichern› und ‹Sechzehnern› staatsfeindliche Reden zutrugen.

Schon wenige Tage nach Hallers Besuch hörte der Schultheiß, einige Bürger hätten ein Memorial ausgearbeitet und wollten es nächstens der Obrigkeit unterbreiten.

Erneut kam Unruhe über den greisen Machthaber. Es galt, Weichen zu stellen. Unter dem Vorwand, bei der Eingabe behilflich zu sein, bestellte er die Verfasser der Bittschrift zu einem privaten Gespräch in sein Haus. Auf diese Weise gelang es ihm, das Memorial einzusehen und unschädlich zu machen, bevor es auf den Amtsweg gelangte.

Das Schreiben, bereits von 27 Bürgern unterschrieben, war in einem höflichen Ton abgefaßt. Die Memorialisten empfahlen sich der Obrigkeit als *treu gehorsame Burger und Patricier allhiesiger Hauptstadt*. Trotzdem – oder gerade deshalb? – empfand Steiger die Eingabe als höchst gefährlich. In wohlgefaßten Worten empfahl man Ungeheuerlichkeiten, zum Beispiel, es müßten für die Besetzungen des Großen Rats wieder die Bestimmungen des Schirmbriefs aus dem Jahr 1384 eingehalten werden. Oder: Das Amt des Schultheißen dürfe nicht auf Lebenszeit, sondern nur auf eine Dauer von vier Jahren vergeben werden. Auch für die Räte wurde ein Turnus vorgeschlagen.

Steiger schilderte in einer Eingabe die Gefährlichkeit des *Conspiration-Manuals* und alarmierte den für Staatssicherheit zuständigen Geheimen Rat, der die Sache an die Vollversammlung des Großen Rats weiterzuleiten hatte.

So befindet sich im Ratsmanual unter dem 24. April 1744 der Eintrag: *Vor derselben ist heutigen Tags behandelt worden das von Meinen Gnädigen Herrn den Geheimen Räten abgefaßte Gutachten über das von verschiedenen Burgern hiesiger Statt aufgesetzte und subscribierte sehr freche Memorial.*

Nachdem meine Gnädigen Herren und Oberen Räth ablesend angehört von was bedenklichem Inhalt dasselbe bestand, und zu was gefährlichen Abänderungen in den bisherigen wohl eingeführten Regiments-Verfassungen bezwecket worden …

Hatte man die anonymen Schreiber der Schmähschriften nicht strafen können, so schlug man jetzt bei den Memorialisten zu. König und andere Verfasser wurden auf zehn Jahre *bannisiert*, also aus dem Gebiet der ganzen damaligen Eidgenossenschaft ausgewiesen. Henzi, zwar an der Ausarbeitung des Memorials maßgeblich beteiligt, hatte das Schreiben, wohl zufällig, nicht unterschrieben, ihn traf der Bannstrahl nur für fünf Jahre.

6

Als Henzi die Nachricht von der drakonischen Strafe erhielt, verlor er die Contenance, die Ungerechtigkeit verschlug ihm die Sprache. Er zitterte, seine Frau und die zwei älteren Söhne Rudolf und Karl mußten ihm zusprechen.

Gegen Abend führte ihn die Malacrida in das Haus von Samuel König, sie fanden ihn daran, seine Sachen zu packen. Er gehe mit seinem Bruder nach Holland, nach Franeker, wo schon sein Vater während der Verbannung Aufnahme gefunden habe. Einen Stapel Bücher in der Hand, richtete er sich von der Reisetruhe auf.

«Begleite uns, Henzi. Eine neue Zukunft tut sich dort für dich und deine Familie auf, vergiß Bern!»

«Ich habe kleine Kinder!» rief Henzi, von Qual erfüllt. «Zudem entferne ich mich ungern weit von Modena, es kann ja sein, daß der Herzog mich rufen läßt.» Der gestandene Mann konnte ein Schluchzen nicht unterdrücken.

Der alte Vater König kam aus seiner Studierkammer, er blickte Henzi mit seinen von Falten umstellten Augen stumm an, erkannte, was in dem vom Schicksal gebeutelten Vater von vier Söhnen vorging. Ihn selbst hatte der Bannstrahl vor Jahrzehnten getroffen, damals, 1695, war er mit seiner Familie ins Ungewisse gegangen.

«Wohin wollt ihr gehen?» fragte er Henzi. «Der Bann gilt doch für die gesamte Eidgenossenschaft?»

«Nach Neuenburg. Es untersteht Preußen.»

König nickte zustimmend. «In Neuenburg, so scheint es, sind Emigranten willkommen.»

Die Obrigkeit hatte die Verbannten verpflichtet, am folgenden Tag zu einem Eid zu erscheinen, doch Henzi trieb sich an diesem und am nächsten Tag im Bremgartenwald an der Aare herum. Noch immer von Enttäuschung und Schmerz wie betäubt, ging er den Fluß entlang, sprach Verse von Vergil und Horaz vor sich hin, sah sein Lebensschiff von einer Woge emporgeschleudert und hinuntersinken in den Hades der Rechtlosen.

Im Ratsmanual wird vermerkt, da *der bannisierte Hänzi zum Bannisations-Eyd nicht erschienen*, werde eine Wache angeordnet, die ihn, sobald er die Stadt betrete, verhafte.

Am 1. Mai berichtet das Manual, *Hänzis Ehefrau* sei erschienen und habe um Gnade gebeten, denn ihr Ehemann habe sich *aus Forcht und Schreken* wegbegeben.

Im Sommer schien Henzi seinen Humor wiedergefunden zu haben, am 21. August 1744 schrieb er aus Neuenburg an

Bodmer: *Ihnen wird nicht unbekannt sein, welch ein gräßliches Ungewitter auf der See unseres bürgerlichen Lebens entstanden (...) Der Leviathan der Staatskunst, welcher unser etliche verschlungen, hat sie in Holland, mich aber allhier in Neuenburg an dem angenehmen Gestad des Sees ausgespieen.*

VII

«Wohl dir, vergnügtes Volk!
o danke dem Geschicke, /
Das dir der Laster Quell,
den Überfluß, versagt ...»

ALBRECHT VON HALLER,
Die Alpen

I

Unseren karnevalesken Lesezirkel hätten Sie gestern erleben müssen, chérissime Sophie!
Die Mitglieder meiner Sorbonne schon erwartungsvoll im Salon, als Zimmermann und ich als letzte dazustießen, im Café Littéraire hatten wir noch einen durchreisenden russischen Grafen begrüßt. Alle Blicke mir zugewandt, man unterdrückt ein Lachen. Da ahne ich, daß eine Eulenspiegelei im Gang ist. Ruhig bleiben, Julie, habe ich mir zugeredet.
Tatsächlich, da kommt der lange Kirchberger (er mißt fünf Fuß und zehn Zoll!) auf mich zu, in der Hand ein mit Siegeln versehenes Pergament.
Verbeugt sich, gratuliert mir zur Wahl.
Wahl? Wozu?
Zur Königin der Philosophen.
Da habe ich verstanden: Nach der Gepflogenheit der südfranzösischen Liebeshöfe soll ich einen Hofstaat konstituieren! Zum Glück trage ich zu Ehren des Russen noch mein dunkelrotes Kleid, im Spiegel sehe ich, es wirkt königlich, schnell fühle ich mich in meine Rolle ein.

Zimmermann genießt hinten auf seinem Brokatstuhl in vollen Zügen das Spiel, man hat ihn am Vorabend in den Plan eingeweiht. Mit der Physiognomie der Bondeli vertraut, kann er feststellen, wie sehr ihr der Einfall zusagt: das Gesicht echauffiert, Jochbögen und Wangen wie vom Fieber fleckig gerötet. Die freudige Erregung steht ihr. Doch der Arzt in ihm nimmt sich vor, die Tendenz zu leichtem Fieber im Auge zu behalten.

Nun beginnt es im Kopf der Bondeli sichtbar zu arbeiten, da eine Steilfalte, dort kleine Denkhöcker, dem Beobachter ist, er erkenne Gedankenblitze, würdig der Stirn einer Königin der Philosophen. Um ihren Mund zuckt es. Wird man eines ihrer Bonmots hören? Nein, sie nimmt nur die Wahl mit huldvollem Lächeln an.

Stürmische Akklamation der Vasallen.

Tscharner erhebt sich. «Wir bitten die Königin, nun ihr Parlament zu bilden!»

Julie nickt. Sie verteilt ohne zu zögern die Chargen: Tscharner wird Premierminister, Kirchberger Hofmarschall, Stapfer Staatskanzler, Schmidt, der Ägyptologe, Geheimsekretär. Und das Amt eines Oberzeremonienmeisters? Dafür eignet sich Engel bestens.

Engel, schon in Funktion, bringt die am Vorabend zubereiteten, schön beschrifteten Diplome. Die Königin überreicht sie dem Hofstaat und verleiht zugleich jedem Beamten einen wohlklingenden Titel. Begründet die Wahl, indem sie die Eigenarten der Neugewählten schildert, für jeden fällt eine launige Bemerkung. Es gibt viel zu lachen.

Doch nun erwartet man gespannt die Antrittsrede der Königin Julie. Sie hüstelt, zupft an den Puffärmeln des dunkelroten Kleids. Stellt dann mit Eloquenz die Grundsätze ihres Staatswesens auf. Spricht von der Staatsräson. Spart dabei nicht mit Seitenhieben auf das bernische Parlament. Ein neuer Wind wehe, erklärt sie enthusiastisch, im Gegensatz zur unbeweglichen Berner Regierung werde sie in ihrem Reich die Ämter zu Karneval jedes Jahr neu besetzen!

Man applaudiert. Fügt sich willig unter Julies Herrschaft.

Die Sorbonne, ein Staat im Staat, eine République des lettres.

2

Als die Gäste sich verabschiedeten und in den Hof zu den Kutschen hinaustraten, stand Zimmermann mit Julie unter dem von hölzernen Säulen getragenen Vordach.

«Wissen Sie, wer diese Inszenierung sehr goutiert hätte?» fragte er und gab die Antwort gleich selbst: «Unser Dichter Wieland.»

Julie sah Zimmermann erstaunt an. «Ich wundere mich, daß Sie an ihn denken. Damals, als Wieland und ich Gäste bei Frau Stürler im Altenberg waren, hat er doch sehr unter der Verletztheit und dem Schmollen seines geliebten Zimmermann gelitten! Mir scheint, Sie gleichen einander in Ihrer Empfindlichkeit. Dabei warfen Sie ihm, der in meiner Gegenwart ständig von Ihnen und Ihrer Frau Katharina gesprochen hat, Unbeständigkeit vor! So wunderbar hat er Sie geschildert, daß ich begierig war, Sie kennenzulernen, dachte sich doch Wieland auf seine fanatische Art aus, wir zwei Freundespaare könnten irgendwo in einem Garten, vergessen von der großen Welt, glücklich und in Frieden zusammenleben.»

Zimmermann verbarg seine Rührung und schwieg.

«Ja, schade», sagte er nach einer Weile. «Wieland hatte ein Talent, sich in Bern und anderswo in die Nesseln zu setzen, ganz im Sinn seiner in einem Brief geäußerten Feststellung:

Die kleinste Wolke macht mich zum Ungeheuer meiner besten Freunde. So ist mein Unstern.»

Julie hatte damals in Bern die Mißstimmung gespürt und versucht, auf ihre Art den Freund zu stützen. Doch auch in der Ostschweiz, in Winterthur und Zürich brodelte im September 1759 die Gerüchteküche, Martin Künzli schrieb an Bodmer: *Wieland hat auf meinen Brief auch noch nicht geantwortet; es scheint, er seye in einer Zerstreuung, die ihn nicht richtig denken läßt ... Izt kommt er noch über das mit einer neuen Dulcinea di Bondely zum Vorschein. Die Mädchen gefallen ihm zu geschwind (...) ich denke ungern so von W., denn er ist allezeit ein außerordentlich großes Genie, aber sein Herz hat keine Bestandheiten.*

Daß im Oktober hartnäckig das Gemunkel zirkulierte, der Dichter heirate Julie Bondeli, war Wieland schon wegen Julie äußerst peinlich und er schrieb im November an Katharina Zimmermann: *Ich versichere Ihnen, meine Schwester, daß es in Bern keine zwanzig Personen gibt, die Mselle B. so wenig kennen um sie fähig zu halten, einen Fremden zu heiraten ohne Vermögen, ohne Beruf, ohne Anstellung, ohne Protektion und ohne Hoffnung auf eine solide Etablierung. Was mich betrifft, so gestehe ich Ihnen frei, wenn ich ein Mittel wüßte, mir eine Krone zu verschaffen, würde ich sie zu Füßen dieses unvergleichlichen Mädchens legen ... Sie beehrt mich mit einer Freundschaft, die den größten Teil meines Glücks hier ausmacht ... Ich habe keine anderen Erwartungen. Ihre Umstände, ebenso fragwürdig und ungewiß wie die meinen, wenn auch in einer anderen Art, gestatten mir nichts. Ich wäre der verachtungswürdigste Mann, wenn ich diese Freundschaft mißbrauchen würde (...) Mselle B. hat wenig Gesundheit, und ihre Freunde können nicht verbergen, daß sie nicht lange zu leben verspricht. Sie findet ihr Glück nur in der Weisheit ihres Denkens, in der Festigkeit ihres Charakters und durch die Aussicht auf ein zukünftiges besseres Leben. Der Aufenthalt in Bern sagt mir nicht zu und trotzdem denke ich nur mit Zittern, diesen Ort zu verlassen …*

Schwermütige Gedanken schlugen sich auch in Wielands literarischer Arbeit nieder, in seinem Stück ‹Clementina von Poretta› spiegelte sich die Aussichtslosigkeit der Liebe. Er schickte das Stück an Bodmer und schrieb: *Sie werden den Einfluß der dicken Berner Luft sehr merklich darin spüren.*

Von Neujahr 1760 an geisterte seine Heimatstadt Biberach durch Wielands Briefe. Sein Vater rufe ihn zurück, es gehe um eine Anstellung in der Stadtverwaltung, berichtete er Bodmer. Mselle Bondeli denke daran, sich für eine Anzahl Jahre mit den Eltern auf ihr Gut in der Nähe des Genfersees zurückzuziehen, um dort Muße zu finden, die ihr in Bern nicht gestattet sei.

Nein, diese Rückkehr nach Biberach kam nicht überstürzt, die Abreise verzögerte sich schließlich von Monat zu Monat. Als Wieland am 22. Mai 1760 Bern endlich verließ, weilte Julie, wenn auch nur für Wochen, am Genfersee.

Von Wieland kam erst keine Nachricht. Schließlich erfuhr man durch Bodmer, der Dichter sei in Biberach in ein Nest politischer Intrigen geraten, doch alles löse sich zu seinem Vorteil, seine neue Adresse laute nun: *Directeur de la Chancellerie de la Ville Imperiale de Biberac.*

Julie setzte das lange Schweigen des Freundes zu. Als er endlich schrieb, wußte er nichts Besseres, als enthusiastisch von einer Frau von Hiller zu berichten, einer Schwester von Sophie La Roche, die er drei Wochen nach seiner Ankunft kennengelernt hatte. Die Fels, die im Buchsigut den Brief las, lachte: «Aus den Augen, aus dem Sinn, da schau, schon hüpft sein Herz zu einer andern!»

Später erfuhr Julie mehr durch Sophie La Roche und schrieb an Zimmermann: *Eine Schwester von Frau La Roche soll an dem Unglück schuld sein. Kaum hatte er sie erblickt, war er schon in sie verliebt; drei Wochen später pries er sie als den Inbegriff aller Vollkommenheiten und nannte sie eine zweite Panthea. Sie verstand es mit viel Geschick, ihn an sich zu fesseln und er hätte nicht Wieland sein müssen, um widerstehen zu können. Es schmeichelte ihr, ihn verliebt zu sehen, sie hütete sich aber wohl, sich selbst zu verlieben, und begnügte sich damit, ihn zum Spielball ihrer eigenen wechselnden Passionen und derjenigen ihres Mannes zu machen. Ihr verdankt er den Prozeß und alle Verfolgungen, die er durchmachen mußte. Mit der Verblendung war es im Oktober schon vorbei (...) Mit einem Wort, seit seiner Rückkehr in die Heimat hat er in einem ununterbrochenen und absonderlichen Roman gelebt ...*

Doch die Hilleriade, wie Julie sie nannte, war nur Vorspiel. Wielands Herz, vom Liebesdienst des Sternstaubs an höheren Damen erschöpft, inszenierte weitere Kapriolen, begehrte endlich Greifbares, Handfestes. Die Möglichkeiten in der Provinz waren beschränkt, der junge Kanzleidirektor verliebte sich in eine vierzehnjährige Sängerin, er nahm sie in seine Wohnung, verschloß, wie es darauf in Biberach hieß, mit Packpapier und Reißnägeln Türen und Fenster, die auf solche Weise von Wieland gefangengenommene Sängerin Bibi teilte mit ihm drei Tage und drei Nächte lang Bettfreuden. Zwar kamen dem Dichter ziemlich rasch Zweifel, ob es die richtige Gefährtin sei, in bekannter Wielandscher Offenheit schrieb er an Geßner nach Zürich: *Sie ist ebensowenig eine Grazie als eine Muse an Witz und Geist. Sie ist Beydes so wenig, daß ich eine Zeitlang auch starken Zweifel bekam, ob sie überhaupt eine Seele habe oder nicht.*

Für sein dichterisches Werk hingegen schien die Affäre das richtige zu sein, so Wielands Bericht im Dezember 1762 an Freund Zimmermann: *Es wundert Sie billig, daß ich in den unbegreiflich tollen und alle Geduld ermüdenden Umständen des 1761 und 62 Jahrs den Agathon schreiben konnte! Verwundern Sie sich weniger, wenn ich Ihnen sage, daß es eine kleine Sängerin war, die dieses Wunder bewürkte? Die Serenen, die Sophie und Julie, kurz die Seraphischen und Cherubinischen Damen haben mich jeden Augenblick von Seligkeit, den sie mir zu kosten gaben, mit zwanzig Jahrhunderten von Qual und Verdammnis (Jahrhunderte der Imagination!) bezahlen lassen. Meine kleine Philomele ist das einzige Mädchen in der Welt, das mir nichts als Gutes gethan hat …*

Von der ‹Seraphischen› auf Schloß Warthausen hatte Julie später vom weiteren Verlauf der Biberachschen Moritat gehört: Das Mädchen Bibi wurde von den katholischen Verwandten dem Liebhaber entrissen – um zu verhindern, daß das Kind, das sie von Wieland erwartete, ein kleiner Protestant werde, die zukünftige Mutter wurde in eine klosterähnliche Einrichtung gesteckt.

Der sexuelle Umgang feiner Herren mit weniger feinen Frauenzimmern aus dem Volk galt als Kavaliersdelikt. Sogar der strenge Zimmermann fand: *Ach, Wieland, er ist ein besonderer Mensch, ich bin zum Schluß gekommen, man darf ihm nicht alles wie gewöhnlichen Bürgern übelnehmen.* Sophie La Roche empfing das junge Genie weiterhin in ihrem Schloß. Und Julie versicherte, nicht diese Geschichte habe sie verletzt, sondern der schroffe Bruch …

Sie zog für sich eine Bilanz ihres hohen Einsatzes: Sie hatte einen jungen Mann fast täglich empfangen, obwohl es ihrem Vater nicht paßte. Sie hatte später den Mut gehabt, im Altenberg die Ferien bei Frau Stürler unter gemeinsamem Dach zu verbringen. Und in Bern hatte man atemlos dieses gewagte Spiel verfolgt: Julie, Wielands Braut.

Zimmermann kreiste in seinen Briefen an Julie immer wieder um das Thema Wieland, kreiste um diesen wunden Punkt. Aus ärztlichem Interesse? Aus Eifersucht? Im August 1761 antwortete ihm Julie: *Sie fragen mich, mein lieber Freund, ob Wieland glücklich sei? Ach nein! Er protestiert feierlich gegen die Verkennung seiner Person, versichert, keinen seiner Freunde vergessen zu haben und stets derselbe zu sein (...) Er ist es, der als erster abtrünnig wird, und er ist es, der sich als erster beklagt, wo ich mit vollem Recht bekennen darf, die Pflichten der Zuneigung und des Wohlwollens für ihn bis zum Fanatismus getrieben zu haben, um dann schließlich einzusehen, daß ich für meine göttliche Dummheit, wie sich's gehört, bestraft worden bin ...*

3

In der guten Jahreszeit schrieb Julie im Garten des Buchsiguts Briefe. Wenn sie innehielt und aufblickte, um über eine Formulierung nachzudenken, tauchte im Dickicht der Zweige, wie in einem Vexierbild, plötzlich Wielands Gesicht auf. Seine hellblauen, ein bißchen spöttischen Augen sandten ihr Signale.

Die Erinnerung schmerzte sie wie die Berührung einer noch unvernarbten Wunde. Ihr ganzer Körper schien mitzuleiden.

Das Wort Liebe, für Wieland verboten – und doch hatte es Momente gegeben, in denen die von Julie begehrte Freundschaft zur freundschaftlichen Liebe geworden war. Wieland war wohl der einzige Mann, der das Kunststück zustande brachte, die Widerspenstige zu zähmen. Er werde alle Hindernisse für eine Eheschließung zu überwinden wissen, hatte er behauptet. Eine angemessene Stellung erringen, auch wenn es sieben Jahre dauere.

«Oh, dann werde ich aber alt sein.» Sie hatte verlegen gelacht.

Darauf er, ganz ernsthaft: «Du gehörst zu den Frauen, die noch im reifen Alter faszinieren.»

Sie hielt das für Schmeichelei. Fand dann aber in seinem Brief an Zimmermann, wo es um den ‹Agathon› ging, folgende Stelle: ... *daß er (Agathon) in seinem vierzigsten Jahr in die Arme der schönen Danae zurückkehren wird, aus denen er sich im fünfundzwanzigsten losgerissen! Freilich wird Danae alsdann ein altes Mädchen seyn, allein hat nicht Ninon im Alter noch die lebhaftesten Begierden erweckt? Und dann gibt es auch ein Alter für die freundschaftliche Liebe?* Das Wort ‹freundschaftlich›, wie alles für Wieland Wichtige, gesperrt geschrieben.

Wielands Worte.

Im Garten des Buchsiguts verwandelten sie sich, waren jetzt listige, zauberische Vögel, die mit bunten Federn in die Dämmerung der Bäume, ins Dickicht lockten. Julie folgt den Vogelwörtern, ging rundum, rundum, o weh, immer neue Windungen und Seitenwege, sie verlief sich im Irrgarten, wo war der Ausgang?

«Ich liebe Irrgärten», hatte Wieland gesagt, «sie sind à la mode. Bei Nürnberg haben zwei Dichter den Pegnesischen Blumenorden gegründet, dem will ich beitreten. Dem Labyrinth, seit der Antike ein beliebtes Element der Gartenbaukunst, schreibt man im Orden über das Dekorative und Spielerische hinaus einen tiefen symbolischen Gehalt zu. Das Leben des Menschen gleiche dem Gang durch einen Irrwald: Der größte Trost ist der Ausgang, der Tod führt uns aus dem dunklen Irrhain auf die freie Lammwiese.»

Beim Briefeschreiben und Lesen sind die Irrhain-Vögel nicht zu überhören.

«Was träumst du, Julie», sagte die Fels, «komm, wir gehen spazieren.»

Als Abwehr gegen zauberische Vögel empfahl es sich, auf dem Spaziergang ein bißchen über Wieland zu spotten, die Fels ahmte vortrefflich seine schwärmerischen Anwandlungen nach: *Ach, Julie, ich gehe auf der Spur deines rosafarbenen Fußes*, und Julie darauf, mit Schmachtstimme: *Schade, daß Sie keinen Schnurrbart haben, Monsieur, um die Tränen von meinen Schuhen zu wischen ...*

Die Liebe austreiben.

Und dann im Garten, beim Zwitschern der Vögel, den Erinnerungen immer wieder auf den Leim gehen.

Erst gut ein Jahr war es her, da hatte Wieland mit ihr unter den Bäumen von einer gemeinsamen Zukunft geträumt:

«Julie, wie wäre es mit einem Horazischen Garten für uns beide?»

«Wie sieht er denn aus, unser Garten?» hatte Julie gefragt.

«Ich sehe ihn im neuen englischen Stil mit lockeren Busch- und Baumgruppen, mäandernden Sandwegen, im Zentrum die Rotonde mit Statuen und Blumenrabatten, ein Bassin mit Wasserspielen.»

«Und wo auf der Welt soll er zu finden sein?»

«Das kleine Paradies darf nicht zu weit im Norden liegen, Sonnenwärme ist für mich das wahre Pabulum vitae, wenn sie sie mir entzogen wird, dann sinkt mein Dasein zu einem bloßen Vegetieren herab. Ein Garten, der Sonne zugewandt, Julie. Weitab von den lärmigen Zentren, gewissermaßen hinter dem Schilf der Welt.»

Ein Ort des Friedens, der freundschaftlichen Liebe.

Doch nun war Wieland in Biberach. Julie kannte das Städtchen von einem Stahlstich: die Türme, der weiträumige Marktplatz. Sie sah den Freund vor ihrem inneren Auge vor den Toren durch die Felder streifen, er ging in nördlicher Richtung, stieg dann den steilen, im Zickzack angelegten Waldpfad zum Schloß Warthausen empor. Oben blieb er einen Moment stehen und genoß die Aussicht auf die Schweizer Berge, sechsundzwanzig Stunden entfernt. Dann wandte sich der Wanderer ab, ging am Ökonomiegebäude vorbei, wo die Roche wohnte, hinunter zu den weit angelegten Gärten des Grafen Stadion. *Ohne Zweifel wird es ihnen Freude machen zu erfahren, daß ich einen Ort gefunden habe, wo ich von Zeit zu Zeit einige angenehme Tage verbringe, die ich sehr nötig habe, um meine fatale Lage in meiner unangenehmen Vaterstadt zu vergessen.*

In der Bibliothek des Grafen standen Shakespeares Werke, deren Lektüre Julie in Bern dem Dichter sehr empfohlen hatte. Nun war Wieland daran, eins der Stücke ins Deutsche zu übertragen: in saftige, blutvolle Wendungen, und plante, das Stück im Schlachthof von Biberach mit Schauspielern aufzuführen.

Julie freute sich, wenigstens hatte Wieland ihren Shakespeare nicht vergessen. Ach, dachte sie gerührt, ich bin neugierig auf alles, was er noch schreiben wird. Ich werde seine literarische Arbeit weiter begleiten, haben wir nicht Freundschaft definiert als eine beständige Verbindung? Zugegeben, da ist nichts mehr wie vorher, auf gewaltsame und perfide Art hat er sich von mir losgerissen. Und wiederum überkam sie der Schmerz des Verlusts, und sie schrieb an diesem Tag an Zimmermann: *Trübe moralische Erfahrungen durchdringen die Seele so stark, daß uns unsere Grundsätze entschwinden und als unsere einzige Hüterin nur noch die Gewohnheit zurückbleibt.*

Am Gartentisch, über den Briefbogen gebeugt, wandte sie

sich wieder ganz ihrem ärztlichen Freund zu. Erwähnte eine Migräne – die könne ihr das Lachen jedoch nicht nehmen. Erwähnte ein leichtes Fieber – das sei zu ertragen. Schrieb launig, um den Klagen die Schwere zu nehmen: *Es kann auch sein, daß ich, wohl unbewußt, ein bißchen ärgerlich bin, weil ich im Stillen hoffte, doch wieder hübsch zu werden; denn es ist mir trotz meiner Gelehrsamkeit nicht gleichgültig, ob ich häßlich bin oder nicht.*

Sie versiegelte den Brief, dann erhob sie sich und suchte Ablenkung und Erholung bei einem Spaziergang unter den Bäumen. Sie ging vom Haus weg über den Kiesweg, er war grün gesprenkelt von den flockigen Schatten der Buchenblätter, durch den erst zarten Blättervorhang erahnte man die Umrisse des Kirchturms, des Schlosses, der Häuser von Köniz.

Vor Jahren schon einmal war der Garten des Buchsiguts ihr Zuflucht gewesen bei einem schmerzlichen Verlust.

4

Damals, als Henzi in die Verbannung geschickt wurde, der Unterricht, der Austausch mit Henzi gewaltsam abgebrochen war, stand die Bank im Garten leer. Die Vierzehnjährige verbrachte ganze Tage lesend unter den Bäumen oder im Gartenhaus. Sie suchte Zuflucht und Halt bei den Wörtern.

Für diesen Hang nach Einsamkeit hatten die Erwachsenen kein Verständnis, immer wieder riefen sie Julie unter irgendeinem Vorwand ins Haus zurück. An jenem Abend hieß es, die Schneiderin sei da, sie nähe ihr ein Kleid für das Gartenfest.

Es war ein rosafarbenes Taftkleid mit weißen Streifen, die angeschnittenen Ärmel standen wie Flügel ab. Julie war immer noch klein und mager, sie mochte den steifen Stoff nicht, nach der Anprobe stand das Kleid von alleine im Schlafzimmer, eine Röhre mit erhobenen, wie um Hilfe heischenden Armen.

Mademoiselle Lea, eine Freundin der Ernestine, hatte sich im Zeichen ihrer Schneiderkunst geweigert, das Kleid dem mageren Körper des Kindes anzupassen, ein Kind habe sich im Gegenteil dem Kleid anzupassen, in diesem Alter verändere sich ein junger Mensch Tag für Tag. Julie waren Fest und Kleid gleichgültig, hübsch zu sein begehrte sie nicht, noch nicht.

Sie war seit Henzis Verschwinden still geworden, der Unterricht fehlte ihr.

«Bis Henzi aus der Verbannung kommt, ist Julie wohl schon verheiratet», sagte Ernestine zum Verwalter.

«Wird sie in der Zwischenzeit ein anderer unterrichten?»

«Ah ba, die Julie ist zu gescheit für gewöhnliche Lehrer.»

«Vielleicht kommt Herr Haller jede Woche mit einer Sonderpost aus Göttingen?» spottete der Verwalter und lachte.

Haller, nach längerem Besuch in der Vaterstadt zurück an seinem Göttinger Seziertisch, hatte die älteste Tochter aus erster Ehe, Marianne, in Bern zurückgelassen. Damit ein junger Patrizier anbeißt, hieß es. Erst vierzehn war sie, doch beizeiten mußten Weichen gestellt, Schwiegersöhne als wichtige strategische Punkte für die geplante Rückkehr in die Vaterstadt festgelegt werden. Haller wird seine Älteste denn auch 1753 in Bern an Franz Ludwig Jenner verheiraten.

An der Festtafel neben der Hallertochter schien Julie dumpf, abgelöscht, die Augen rot geschwollen vom Lesen. Oder hatte sie zu viel geweint?

Henzi war ihr genommen worden. Von welcher Macht?

Sie blickte zu ihrem Vater hinauf, er beugte sich in bester

Laune zu seiner Tischdame, ein rumpelndes Lachen erscholl. Sie sah ihn neu. Sein Gesicht war teigig geworden, gedunsen.

Nun stand er auf und gab ein Zeichen, er habe etwas mitzuteilen. «Nicht einmal Gattin und Tochter wissen davon», sagte er augenzwinkernd.

«Eine Überraschung?»

«Genau das. Gestern im Rat hat das Los entschieden, mir wird das Amt des Landvogts in Burgdorf zugesprochen. Beginn der Amtszeit 1746, doch im nächsten Jahr wird alles schon vorbereitet.»

Man applaudierte. Burgdorf war eine der einträglichsten Vogteien, das durchschnittliche Jahreseinkommen über 2200 Kronen!

«Den französischen Namen Bertoud», sagte Bondeli, «verdankt die Stadt der Gründung durch die Bertholder, ein hablicher Ort in fruchtbarer Landschaft, die stattlichen Bauten und öffentlichen Einrichtungen sind zu rühmen!»

Frau Bondeli dachte nur an das Familienbudget. War es möglich – ihre Sorgen wie durch ein Wunder dahin?

Ein bißchen verwirrt durch das plötzliche Glück stand sie auf und umarmte ihren Mann.

Man erhob sich, um dem zukünftigen Landvogt und seiner Frau die Hand zu drücken.

Die kleine Charlotte, ein pausbäckiges, hübsches Kind, blickte vom Arm der Ernestine in die Runde der fröhlichen Gesichter und krähte vor Vergnügen.

Nur Julie verzog keine Miene.

«Freust du dich nicht?» fragte Frau von Wattenwyl. «Du wirst oben auf dem Hügel im großen Schloß wohnen.»

Julie schwieg.

«Ach, die Julie trauert», raunte ihr Madame Bondeli zu, «ihr Lehrer Henzi ist verbannt worden.»

«Sie hat ein empfindliches Gemüt, die kleine Julie.» Frau

von Wattenwyl beugte sich zu dem unscheinbaren, klein gebliebenen Mädchen und strich ihm mit diamantblitzenden Fingern durch das dünne Haar.

Nun meldete sich unten am Tisch einer der jüngeren Gäste, ein Kaufmann. «Henzi geht es nicht schlecht. Im Auftrag des Rats habe ich den Exilierten besucht. Er wohnt mit seiner Familie in einem Weinberghäuschen, trinkt Kaffee, pafft seine Pfeife, dichtet und blickt über den See.»

5

Henzi verbrachte in Neuenburg schlaflose Nächte in Gedanken an das erlittene Unrecht.

Wie gewohnt überdeckte er seinen Schmerz mit satirischen Versen. *Es sind kleine Spiegel*, schrieb er an Bodmer, *man glaubt, den Nächsten zu sehen und sieht sich selbst.*

Unten am See, an seinem Lieblingsplatz zwischen Weidenstrünken, besah er sein Bild: Die Beine im Spiegel der Wellen gebogen, die Arme hängend, ein flattriger alter Rock. Da schwamm er, der Hauptmann Henzi. Rettete sich übers Wasser. Ein lächerlicher Kommandant, ohne Fahne, ohne Heer. Vergeblich wartete er den ganzen Sommer über auf einen Wink des Herzogs.

Er stieg den Feldweg hinauf zu seinem Rebhäuschen, auf der Bank saß die Malacrida mit ihren Kindern Alexander und Emanuel. Die Kleinen rannten dem Vater entgegen und rissen ihn aus seinen melancholischen Gedanken. Seine Familie war ihm in allen Schicksalsschlägen ein Trost. Das Essen stand bereit, eine karge Mahlzeit, gewiß, doch die Aussicht vom rohen Holztisch aus königlich. Er blickte auf die Stadt, sah Seeufer und Schloßfelsen, über allem spannte sich ein heiterer, fast südlicher Himmel.

Henzi hatte kein Talent, unglücklich zu sein. Im Zeichen des Widders geboren, war er aufrecht seinen Weg gegangen, hungrig nach Gerechtigkeit, auf ehrliche Art, mit dem Kopf durch die Wand. So wollte ihn sein Leben, nicht krumm und verlogen. Nun hatte man den Unbequemen beiseite geschoben.

Zum Glück saß in ihm noch immer der Schalk des Poeten. Von der Politik hatte er einstweilen die Nase voll, er halte sich lieber an die Musen, schrieb er an Bodmer und schickte ihm nach Zürich Epigramme, eine Homer-Travestie und Verse des ‹Misodème›, auch auf preußischem Boden dichtete Henzi französisch. Doch hatte er ernsthaft vor, sich in die deutsche Sprache zu vertiefen, und bat Bodmer, gegen Bezahlung natürlich, um das beste Wörterbuch und um eine Grammatik.

Der Gouverneur wurde schnell auf den kunstsinnigen Emigranten aufmerksam, er übte mit ihm auf der Flöte und Violine, nahm ihn mit auf die Landgüter vornehmer Familien zur Weinernte, wo Henzi zum Dank hübsche kleine Trinkgedichte verfaßte: *En exil / Et fût il / Au fond de la Sibérie / Le vin vieux / de ces lieux / Nous ferait une patrie!* – Im Exil, und wäre es tief in Sibirien, würde der Wein dieser Hügel uns eine Heimat sein. Der Gouverneur bot ihm auch die Redaktion des ‹Mercure Suisse› an, ein Anzeiger für die ferne Provinz, der unter anderem über die Ereignisse auf preußischen Kriegsschauplätzen berichtete.

Während der Preußenkönig Flötenspiel und Sanssouci zurückließ, sich in Schlesien in seine Kriege verkrallte, hatte sein Gouverneur, weitab vom Schuß, in Neuenburg ein gutes Leben. Le grand Frédry, wie man in Neuenburg Friedrich II. nannte, überließ die kleine Grafschaft, ein Mikrokosmos von 800 Quadratkilometern und 35 000 Einwohnern, sich selbst. Die vierzig bedeutenden Familien hatten weiterhin das Sagen, das letzte Wort kam seit jeher der Vénérable classe, dem Klerus zu. Der Gouverneur, eine Art Vaterfigur, verbreitete die Toleranz, die man dem zum Glück immer fernen Grand Frédry zuschrieb.

Henzi wußte das zu schätzen und nahm sich vor, dem Herrscher als Dank für die gute Aufnahme einen literarischen Kranz zu winden.

Im Weinberghäuschen, seine Pfeife stopfend, las er im ‹Mercure Suisse› den Bericht über die glorreiche Schlacht von Friedberg, tunkte seine Feder, blickte über den See und schrieb eine Ode.

So nahm Hauptmann Henzi auf unblutige Weise doch am Krieg teil, in Berlin und Paris las man seine Verse mit Wohlwollen.

In Bern hingegen hörte man mit gemischten Gefühlen von der Idylle. Ein Exilierter nutzt seine Zeit zum Dichten, fängt an, im Ausland bekannt zu werden … Haller, der Henzi nicht ungern in der Versenkung gesehen hätte, erfuhr durch Steiger von Allmendingen von der drohenden Konkurrenz. *Wissen Sie, daß wir einen in Bern geborenen Schweizer Dichter haben, der anfängt, bekannt zu werden? (…) Es ist Herr Henzi, Exilant, der seinen Aufenthalt in Neuenburg nutzt. Er steigt mit schnellem Gang den Musenberg hinauf, und ich versichere Ihnen, seine Oden an Belle-Isle und an den Marschall von Saxen würden sogar Voltaire keine Schande machen …*

Doch auch Haller hatte inzwischen einen Sieg errungen. Endlich gehörte er, wenigstens politisch, in Bern dazu! 1745, Isaak Steiger sei's gedankt, wurde er Mitglied im Rat der Zweihundert. Sogar Henzi gratulierte, schließlich war ein Nichtpatrizier in die Regierung aufgenommen worden. Doch der Weiße Steiger gab zu verstehen, der neue Ratsherr möge weiterhin in Göttingen bleiben, noch finde sich für den inzwischen zu Ruhm gelangten Mediziner kein angemessener Posten in der Vaterstadt.

Bern verschleuderte seine Söhne. Die Alteingesessenen versperrten mit breitem Hintern den Platz für eine neue Generation. Unten durch sollten die Jungen, man hatte kein Auge für ihre Begabungen, schickte sie ins Ausland oder, besser noch, verbannte sie.

Da saßen denn die begabten Söhne in Holland, Dresden und Göttingen, den nagenden Schmerz des Heimwehs in der Brust. ‹Längizyti› hieß das auf Berndeutsch, ein Leiden, das man nur durch Arbeitswut erstickte.

Manchmal wurde der Hinauswurf aus dem heimatlichen Nest zum glücklichen Beginn einer Karriere. So schrieb Samuel König in seinem ersten Brief an Bodmer aus Holland: *Adieu Bern, Palast der Reichen, adieu Bern, Spital der Bettler, adieu Bern, Zuchthaus der ehrlichen Leute.*

6

In Burgdorf erwartete man voller Spannung den neuen Landvogt Bondeli. Die Topographie des Ortes hatte der Macht vorgearbeitet: Eine Felsrippe bot den natürlichen Untersatz für das Schloß, auf der andern Seite erhob sich steil, ein Zeigefinger Gottes, der Kirchturm.

Eine ansehnliche Stadt, die Häuserzeilen von schöner Geschlossenheit, wehrwillig mit ihren Ringmauern und Türmen.

Auch die Umgebung hatte einiges zu bieten. In weiten Schleifen floß die Emme dahin, an ihrem Ufer Wiesen und Baumgärten, als Abschluß drei auffällige, steil abstürzende Flühe aus Sandstein, das Wahrzeichen von Burgdorf.

Julie war ungern von Bern weggezogen, doch jetzt fand sie

Gefallen an dem Schloß. So imposant hatte sie sich die Anlage nicht vorgestellt mit dem Torturm, der wuchtigen Vierung mit Wohntrakt und Kornhaus.

Bondeli empfand es als Privileg, hier als Landvogt zu walten. Er schien verjüngt, voller Tatendrang, die Familie bekam ihn kaum mehr zu Gesicht. Es galt, im Beisein der lokalen Amtspersonen sein Imperium zu inspizieren, voranzutreiben, was während der letzten Amtszeit liegengeblieben war und sofort in Angriff genommen werden mußte. Ein Stadthaus war schon lange vonnöten, nun wurde es geplant, das Projekt abgesegnet. Mit der Arbeit sollte sofort begonnen werden, die Amtszeit lief in sechs Jahren ab, Bondeli wollte den Einzug noch erleben, gelangen solche Bauten, wurden sie zu Denkmälern für einen Landvogt. Allerdings war auch das alte Kornhaus an der Ostecke des Burggevierts baufällig, es drohte, samt seinem ausladenden Krüppeldach den Steilhang des Felsens hinabzurutschen, doch mußte ein neuer Standort für einen größeren Neubau reiflich überlegt werden.

Frau Bondeli gab Ernestine Anweisungen für die Vorhänge und die Kücheneinrichtung der Amtswohnung. Eine Kindermagd gab sich mit Charlotte ab, inzwischen drei Jahre alt, ein kleines Quecksilber, der Liebling der Mutter mit ihrem runden, von blonden Locken gerahmten Gesicht.

Julie war sich selbst überlassen, sie konnte sich nichts Besseres wünschen.

Mit dem Schloßareal war eine ganze Welt zu ergründen, sie stieg die Treppen hinauf zum Rittersaal, strich durch die Zimmer der verschiedenen Stockwerke, trat wieder ins Freie und entdeckte verschiedene Höfe, den Ziehbrunnen mit dem Pumpschwengel und die Schattenbank unter der gewaltigen Linde. Im Gewürzgarten, der wie ein Schwalbennest am Schloßhang klebte, verriet ihr der Gärtner, ein junger fröhlicher Mann, die geheime Türe zu dem Zickzackweg über die Steilwand, Diebesweg heiße er oder Armsünderweg. Delinquenten, im Schloß zum Tode verurteilt, hatte man diesen Weg hinuntergeführt zum Richtplatz. An einem andern Tag wagte sie sich bis zu den Letzimauern und hölzernen Wehrgängen vor, ein Wächter eilte herbei und warnte, die Bretter seien morsch, sie könnte stürzen.

Die Mutter hatte von Julies Streifzügen gehört und ließ sie rufen.

Nach dem anstrengenden Vormittag, den sie mit dem Einrichten der Küche verbracht hatte, saß sie in ihrem Zimmer beim Spitzenklöppeln. Sie betrachtete ihre Älteste, stellte fest, daß die nun Fünfzehnjährige gewachsen und fülliger geworden war, unter der zu eng gewordenen Bluse zeigten sich erste Rundungen. Allmählich wird sie eine junge Frau, dachte die Mutter erleichtert. Mademoiselle Lea, die Schneiderin, werde nächste Woche aus Bern kommen und für Julie neue Kleider nähen.

«Ach, die alten sind gut genug.» Julie lachte. «Auf dem Land wird man schnell schmutzig.»

«Du darfst dich nicht überall herumtreiben, Julie.» Die Mutter winkte sie heran. «Willst du nicht klöppeln lernen? Schau, das wird ein Brusttuch für dich.» Sie ließ die Holzspulen in ihren Fingern tanzen, die Fäden verwirrten sich. Julie konnte sich nicht erklären, daß aus diesem Wirbel, wie durch Hexerei, eine Spitze entstand. «Schön, nicht?»

Julie rückte näher heran und schaute genau: eine zarte Umrahmung des Nichts.

«Ich möchte das nicht lernen, Mama.»

Die Mutter sah die zum Schmollen geschürzten Lippen, die Kratzer an den Armen, die schmutzige Bluse. Eine kleine räudige Katze. Die Mutter erschrak. Man hat das Kind in den ersten Wochen vernachlässigt.

«Dir fehlen die Schulstunden?»

Julie nickte. Kürzlich habe sie Henzi nach Neuenburg geschrieben, wie sehr sie ihn vermisse.

«Auch hier wirst du einen Lehrer finden, der Burgdorfer Pfarrer Gruner soll ein gelehrter Mann sein.»

Doch Julie dachte nur an Henzi. In den Sommerferien, wenn man ins Welschland fuhr, wollte sie ihn in Neuenburg besuchen.

«Diesen Sommer? Wir werden wohl hierbleiben müssen, Julie.»

Nun flog die Tür auf, Geschrei, Charlotte kam auf festen, kleinen Beinen ins Zimmer gestapft, hinter ihr, außer Atem, das Kindermädchen.

«Die Kleine hat wieder ihre Launen», stöhnte die junge Magd, doch die Mutter hatte dafür kein Ohr, umarmte ihren Liebling und zog ihn ans Herz.

«Ein Schloß ist nichts für ein kleines Kind, ihr fehlt der Buchsigarten», seufzte Frau Bondeli.

Auch die Mutter vermißte das Buchsigut. Kurz vor dem Umzug hatte sie noch in Köniz eine Frühgeburt gehabt, der Pfarrer hatte auf der sofortigen Taufe bestanden und Julie durfte den Namen vorschlagen: Isabella Ludovica. Ein herrschaftlicher Name, passend für ein Kind, das in einem Schloß aufwachsen sollte.

Doch zwei Tage später lag das Neugeborene im Sarg.

In Burgdorf, noch immer erschöpft, wollte Frau Bondeli von dem mit neckischen Vorhängen umflorten Matrimonialbett nichts wissen, sie bestand auf einem eigenen Zimmer. «Keine Schwangerschaften mehr», hatte der Arzt geraten. Die Geburt der Isabella Ludovica, nur vermerkt in einem der bernischen Taufrödel, scheint denn auch tatsächlich die Reihe der Bondeligeburten zu beschließen.

An Frühsommertagen, wenn vor dem Schloßfenster bläuliche Weite lockte, konnte Julie nicht widerstehen. Hinter dem Gemüsegarten ging sie durch die versteckte Tür den Armsünderweg hinunter. Ein steiler, im Zickzack verlaufender Abstieg. Die hohe Mauer verhinderte wohl, daß die Delinquenten vor der Hinrichtung Reißaus über die Steilwand nahmen. Unter dem Schloßfels gelangte Julie über die Schinderbrücke zum anderen Ufer der Emme. Die steil abfallenden Flühe hatten schon vom Schloß aus ihre Aufmerksamkeit erregt, auf ihren Flächen wechselte je nach Tageszeit das Licht, senfgelber Sandstein in sommerlicher Beleuchtung.

Im Schatten der Bäume ging sie den Fluß entlang. Von Henzi hatte sie die Kunst gelernt, die Beine wandern zu lassen, während der Geist frei schweift oder durch Bücher spaziert.

Helle Zurufe ließen sie aufmerken. Ein Floß war auf eine Sandbank gelaufen, ein Mädchen und ein Junge stocherten, doch sie kamen nicht vom Fleck. Der Junge winkte, sie solle helfen.

Julie war froh, in ihrem verwaschenen Sommerkleid nicht wie ein Fräulein zu wirken, die Schuhe streifte sie auf der Sandbank ab.

Im seichten Wasser stehend, versetzte sie dem Floß einen Stoß. Ein paar Meter glitt es voran, dann drängte es die Strömung erneut ans Ufer. Nun ging sie mit dem hochgeschürzten Kleid tiefer ins Wasser, schwamm ein paar Züge, indem sie das Floß zur Flußmitte schob, sprang dann auf, der Junge drückte ihr eine Stocherstange in die Hand.

Nun trieben sie dahin, gemächlich flußabwärts, unter den gelblichen Abstürzen der Flühe, an der Schützenwiese, den Baumgärten vorbei.

Der junge Flößer, ein kecker, rothaariger Kerl, nahm sich erst jetzt Zeit, sie zu mustern.

«Wo wohnst du?»

Julie zeigte vage zum Schloßhügel hinüber.

«In der Zimmerei?» fragte das Mädchen. «Oder bist du etwa die Tochter des neuen Turmwächters?»

«Ich wohne in Bern, bin in Burgdorf nur auf Besuch», sagte sie verlegen.

Auf dem Heimweg suchte sie auf den Sandbänken vergeblich nach ihren Schuhen, es ging gegen Mittag, man würde sie vermissen, schließlich stieg sie in ihrem noch feuchten Kleidchen barfuß den Schloßfels hinan.

Im Hof kam ihr ein stattlicher, weißhaariger Mann entgegen: «Seid Ihr die Tochter des Landvogts? Die Julie?»

Auf ihr Nicken hin meinte er, dann könne er sich mit seinen steifen Knien die Treppen sparen! Er lächelte, streckte zur Begrüßung die Hand aus. «Ich bin der Pfarrer, Dekan Gruner.»

Julie, erschrocken über diese Vorstellung, blickte an ihrem am Saum zerrissenen Kleid hinab zu den staubigen Füßen, doch der Pfarrer schien solche Äußerlichkeiten nicht zu beachten, auch Kinder aus wohlhabenden Familien gingen auf dem Land im Sommer barfuß. Julie gefiel, daß der Pfarrer sie nicht wie die meisten Leute mit übertriebenem Respekt behandelte, als ‹gnädiges Fräulein›, ‹Euer Hochedel› oder mit anderen devoten Floskeln ansprach.

Später lobte ihr Vater den Gruner über den Klee. «Ein Pfarrer, der sich für Benachteiligte und die Jugend einsetzt. Witwenstiftung, Gründung einer Bibliothek, Feiern für die Schuljugend. Lobenswert. Dennoch», wandte er nachdenklich ein, «feine Manieren kann man von einem, der aus einfachsten Verhältnissen kommt, nicht erwarten. Gruners Vater ist Schuhmacher und Reisläufer gewesen, die Mutter eine Magd in Straßburg.»

Der Pfarrer musterte Julie mit aufmerksamen Augen.

«Man sagt mir, Ihr vermißt in Burgdorf den Unterricht? Das Wissen Eures früheren Lehrers Samuel Henzi ist mir bekannt. Gewiß seid Ihr in allem fortgeschritten, man muß Euch also einzeln unterrichten. Bei meinen vielfältigen Pflichten bleibt mir wenig Zeit, doch wenn wir zweimal in der Woche in der Bibliothek zusammenkommen, will ich Euch gerne zur bewußten Lektüre anleiten, dem A und O der Gelehrsamkeit!»

Die erste Besichtigung der Bibliothek, die in einem Knabenschulhaus untergebracht war, fiel für Julie enttäuschend aus, da stand in gut verschließbaren Glasschränken ein Sammelsurium von gespendeten Büchern und von absonderlichen Gegenständen. Pfarrer Gruner zeigte stolz seine selbstgeschriebenen Bände: gegen dreihundert naturwissenschaftliche und historische Beschreibungen, theologische Abhandlungen, Notizen über geographische Gegebenheiten. Dazu eine Kopie der Komödien des Niklaus Manuel, ein Häuser- und Einwohnerverzeichnis von Burgdorf, ein Buch über die Merkwürdigkeiten der Stadt Bern, ‹Deliciae urbis Bernae›. «Das letztere ist das einzige Werk, dem die Ehre des Gedrucktwerdens zuteil geworden», meinte der Pfarrer. «Die Gnädigen Herren in Bern haben den Handel damit verboten. Warum, weiß niemand.»

Dieses handgemachte Sammelsurium des Wissens. Dieser bienengleiche, beharrliche Skribentenfleiß. Julie mußte an Henzi denken.

Sie genoß den Gang durch die belebten Gassen, an Bürgerhäusern vorbei mit verschachtelten Dächern und Dachgauben. Hier in der Provinz gestattete man ihr, sich freier zu bewegen, in der Hauptstadt war der Sitte nach eine junge Patriziertochter zu begleiten. In der Bücherei fand sie Futter für ihren Geist, Gruner lehrte sie, das Wesentliche zusammenzufassen, den Text zu befragen. Unter den von Donatoren gestifteten Büchern fand sich nach langem Schmökern Brauchbares, sie stieß auf eine französische Ausgabe von Mandevilles ‹Fable of the Bees›, die 1739 erschienene Übersetzung stammte von Emilie du Châtelet, im Vorwort schlug die Wissenschaftlerin noch nie gehörte Töne an und plädierte für die Erziehung der Frauen:

Ich fühle das ganze Gewicht der Vorurteile, welches uns universell ausschließt von den Naturwissenschaften. Es ist einer der Widersprüche, der mich immer erstaunt hat, daß das Gesetz uns erlaubt, Einfluß zu nehmen auf das Schicksal der großen Nationen, aber daß da kein Ort ist, wo wir erzogen werden zum Denken. Keine gute Tragödie, kein gutes Gedicht, keine respektable Erzählung, kein schönes Gemälde, kein gutes Physikbuch ist durch Frauen hervorgebracht worden.

Wenn ich König wäre, würde ich diesen Mißstand abschaffen, der die Hälfte der Menschheit benachteiligt. Ich würde Frauen teilnehmen lassen an allen menschlichen Rechten, vor allem an denen des Geistes.

Es sieht aus, als wären sie nur geboren, um zu täuschen, das ist die einzige intellektuelle Fähigkeit, die ihnen zugestanden wird. Die neue Erziehung wird der Menschheit viel Aufschwung bringen. Die Frauen werden zunehmen im Wert und die Männer werden durch diese Herausforderung gewinnen ... Durch die bisherige Erziehung trauen sich Frauen nichts zu und Vorurteile begraben in ihnen den intellektuellen Mut.

Ich hatte das Glück, mit gelehrten Männern bekannt zu werden, die eine Hand der Freundschaft nach mir ausstreckten ... So begann ich zu erkennen, daß ich ein Wesen bin mit Verstand.

Für Pfarrer Gruner war der Name Châtelet ein rotes Tuch. «Dieses gelehrte Weib, hat es nicht auf seinem Landschloß Voltaire versteckt? Besser, dieser Voltaire wäre für immer in der Bastille verschwunden!»

Auch der kluge Gruner hatte also seine Scheuklappen, er verachtete den Pietismus, die Herrnhuter des Zinzendorf und bekämpfte vehement die Aufklärer, allen voran Voltaire mit seinen «Schandbüchern».

VIII

«... die Stadt, sie ist die schönste,
die wir gesehen haben, in Bürger-
licher Gleichheit eine wie das andre
gebaut, all aus einem graulichen
weichen Sandstein, die egallitaet und
Reinlichkeit drinne thut einem sehr
wohl, besonders da man fühlt, daß
nichts leere Decoration oder Durch-
schnitt des Despotismus ist ...»

JOHANN WOLFGANG VON GOETHE,
Reisebericht aus Bern an
Frau von Stein

I

Chérissime Sophie, Samuel König hat mir erzählt, Zugvögel könnten auf ihrem Flug in die Ferne mit der einen Gesichtshälfte schlafen, während die andere wacht, so erholen sie sich von der Anstrengung und vermeiden es, abzustürzen.
Wer ein Auge schließt, verliert es nicht, er schaut vielmehr nach innen und bemerkt, was den offenen Augen entgeht ...

Julie bestieg im Spätsommer 1761 mit Zimmermann und einem Besucher aus Genf den Turm des Berner Münsters. Am Vortag hatten ausgiebige und reinigende Regengüsse die Wärme des Sommers gebrochen, nun erschien der Himmel herbstlich heiter.

Zimmermann hatte Julie den Aufstieg ausreden wollen. «Eine zu große Anstrengung, denken Sie an Ihre Bronchien!» Doch sie schaffte den Aufstieg ohne Hustenanfall, oben nahmen sie Zimmermann und Monsieur Moultou, der Abbé, fürsorglich in die Mitte. Es war eigentlich kein Windschutz nötig, die Luft war an diesem Nachmittag vollkommen still und klar, von drüben grüßten die Schneeberge.

Unten präsentierten sich scharf, wie gestochen, die Häuserzeilen aus hellen Sandsteinquadern, deren Einheitlichkeit Moultou in der Gasse erstaunt wahrgenommen hatte, ein Eindruck, der sich aus der Vogelschau schnell auflöste durch die Vielfalt der ineinandergeschachtelten Dächer, der Aufbauten und Zinnen, dem Gewimmel der Schornsteine.

Bizarre Aufschüttungen waren es plötzlich, in ihrer Mitte die dunklen Krater der Höfe, von deren Existenz man unten nichts ahnte und welche die überaus langen Gebäude zweiteilten, in ein der Sonne zugewandtes Haus für die Begüterten und in einen schattigen Wohnteil für das Gesinde oder für minder zahlungsfähige Bürger, Wohnungen, die oft nur vom Hof aus über Außentreppen und Holzgalerien zugänglich waren.

Moultou machte auf der Plattform ein paar Schritte, wies mit dem Finger auf die langen, wie biegsamen Straßenleiber, auf die breiten Gassen mit den offenen Stadtbächen.

«Ja, diese Wasseradern mit den Aquapunkten der farbigen Brunnen», sagte Zimmermann. «Sie sind überaus nützlich für die Reinlichkeit und Gesundheit der Stadt. Die Zuleitungen, die bei Bedarf geöffnet werden können, transportieren den Unrat unter den Häusern durch bis in die Aare!»

Moultou bestätigte lachend: «Eine schöne, uneinnehmbare und ordentliche Stadt, aufgehoben wie in einer Nußschale in der Biegung des Flusses.» Zu Julie blickend fügte er mit mildem Spott bei: «Auch die Bergriesen drüben ordentlich in Reih und Glied, betonen sie die unverrückbare Ordnung des irdischen wie himmlischen Regimes?»

Am Vorabend, im Salon einer Patrizierin, hatten sie davon

gesprochen, wie sehr sie sich eine neue Ordnung herbeiwünschten.

Zimmermann hatte Julie zu der Gesellschaft mitgenommen, die Einladung kam von seiner Gastgeberin, einer Witwe aus Patrizierkreisen.

Julie wollte kneifen und schützte Kopfweh vor.

Doch Zimmermann drängte, Abbé Moultou, ein Freund der Curchod, wolle Julie kennenlernen.

Sie ging also hin, in eine dieser Gesellschaften, die sie nicht mehr ausstehen mochte. Zu einem jener belanglosen Abende, vor deren Zerstreuungen sie auch Zimmermann dringend abriet.

Schon der Anblick der Gastgeberin verstärkte ihr Kopfweh, weil die alte Dame gleich zu Beginn, noch im Vestibül, auf Voltaire schimpfte. Auslöser war eine an Julie gerichtete Bemerkung Moultous: «Was Ihre Sorbonne in Bern, ist Suzannes Poudrière in Lausanne! Kommen Sie bald vorbei, Julie, wir werden zusammen Voltaire in Ferney besuchen!»

Die Gastgeberin, schwerhörig, hatte nur das Reizwort Voltaire gehört und begann über die Seuche der Gottlosigkeit zu seufzen. Die Gäste seufzten höflich mit. Als sich einige vorsichtig nach einer Sitzgelegenheit und einem Weinglas umblickten, erinnerte sich die Gastgeberin ihrer Pflichten und bat in den Salon.

Hier drehte sich die Konversation weiter um die Enfants terribles, die schamlosen französischen Schriftsteller und Philosophen. Der elegante Abbé, der in Lausanne und Genf mit seinen Predigten Aufsehen erregte, trat für die neue Freiheit ein.

«Freiheit?» sagte die alte Dame mit spröder Stimme. «Sie ist an der Leine zu führen.»

Jemand lobte die Naturschilderungen in der ‹Nouvelle Héloïse›.

Augenblicklich traten die Rousseaugegner auf den Plan. Das Buch verkünde alles zugleich: *Atheismus*, *Sozinianismus*, *Deismus*, sagte ein Freund der Gastgeberin, ein Pastor.

«Der Autor behauptet die Nutzlosigkeit des Gebets und tritt für Selbstmord ein», bekräftigte eine Dame das Urteil.

Julie hatte den Roman in ihrem Lesezirkel mit Vehemenz verteidigt, ihr Plädoyer für die ‹Nouvelle Héloïse›, ursprünglich an die Curchod adressiert, hatte Moultou ohne ihr Einverständnis kopiert und überall verbreitet, sogar Rousseau hatte die Abhandlung gelesen. Darüber hinaus hatte sie Dutzende Briefe geschrieben zur Verteidigung des Autors. Jetzt aber spürte sie keine Lust, sich mit diesen Leuten zu zanken. *Gecken und Salonpuppen. Es ist dieser ganze wimmelnde Schwarm, den man allgemein unter der Bezeichnung des ‹guten Tons› kennt, der sein Geschrei gegen die ‹Héloïse› erhebt. Und da sollte man nicht in Zorn geraten! Wenn sie sich wenigstens damit zufriedengeben würden, sie lächerlich zu finden, dann würde ein spöttisches Lächeln genügen, um mich für ihr Urteil schadlos zu halten; aber sie wagen es, die ‹Héloïse› strafbar zu finden und entwickeln auf ihre Kosten eine Zartheit, von der man sie sonst selten Gebrauch machen sieht. Wehe denen, die mir auf diese Weise über die ‹Héloïse› reden (...) Aber Gott sei Dank, ich habe Mut und Boshaftigkeit genug*, wird sie später an Zimmermann schreiben.

Nun wurden Platten mit Pasteten gereicht, die Sitzordnung lockerte sich auf, Julie und Zimmermann setzten sich von der Gastgeberin entfernt in den Hintergrund.

Plötzlich war wieder Moultous Stimme zu hören. Der Abbé liebte den Widerspruch, über die Köpfe der Rousseaugegner hinweg beteuerte er, wie sehr er Rousseau als Mensch achte. «Und wissen Sie», rief er aus, «daß Rousseau eine Person in Ihrem Kreis ganz besonders schätzt?»

Man sah sich betroffen an.

«Ja, sie sitzt unter uns. Julie Bondeli!»

Man drehte die Köpfe. Julie, die Zielscheibe des Interesses, erschrak.

Moultou lächelte. «Ich habe mir erlaubt, Mademoiselle Julies Briefe, adressiert an die Curchod, Rousseau zukommen zu lassen, denn es handelt sich um geistreiche Kommentare zur ‹Nouvelle Héloïse›! Und Rousseau ist begeistert, er möchte Mademoiselle Bondeli demnächst in Bern besuchen und attestiert ihr *den Verstand eines Mannes und den Witz einer Frau, die Feder von Voltaire und den Kopf von Leibniz.*»

Betroffenes Schweigen.

In Julies Kopf begann es zu hämmern, Zimmermann hörte sie tief Atem holen und eine Zahlenreihe murmeln. Er wußte um ihre Vorliebe für die Fibonacci und versuchte die Reihe selbst zu bilden: 1, 1, 2, 3, 5, 8, 13, 21, 34, 55, 89, 144 … Julie hatte ihm in einem Brief empfohlen, sich in schwierigen Situationen an die Zahlen zu halten. *Sie werden kaum glauben, welch beruhigenden und wohltuenden Einfluß die Welt der Zahlen in sich schließt (…) Wenn ich wütend bin, rechne ich auch, denn über Multiplikatoren und Divisoren kann man sich doch nicht ärgern, sie sind ja so ehrlich passive Wesen! Und während man sich mit ihnen beschäftigt, verliert man die böse Laune, die ohnehin den Gegenstand des Ärgers maßlos vergrößert. Gewiß lachen Sie über mein Heilmittel, lachen Sie nur, es ist darum nicht weniger gut und ist es ganz besonders für uns andere redliche Leute, die wir zusammen mit unserer Seele noch zwei Vergrößerungsgläser mit auf die Welt gebracht haben, die Sensibilität und die Phantasie.*

Als Zimmermann sah, daß sich Julie langsam entspannte, schob er ihr ein Glas Wein zu. «Ich sehe, ihr Régime intellectuel ist wirksam.»

Sie nickte und versuchte ein Lächeln.

«Kein Kopfweh mehr?»

«Doch. Aber es macht mir jetzt weniger aus.»

Unterdessen war im Salon wieder Bewegung in die Gesellschaft gekommen, man sprach in kleinen Gruppen weiter, vorne schloß sich der Kreis der Rousseaugegner enger um die Gastgeberin.

Die alte Dame sprach gedämpft, doch Julie, die in Kompensation ihrer Kurzsichtigkeit ein feines Gehör hatte, vernahm jedes Wort.

«Quelle honte, eine unserer Patrizierinnen sympathisiert mit Rousseau!»

«Ach, die Bondeli! ... Kein Wunder, ihr Lehrer war ein Rebell.» In den Worten lag Verachtung, die Stimme gehörte einer Frau mit hochgesteckter Frisur. Sie drehte sich kurz um, um sicherzugehen, daß niemand mithörte. Beruhigt sah sie Julie im Gespräch mit Zimmermann und wandte sich erneut dem Kreis zu. «Übrigens, Henzi hat sich gemeldet.»

«Was, aus dem Jenseits?»

Unterdrücktes Gelächter.

«Damals, nach der Hinrichtung, hat man, wie Sie sich erinnern, vergeblich nach seinem Theaterstück gesucht. Nun, zwölf Jahre darnach ...»

«In Frankreich?»

«Ja. Es wird jetzt anonym gedruckt, ein Stück über den Tell.»

«Vraiment? Aus Henzis Feder?»

Die Dame mit dem Lockenturm nickte heftig. «Es darf in Bern weder gelesen noch gespielt werden! A propos: In dem Stück soll Tell eine Tochter haben, der er den Apfel vom Kopf schießt ...»

«Tiens, also auch hier hat sich Henzi Freiheiten erlaubt», sagte die Gastgeberin.

«Im Lesezirkel der Bondeli wird das Drama bestimmt eingehend analysiert», warf der Pastor mit spöttischem Lächeln ein.

«Hat man dort nicht auch Lessings verbotenes Fragment ‹Samuel Henzi› gelesen? Dieses empörende, die Realität verzerrende Stück?»

«In den ‹Göttinger Gelehrten Anzeigen› hat es Michaelis aber gelobt ...»

«Zum Glück hat unser Haller, der immer noch Schriftleiter des Blattes ist, das Machwerk in einer zweiten Rezension verrissen.»

«Und damit wohl verhindert, daß Lessing das unreife Stück zu Ende schrieb», sagte die Gastgeberin mit hörbarem Triumph.

Moultou hatte stumm mitgehört. Nun ließ seine sonore Predigerstimme, um keine Diskretion bemüht, alle aufmerken.

«Ach, gnädige Frau, bald wird das Regime zusammenbrechen durch den Sturmwind, den man in Frankreich schon tüchtig wehen hört. Wenn es soweit ist, wird man die Tüchtigen für die Gestaltung eines neuen Staates mit der Laterne suchen müssen, denn das alte Regime hat die Klugen alle tapfer geköpft oder des Landes verwiesen.»

Die Gastgeberin tadelte: «Abbé Moultou, man hört, daß Sie aus Genf kommen, das voller Aufrührer ist.»

Moultou lächelte und wandte sich an den Pastor, der soeben als Vertreter der starren Orthodoxie aufgetreten war. «Erklären Sie mir, wie man einen klugen, um Reformen bemühten Mann wie Henzi bloß um seinen Kopf bringen konnte?»

«Die Geschichtsschreiber haben die Gründe für unsere Archive aufgezeichnet», antwortete der Pastor knapp.

Moultou ließ sich nicht irritieren. «Ach!» rief er lebhaft

aus. «In dieser Geschichte ist mir noch manches ein Rätsel! Warum ist Henzi aus dem liberalen Neuenburg, wo er sich und sein Schreibtalent entfalten konnte, zurückgekehrt nach Bern in die Hände seiner Schergen?»

2

Henzi damals, am Neuenburgersee.
Bei föhniger Wetterlage erschienen am Horizont die Berner Alpen, doch im Dunst waren nur die Berggipfel sichtbar. Spukgebilde im schwebenden Blau.

Henzi, der Exilant, hatte die Naturerscheinung nie ohne Schauder betrachtet, war ihm doch, am Horizont drohe ihm der eisgraue Staatsgreis Isaak Steiger persönlich.

Hatte die Erscheinung ihm Unglück gebracht? Eine Seuche raffte innerhalb von Tagen seine zwei kleinen Söhne hinweg, ein Schicksalsschlag, der Henzi über Monate lähmte. Erst im dritten Jahr der Verbannung verloren die Berner Alpen in der Ferne ihren Schrecken. Bei den letzten Wahlen hatte der Schwarze Steiger über den Weißen gesiegt, und nun sprach man verheißungsvoll von einem anderen Bern.

Christoph Steiger endlich Schultheiß! Das klang vielversprechend für Henzi, war doch Steigers Vater sein Pate gewesen und der junge – nun auch schon 52 Jahre alt – der Pate eines seiner Söhne!

Hatte Haller damals Verse geschmiedet auf seinen Weißen, so schrieb Henzi nun ein Poem auf seinen Schwarzen Steiger. Er rühmte den milden, gewinnenden Charakter des neuen Schultheiß, erwähnte seine Verdienste in der niederländischen Armee, ließ ihn dann von Themis in die Heimat zurückführen und Ämter des Friedens, der Gerechtigkeit und Milde übernehmen. Die Unterdrückten dürfen aufatmen, denn der neue Magistrat wird ihnen väterlich beistehen!

Zu dieser glücklichen politischen Konstellation kam im Frühling 1748 ein weiteres Zeichen der Hoffnung: Henzis Frau gebar den kleinen Ludwig.

Jetzt zog es Henzi mit allen Fasern zurück in sein Bern, ein harmonietriefendes Lobgedicht auf die Heimatstadt sollte den verlorenen Sohn in Erinnerung bringen: *Berne, cité trop fortunée / Séjour de la tranquilité* … Bern, glückliche Stadt, Hort des Friedens.

Die huldigenden Verse verfehlten die Wirkung nicht, einstimmig wurde beschlossen, Henzi ein Jahr vor Ablauf der Verbannungszeit zu begnadigen, im Sommer 1748 wurde seine Rückkehr gestattet.

Doch kaum war der Familienvater zurück, sah er sich im Würgegriff der Geldsorgen. Im Exil hatte er nichts verdient und trotzdem aus der Ferne seine Geschwister unterstützen müssen, für seinen Bruder hatte er eine Bürgschaft übernommen für ein beim Armenfond in Bern genommenes Darlehen. In Neuenburg hatte er sich außerstande gesehen, die Bürgschaft zu zahlen, so mußte er der Obrigkeit wehen Herzens sein steinernes, schön gelegenes Haus an der Klostergasse zum Kauf anbieten.

Doch sein Gesuch wurde hinterhältig abgewiesen, das Haus auf die Gant gebracht, vom Rat weit unter seinem Wert ersteigert und 1747 zur Wohnung eines Geistlichen bestimmt. Nicht genug damit, wurden ihm auch Unkosten und alte Schulden seines Vaters aufgebürdet. Das zwang ihn auch das Herzstück seines Besitzes, die Drakau, mit Verlust zu verkaufen.

Henzis ehemals bedeutendes Vermögen, vielen ein Dorn im Auge, war nun aufgebraucht, die Magistraten hatten ihn dort, wo sie ihn haben wollten, nach dem in Patrizierkreisen geläufigen Satz: *Man muß den Bürgern die Federn rupfen, damit sie nicht mehr hoch fliegen können.*

Sein altes Bern, wo war es? Ohne sein Haus an der Klostergasse, seine Drakau im Bremgartenwald?

3

Henzi wohnte nun mit seiner Familie im wenig begehrten Teil der Kramgasse bei Verwandten zur Untermiete. Das waagrecht vorstehende Dach verschattete die Zimmer, neidisch blickten Frau und Kinder nach dem Aufwachen über die Straße zur besseren und teureren Seite, wo die Sonne schon morgens die Häuser freundlich beleuchtete und ein gelbes Band auf die Gasse malte.

Hart prallten zwischen den Hausleibern Licht und Schatten aneinander. An kühlen Tagen wechselten die Fußgänger hinüber zur Sonnenseite, so erschien bei den vornehmeren Häusern alles voller Leben, schattenwärts, unter Henzis Wohnung, blieben die stets muffig riechenden Arkaden leer.

Doch auch die Enge seiner Wohnung machte Henzi ratlos. Wohin mit den vielen Büchern? Sie blieben unausgepackt in den Kisten. Abends, wenn er den Jüngsten auf den Knien schaukelte, dachte er mit Wehmut an seine einstige Bibliothek, sah sein Leben auf der frostigen Schattenseite, seine Bemühungen im Nichts zerronnen.

Malacrida deckte den Tisch für das Abendessen. Wenn sie den Gatten mit stumpfem Blick dasitzen sah, unterbrach sie die Arbeit, ging zu ihm hin und legte den Arm um die Schultern des Unglücklichen. Henzi schöpfte aus ihrer mitfühlenden Geste Mut, erwachte aus seiner Lethargie, streichelte den kleinen Ludwig und zwang sich, über Möglichkeiten des Überlebens nachzudenken.

Die Liebe hatte ihm im Leben Glück gebracht, das wenigstens hat man ihm nicht nehmen können. In dieser mageren Zeit bewahrte ihn die Mitgift der ersten Frau, der Tochter des wohlhabenden Inselchirurgen, vor dem Bettelstab.

Und noch blieb ihm sein Schreibtisch, sein kleiner Parnaß. Um die Sorgen zu verscheuchen, arbeitete er an seinem Lieblingsprojekt, an einem Schauspiel über den Freiheitshelden Wilhelm Tell. *Zu Ehren der Schweiz*, hatte er an Bodmer geschrieben, und dieser reagierte überrascht: *Welches Phänomen, daß Misodème, daß der beißende Epigrammedichter eine Tragödie schreibt! Ist er denn in alle Sattel zu springen geschickt?*

Als Ludwig im Bett war und Henzi sich, immer noch in melancholischer Stimmung, an den Schreibtisch setzte, hörte die Malacrida draußen auf der hölzernen Galerie Schritte. Es kam vor, daß Freunde und Bekannte abends noch vorbeischauten, Henzis Gesellschaft war angenehm, man bewunderte seine philosophische Haltung, mit der er alle Tiefschläge ertrug.

Die Männer, die diesmal zu später Stunde anklopften, erkannte Henzi erst im Kerzenlicht der Wohnstube: Kaufmann Wernier, ein etwas heruntergekommener Verwandter des Inselchirurgen, und Fueter, Stadtleutnant und Kommandant der Wache.

Als sie sich an den Tisch setzten, wunderte sich Henzi über das seltsame Gespann: Wernier war klein und verwachsen, sein Hals, auf der einen Seite verdickt und verkürzt, hielt den Kopf in Schieflage. Fueter dagegen war ein Fetzen von Mann. Es hieß, lange Jahre in fremden Kriegsdiensten hätten ihn unzimperlich gemacht, bei manchen stand er im Ruf eines Haudegens.

Die beiden Männer hatten sich zusammengetan, weil ihnen Unrecht geschehen war, in Henzi suchten sie den

Leidgenossen. Sie wußten Bescheid über das berufliche Unglück, das Henzi kürzlich getroffen hatte, in der ganzen Stadt war die Rede davon.

4

Nach der Rückkehr aus Neuenburg hatte man Henzi dank seiner wissenschaftlichen Verdienste in Bern als Unterbibliothekar angestellt. Eine Familie ernähren ließ sich mit dem schmalen Gehalt kaum, doch der Büchernarr liebte die Bibliothek, mit Leidenschaft widmete er sich dem ungeordneten Bestand. Freunde rieten, er solle auf diesem schlechtbezahlten Posten ausharren, in Kürze würde die Stelle des Oberbibliothekars frei. Zwar sei die Besoldung aus dreißig Talern, zehn Mütt Korn und einem Faß Lacôte-Wein auch nicht gerade famos, doch der Oberbibliothekar verfüge über mehr Kompetenz. Den Wahlentscheid für den freien Posten treffe der Rat.

Nun, Henzi fühlte sich bestens für das Amt des Oberbibliothekars gerüstet. Um das Niveau der Bibliothek zu heben, hatte er Neuerwerbungen getätigt, für ihn sprachen auch sein Fachwissen und seine Verdienste um das altfranzösische Archiv.

In der Zeit des Wartens dachte Henzi oft an Haller, in seiner Erinnerung sah er ihn in der Bibliothek in seinem Gelehrtenkabäuschen. In diesem schmalen Büro einmal selbst zu sitzen, zwischen all den Büchern, war ihm schon damals begehrenswert erschienen.

Leider hatte auch Haller seine Erinnerungen. Die Vorstellung, der fidele Emigrant Henzi steige nicht nur als Dichter, sondern auch als Bibliothekar in seine Fußstapfen, erfüllte ihn mit Unbehagen – der frischgebackene Ratsherr mit Wohnsitz Göttingen votierte gegen seine Ernennung. So wurde das Amt des Oberbibliothekars dem achtzehnjährigen Patriziersohn Sinner gegeben, Henzi, der achtundvierzigjährige, ergraute Familienvater, ging leer aus.

Bittere Gefühle persönlicher Zurücksetzung holten ihn ein. Stück für Stück wurde ihm entrissen, was er sich erworben hatte, zäh wurde an seiner Zermürbung gearbeitet. Wie hatte er nur im Exil, angesichts des weichen Horizonts, der aufgelösten Konturen des Neuenburgersees, die heimatliche Enge vergessen können? Unter dem Kommando eines Flaumbarts seiner Tätigkeit nachzugehen, das konnte er sich nicht vorstellen, und wie damals im Salzbüro faßte er aus verletztem Stolz einen jähen Entschluß: Er gab die Stelle als Unterbibliothekar auf und sprang ins Ungewisse.

An diesem Abend, in Henzis Wohnung, erwähnten Fueter und Wernier diese Ungerechtigkeit. Um Druck auf ein Regime auszuüben, dem Bürger seine angestammten Rechte zurückzugeben, müsse gemeinsam gehandelt werden, deshalb würden jetzt andere Unzufriedene gesucht.

«Da ist nicht lange zu suchen, die Stadt ist voll davon», sagte Henzi bitter lachend.

Wernier nickte und begann Klagen aufzutischen. Unrecht persönlicher Natur, das er selbstgefällig und in allen Einzelheiten beschrieb, wobei er den schrägen Mund aufriß wie ein Frosch, der nach einer Mücke schnappt.

Fueter hielt sich knapper, fuhr aber mit gröberem Geschütz auf. Isaak Steiger, den ‹stillstehenden› Schultheiß und Chef der Geheimpolizei, bezeichnete er als ärgsten Tyrann, der unschädlich gemacht werden müsse.

Henzi hörte halbherzig zu, alles war ihm sattsam bekannt. Wo die Leute sich unbewacht glaubten, hörte man diese Art von Reden. Er schielte zu seinem Schreibtisch, es zog ihn mit allen Fasern zu seinem Manuskript, zu den ersten Szenen eines Stück, das auf eine andere, vielleicht wirksamere Weise von Gerechtigkeit sprach. Endlich versiegte der Redefluß der beiden Kläger. Sie versprachen wiederzukommen und über den Fortschritt der geplanten Sache zu berichten, dann erhoben sie sich, Malacrida begleitete die Männer mit einer Kerze in den Hof.

5

Eine Woche später, in Burgdorf, rüstete Ernestine in der Nähe des Nutzgartens Gemüse für das Abendessen, nebenan spielte Charlotte mit ihren Puppen. Es war Ende September, die Tage noch sommerlich warm, über den Türmen der Burganlage durchzogen Föhnwolken den Himmel.

Ein Reiter kam durchs Tor, im Hof band er sein Pferd an der Mauer fest. Erst im Näherkommen, an seinen kräftigen Schritten, erkannte Ernestine den Hauptmann Henzi, in der Verbannung schien er dünner und drahtiger geworden, sein Haar war in der Zwischenzeit vollständig ergraut.

«Hauptmann, was für eine Freude, Euch wiederzusehen!» Ernestine dachte an die gemeinsame glückliche Zeit im Buchsigut, ihre Augen wurden feucht.

«Und Julie?» fragte Henzi nach der Begrüßung.

«Sitzt drüben unter der Linde.»

«Und liest?»

«Und liest.»

In diesem Moment blickte Julie auf, ungläubig starrte sie erst auf den Besucher, eilte ihm dann entgegen: «Ach, Henzi, wie habe ich Euch vermißt!»

Überrascht stand Henzi still. Er sah eine junge Frau auf sich zukommen. 1744, als er ins Exil ging, hatte er ein mageres kleines Mädchen zurückgelassen, nun hatte es sich gereckt und gestreckt und – genau an den richtigen Stellen – gerundet, kurz, die verflossene Zeit hatte ein kleines Wunder vollbracht, das häßliche kleine Entlein in einen hübschen Schwan verwandelt. Daß diese Veränderung für alle in Julies Umgebung abrupt und unerwartet gekommen war, schildert sie später in einem Brief an Zimmermann: *Ich bin als ein schwächliches und zartes Kind zur Welt gekommen; nie hatte ich das, was man eine ausgesprochene Krankheit nennt, war aber stets heimgesucht von leichten Fieberanfällen und starker Migräne. Ich blieb schmächtig, blaß und mager bis zu meinem fünfzehnten Jahr. Dann vollzog sich eine solch plötzliche Wandlung, daß ich nach sechs Monaten überhaupt nicht mehr zu erkennen war.*

Henzi machte die Verwandlung verlegen, ein hübsches Fräulein aus Patrizierkreisen stand vor ihm, durfte er sich einfach wie früher neben sie auf die Bank setzen?

Doch Julie nahm ihm gleich die Befangenheit mit einer burschikosen Bemerkung.

«Nicht wahr, wir zwei mögen die Schloßstube nicht und bleiben wie früher unter den Bäumen sitzen?» Und sie rief Ernestine zu, sie solle für den durstigen Reiter unter die Linde einen kühlen Trunk, Speck und Brot bringen.

Die erste Fremdheit war schnell überwunden. Henzi erkundigte sich nach Julies Lektüre, und sie rief lachend, mit einer flinken Handbewegung: «Ach, zum zweiten Mal die ‹Pamela› von Richardson! Viel Gescheites finde ich hier nicht in der Bibliothek. Ich brenne darauf, Richardsons neuen Roman ‹Clarissa Howe› zu lesen, doch für das Original scheint mir mein Englisch noch nicht sattelfest genug.»

Henzi lächelte und gestand, er habe sich den empfindsamen Briefroman schon zu Gemüte geführt, er habe ein Exemplar in der Bücherei in Bern vorgefunden. Nun, er liebe diesen neuen Ton.

Bald waren sich die beiden Büchernarren einig, die modernen englischen Autoren brächten, im Gegensatz zu den französischen, eine griffigere Sprache, konkretere Inhalte. In Burgdorf brauche Julie Nahrung für den Geist, Ernestine schimpfe, wenn sie so viel lese. Ihren Augen würde das nicht sonderlich zugute kommen, demnächst müsse sie an der Berner Fakultät eine Abklärung vornehmen.

Während sie auf ihre lebhafte Art erzählte, machten seine Augen Erkundungsgänge. Auf ihrem Gesicht waren, wenn auch blasser, die Pockennarben immer noch sichtbar, doch er mochte die rundlich gewordenen Wangen, den neckischen Mund. Die großen runden Augen erschienen, trotz der leichten Rötung der Lider, geheimnisvoll dunkel, kleine Spiegel voll Ausdruck und Geist. Henzi hatte weibliche Schönheit nie gleichgültig gelassen, nun bezauberte ihn die Natürlichkeit und Anmut der jungen Bondeli, heimlich schalt er sein leicht entflammbares Herz: Du Narr, gehst gegen die fünfzig, überlaß die Begeisterung deinem Sohn Rudolf. Mit zärtlichem Stolz dachte er an seinen Ältesten. Seit das Drakaugut mit den Pferden verkauft war, widmete sich Rudolf vermehrt der Wissenschaft, immer noch füllte er Hefte mit eigenen Überlegungen und erfundenen Geschichten. Wäre die Liebe wirklich frei in diesem Land, wie Haller es in den ‹Alpen› schilderte, dann könnte ich mir kein schöneres Paar vorstellen, dachte er.

Julie, mit dem Gesicht ihres Lehrers immer noch vertraut, bemerkte, daß seine Gedanken abgeschweift waren. «Und nun erzählt von Euch», drängte sie.

In Andeutungen sprach er von seinen Schwierigkeiten. Die Arbeit in der Bibliothek, die ihn anfänglich begeistert habe, gebe er auf.

«Ich weiß», sagte sie mit verächtlichem Kopfschütteln, «man will den achtzehnjährigen Sinner über Euch stellen.»

«Das wißt Ihr?»

«Ich erfahre doch, nicht zuletzt von meinem Vater, alles, was in Bern vor sich geht. Meister Henzi, es hat mich für Euch gekränkt.»

Sie kamen, obwohl er es hatte vermeiden wollen, auf die politischen Verhältnisse zu sprechen.

«Seit meinem Memorial hat sich nichts geändert», gestand er. Halb im Scherz, halb im Ernst, fügte er bei: «Ich muß wohl oder übel ein neues scheiben.»

Erschrocken blickte sie ihn an, ihre Augenlider flatterten. Sie fühlte sich versucht, wie als Kind aufzubrausen und heftig auf ihn einzureden, doch sie kniff die Lippen zusammen und hielt sich zurück. In letzter Zeit erlaubte sie sich nicht mehr, ihren Stimmungen freien Lauf zu lassen. Um kleine Siege über ihr Temperament zu verbuchen, hatte sie ein passendes System erfunden: durchatmen, die Gedanken auf eine Zahlenreihe konzentrieren, seien es Quadrat- oder Primzahlen oder die Fibonacci, die Welt der Zahlen machte sie sofort nüchtern. Sie wollte aus sich eine Philosophin machen und nahm sich vor, über ihren Affekten zu stehen. *Sie wissen, daß die Natur uns nicht ein nervöses, reizbares Wesen, eine Fülle von Lebensgeistern und schäumendes Blut verleiht, um daraus eine Philosophin zu machen. (...) Ich erlaubte mir nicht mehr, meiner Heftigkeit freien Lauf zu lassen, selbst auf die Gefahr hin, einem Anfall gewaltsamer Unterdrückung einfach zu erliegen, und erfand mir dazu ein zu den Ursachen passendes praktisches System ...*

Auch Henzi hatte seine Systeme entwickelt, die Unbill des Lebens zu überlisten. Er hielt es nicht wie seine Schülerin mit den Zahlenreihen, er verbündete sich mit den Worten: Ich schreibe etwas vollkommen Neues, Julie. Ein Schauspiel über den Freiheitshelden Wilhelm Tell! Der Arbeitstitel, ich habe ihn neulich Bodmer mitgeteilt: ‹Grisler ou l'Helvétie délivrée›.

«Grisler, wer ist das?»

«Gessler, der tyrannische Reichsvogt über Uri und Schwyz, in alten Dokumenten wird er Grisler genannt.»

«In welcher Sprache schreibt Ihr?»

«In französischen Alexandrinern, mit der deutschen Sprache habe ich immer noch Mühe. Zudem macht man mir Hoffnung, das Stück werde in Paris aufgeführt, die Theaterleitung hält das Thema Freiheit für hochaktuell, insbesondere die Geschichte der, wie man dort so schön sagt: ‹freien, reinen Alpenrepublik Helvetien›. Unser Haller hat ihnen vorgearbeitet, nicht schlecht!» Er erwiderte ihr keckes Lachen und fuhr fort: »In meinem Stück wird Tell, entgegen der Sage, eine Tochter haben und Grisler hat einen Sohn.»

«Ihr erlaubt Euch also auch beim Dichten Freiheiten?»

«Der Spannungsbogen wird auf diese Art stärker: Der Tyrannensohn verliebt sich in die Tochter des Rebells.»

«Ohne Liebe geht auch im Theater nichts?»

«In Frankreich schaut niemand einem Stück nur fünf Minuten zu, wenn es nicht auch von Liebe handelt.»

«Und Euer Grisler wird befehlen, daß Tell den Apfel vom Kopf seiner Tochter schießt?»

«So ist es.»

Julie hatte die Augen bis auf einen Spalt geschlossen und versuchte sich die Szene vorzustellen: Tells Tochter, Henzis eigenwillige Schöpfung. Ein junges Mädchen mit einem Apfel auf dem Kopf, unbeweglich stand es, mit einem trotzigen, zum Widerstand entschlossenen Gesicht.

«Wirkt nicht schlecht», urteilte sie und öffnete wieder die Augen. «Wie heißt denn Tells Mädchen?»

«Hedwig.»

In Henzis Gesicht schlich sich ein abwesender Ausdruck. In meinen Träumen werde ich die Rolle mit der Bondeli besetzen, dachte er. Mein Rudolf ist der ideale Jüngling, der freiheitsliebende Tyrannensohn Adolf, der die Schweizer hinter dem Rücken seines Vaters unterstützt. Ein Paar, wie geschaffen für die Bühne, für das Leben. Er wies den Gedanken weg, doch der Traum blieb als Lächeln auf seinen Lippen hängen.

Julie, durch Henzis Unterricht geschult, spürte die politische Brisanz der Geschichte: der Druck einer Standesgesellschaft zeigt sich am empfindlichsten im Privaten, wenn es um Liebe geht.

Henzi steuerte unterdessen auf den emotionalen Höhepunkt seines Dramas zu. Der Tyrann läßt Tells Tochter auf seine Burg schaffen, entbrennt durch ihren Anblick in Liebe. Entscheidet sie sich für ihn und nicht für Adolf, den Sohn, wird ihr Vater Tell freigelassen! Hedwig, eine Heldin à la Corneille, der Kindesliebe eine Pflicht bedeutet, fühlt sich zerrissen zwischen Pflicht und Liebe. Bei so viel Edelmut bleibt nur noch der Giftbecher. Doch rechtzeitig trifft Rettung ein: Die freiheitsdurstigen Eidgenossen, angeführt vom Tyrannensohn, stürmen die Burg und befreien Hedwig. In der Verschwörungsszene die brisante Frage: Ist der Aufstand gegen einen Tyrannen gerechtfertigt? Henzi läßt Attinghausen eine Botschaft von Bruder Klaus vorlesen, Anachronismus hin oder her, Hauptsache, der heilige Mann gesteht dem Volk das Recht zu, das Joch der ungerechten Herrschaft zu brechen. *Ja, der Himmel läßt den Thron eines Tyrannen im Stich und gestattet seinen Sturz.*

Vom Torturm her vernahm man jetzt Pferdegewieher, Landvogt Bondeli kam von einer Gerichtssitzung zurück und es stand ihm im Gesicht geschrieben, daß sie nicht nach seinem Sinn verlaufen war. Unter der alten Linde bemerkte er seine Tochter mit dem aus dem Exil heimgekehrten Henzi in intensivem Austausch, ein Anblick, der ihn nach dem mißglückten Gespräch heute nachmittag nicht beruhigte. Gewiß, er schätzte Henzi als Wissenschaftler und Mensch, doch seit der Geschichte mit dem Memorial hatte er Vorwürfe von Ratskollegen einstecken müssen. Fahrlässig sei es, seine Tochter von einem Aufrührer unterrichten zu lassen! Doch die Vorstellung, nach der anstrengenden Sitzung einen guten Tropfen zu trinken und mit dem Gast ein entspanntes Gespräch zu führen, stimmte ihn versöhnlich, er setzte sich zu den beiden und ließ sich einschenken. Nach einer Weile lockerte der Wein seine Zunge, er fing an zu erzählen, den ganzen Nachmittag habe er vergeblich versucht, den Streit zwischen den Landleuten und den Taunern von Lyssach zu schlichten, es gehe um die Beteiligung an den Gemeingütern, um das sogenannte ‹Recht der Armen›. Die Bauern drohten nun, den Rechtsweg zu beschreiten. Gut, daß es hier auf dem Land noch Rechtswege gibt, wollte Henzi sagen, hielt sich dann zurück aus Furcht, es gerate dem Landvogt in den falschen Hals.

Nach einer Weile erhob sich Bondeli, um den Gast durch die Burganlage zu führen. Er zeigte ihm das Wohnschloß mit den fürstlichen Sälen des Palas, führte ihn an der barocken Fassade der Neuen Logements vorbei zum Zeughaus an der Nordmauer und zum baufälligen Kornhaus, das im kommenden Jahr abgebrochen werden sollte. Henzi stand auf dem Rundgang öfters still, notierte sich, während Bondeli mit einem der Wächter sprach, auf eine Schiefertafel Stichworte.

«Auf dieser Burg wird der fünfte Akt spielen», flüsterte er in einem unbewachten Moment Julie zu.

IX

«Die Gedanken sind frei, / wer kann sie erraten, / sie fliehen vorbei, / wie nächtliche Schatten ...»

VOLKSLIED

I

Bern, der mächtigste Stadtstaat nördlich der Alpen, erstreckt sich über ein Gebiet, das westlich bis vor die Tore Genfs und nordöstlich bis zur Reuss reicht, verfügt über einen vollen Staatstresor, keine Schulden, dafür über eine halbe Million Untertanen.

Ein solches Imperium ist schwer zu regieren.

Chérissime Sophie, hat Herr von La Roche noch die Absicht, in der republikanischen Schweiz, vorzugsweise in Bern, von der Landwirtschaft zu leben? Ich habe es hin und her überlegt: Von Bern möchte ich abraten. Auch die Waadt mit den lieblichen Ufern des Genfersees steht unter bernischem Gesetz und ist in Landvogteien aufgeteilt, ein System, das den Fremden dem Gutdünken eines einzelnen aussetzt. Ich empfehle Ihnen Neuenburg, wo die einheimischen Geschlechter trotz der preußischen Herrschaft immer noch das Sagen haben, hier herrscht überall Wohlstand, der Fremde ist willkommen. Eine liberté charmante ...

Schon Ende der 1740er Jahre ist im Stadtstaat Bern Unruhe zu spüren, die Magistraten drehen an der Schraube der Macht. Auch Henzi muß einsehen, daß ein noch so bestrebter Christoph Steiger schlechte Gewohnheiten und korrupte Gesetze nicht ändern kann.

Wie werden Bürger ein korruptes Regime los?

In den Intelligenzblättern, vor allem im ‹Journal Helvétique›, wird immer wieder, meist anonym, das Recht auf Widerstand diskutiert. Jean-Jacques Burlamaqui, Staatswissenschaftler aus Genf, bemüht das Naturrecht, sein ‹Principes de Droit Naturel› wird in Cambridge zum Lehrbuch. Er erlaubt nur Widerstand bei direkter Tyrannei. Als der Staatsrechtler 1748 stirbt, schreibt Samuel Henzi im ‹Journal Helvétique› einen Nachruf. In Micheli du Crests ‹Maximes d'un Républicain sur le Gouvernement Civil› wird alle Gewalt aus dem Volk abgeleitet. *Jeder Bürger ist ein Volksvertreter, der seine Freiheit zu verteidigen hat.* Doch auch Sätze, die man Samuel Henzi zuschreibt, machen insgeheim die Runde: *Das Benehmen gegen die Unterzeichner des ehrerbietigen Mémoires von 1743 beweist, daß ein eingewurzelter Staatskrebs mit Demuth nicht geheilt werden kann; nein, man muß anstatt der Feder den Degen in die Faust nehmen, wenn man die verlorene Freiheit wieder erobern will.*

Unterdessen ist Isaak, der alte Steiger, nach bernischen Gepflogenheiten als sogenannt ‹stillstehender› Schultheiß automatisch Chef der Geheimpolizei geworden. Wie eine Spinne im Hinterhalt wartet er, bis ihm ein fetter Brocken ins Netz geht.

Die Arbeit am Tellstück, das jetzt den Titel ‹Grisler ou l'ambition punie› trägt, schreitet voran. Henzi sind schon gelenkigere Verse geraten, ein bißchen hölzern alles, ein Français bernois, zum Glück reimt sich ‹helvétie› willig auf ‹tyrannie›. Im Winter 1748/49 dürfte das Stück beendet sein, Henzi hat es sofort nach Paris an die Leitung des Theaters geschickt. Der Autor plant selbst eine Reise nach Paris, am 22. Januar 1749 verschafft er sich in Solothurn bei der französischen Botschaft einen Paß und spielt mit der Idee, sich auf der Botschaft als Übersetzer zu bewerben.

Doch noch ist der Winter in Bern zu überstehen. Ein eisiger Wind fegt durch die Straßen, und in die Enge der Wohnung gesperrt, wird selbst ein glückliches Familienleben zur Last. Zum Vorteil für die Platzverhältnisse weilt Rudolf seit kurzem in einem Handelshaus in Marseille. Der vierzehnjährige Karl, ein stämmiger Kerl, arbeitet abends, wenn das Essen abgeräumt ist, für die Schule am Tisch. Um diese Zeit verlangt der kleine Ludwig schreiend nach seinem Abendschoppen. Henzi sehnt sich nach Stille und Feierabend, erholt sich nachts am Schreibtisch.

Das merkwürdige Gespann Wernier und Fueter hat Henzi beinahe vergessen. Es geht gegen den Frühling, als es sich abermals meldet, Stadtleutnant Fueter erscheint in Begleitung des Zunftschreibers Wyss. Henzi hört diesmal mit mehr Aufmerksamkeit zu und erfährt, man habe unterdessen Mitglieder geworben, unter denen sich einige bedeutende Männer befänden.

«Henzi, Ihr sollt Eure Vorschläge für die Änderung der Gesetze schriftlich festhalten», bittet Wyss und verspricht, selbst Aufzeichnungen zu machen.

Fueter bekräftigt: «Henzi, der klarblickendste, liefert die gedankliche Grundlage, auf der man zum praktischen Teil, zur Tat, schreite.»

«Was enthält dieser praktische Teil?»

Sie halten sich bedeckt, geben nur zu verstehen, daß es härter aufzutreten gelte als damals bei den Memorialisten.

Zweihundert Aufständische möchte man zusammenbringen, eine Versammlung wird für Mitte Juni geplant. Ort der Zusammenkunft ist eine Waldlichtung auf der Anhöhe des Gurtens, ein bernisches Rütli. Doch der Himmel verweigert die Komplizenschaft und schickt anhaltenden Regen.

Für ein improvisiertes Treffen am 25. Juni stellen die Kattunfabrikanten Küpfer in Sulgenbach ihren Schuppen zur Verfügung. Aus der Lektüre der Verschwörerliteratur stammt die Regie: Die Aufständischen treffen um Mitternacht aus verschiedenen Richtungen einzeln ein. Die wenigen Kerzen werden auf den Boden gestellt, damit zur ungewöhnlichen Stunde nicht der Schein durch die Bretterwände dringt. Nur dreizehn Männer haben gewagt, sich einzufinden, Henzi notiert sich vor Beginn der Versammlung ihre Namen. Erst wird ein Eid der Verschwiegenheit geschworen, Verräter sollen bestraft werden. An Henzi ist es jetzt, aus seiner Denkschrift vorzulesen, einundzwanzig Punkte der Staatsreform werden kurz festgehalten: Nur Gesetze können der Habgier der Magistraten Zügel anlegen. Der Magistrat, in freier Wahl vom Volk gewählt, ist Diener dieser Gesetze. Die höchsten Ämter sind einem Turnus unterstellt. Eine Abordnung der Zünfte bestimmt mit bei der Wahl der Zweihundert. Zürich mit seinem Zunftwesen gilt als Vorbild für die Liberalität von Handel und Industrie. Heimlicher und Sechzehner, die Spione und Unterdrücker der Gesellschaft, werden abgeschafft.

Henzi macht zum Abschluß praktische Vorschläge für eine ökonomische Besserstellung des Volkes. Er liest bei flackerndem Kerzenlicht, die Zuhörer scheinen ihm unkonzentriert, ihre lang an die Wände geworfenen Schatten schüchtern ihn ein. Die meisten erwarten hitzigere Reden, das klingt alles zu kühl, zu visionär. Henzis Maximen verzichten absichtlich auf persönlich gefärbte Klagen, es sollen Überlebensstrategien sein für die geliebte Stadt.

Kaum hat er seine Lesung beendet, beginnt ein planloses Reden, jeder erzählt von seinen persönlichen Leiden, äußert private Rachegedanken. Fueter läßt sich im Lauf des Abends zu zornigen Reden hinreißen, gestikuliert mit seiner Pistole, spricht von Häuseranzünden, Massakrieren. Henzi warnt vor Gewalt. Bei geplantem Vorgehen könne Blutvergießen vermieden werden. Auch andere Teilnehmer sind durch die unbesonnenen Reden erschreckt worden, Wyss sagt um drei Uhr morgens beim Auseinandergehen, er wolle nicht mehr mitmachen.

Fueter und Wernier dringen darauf, Micheli du Crest beizuziehen, doch Henzi warnt, er habe wenig Sympathie für diesen Dissidenten. Du Crest, Mitglied des Stadtrates von Genf, ist gegen seine Regierung aufgetreten und hat an das Volk appelliert, ganz nach seinen Maximen, alle Staatsgewalt kommt aus dem Volk ... Als sogenannt ‹Verschollener› in Neuenburg geduldet, ist Henzi während seiner Exilzeit zweimal mit ihm zusammengekommen und hat über dieses Zusammentreffen an Bodmer berichtet: *Ich sehe ihn als unglücklichen Staatsfanaticum, dem (...) ein wenig das Gehirn verruckt ist.* Du Crest, in der Aarburg inhaftiert, weilt zur Zeit wegen seiner angeschlagenen Gesundheit unter scharfer Aufsicht im Berner Inselspital.

Fueter, der es übernimmt, ihn einzuweihen, erlebt eine Abfuhr. Du Crest durchschaut das Treiben und bremst; ein Vorgehen müsse in allen Einzelheiten geplant werden, und in seiner Lage könne er nichts für die Verschwörung tun.

Vier Tage später, am 29. Juni, trifft man sich erneut, diesmal mitten am Tag, bei Wernier im Haus des Stadtschreibers Muttach neben dem Inselgäßchen. Sieben neue Mitglieder sind angeworben worden. Ein unglücklicher Zufall will es, daß Werniers junger Schwager Reinhard, ein unbegabter, schon im achtzehnten Semester stehender Student der Theologie, ihn just an diesem Tag besucht und deshalb wohl oder übel an der Versammlung teilnimmt.

Henzi entwirft das Bild eines gerechteren Staates. Wieder spürt er schmerzlich das Desinteresse. Zwischen ihm, dem

Visionär, und den patriotischen Genossen liegen Welten, erhoffen sich die meisten von einem Umsturz doch nur die Verbesserung der eigenen Lage. Fueter entwirft ein diffuses Szenario: zwei der Stadtwachen sollen ihre Verwandten auf dem Land gegen die Herren aufwiegeln, gemeinsam mit den Bauern besetze man darauf die Stadttore.

«Seid ihr im Besitz von Waffen?» fragt eins der neuen Mitglieder.

Außer drei Sackpistolen und ein paar musealen Waffen in Küpfers Fabrik ist nichts da. Henzi betont, auf Blutvergießen werde verzichtet. Fueter hingegen schließt nicht aus, daß den schlimmsten der Tyrannen etwas zustoßen könnte, er greift nach einer Sackpistole, steht breitbeinig da, die Szene wirkt obszön.

In jedem der Köpfe nimmt die Verschwörung eine andere Form an.

Der Theologiestudent Reinhard bedankt sich überschwenglich, an einem so wichtigen und gefährlichen Unternehmen teilhaben zu dürfen. In Kehrsatz, als Hauslehrer in einer Patrizierfamilie, fühlt er sich schlecht behandelt, die Revolution wird wie ein Sturmwind einfahren.

Wernier trägt in ein blaues Heft in Geheimschrift Notizen ein. Kritzeleien, kindische Rachephantasien. Vor den Mitverschworenen reißt er den schrägen Mund auf, schwafelt von fünfhundert Freiburgern, vierhundert Solothurnern und vierhundert Neuenburgern, die, wenn der ‹Chlapf› losgehe, sofort zu Hilfe eilen würden.

Henzi, dem alles reichlich konfus erscheint, denkt daran, aus der Sache auszusteigen und nach Paris zu verschwinden, doch der Kaufmann, den er begleiten soll, zögert die Abreise hinaus.

2

Die Nacht vom 2. auf den 3. Juli 1749 ist in Bern drückend schwül, in den engen Gassen strahlen die Hausmauern die Hitze des Tages ab, kein kühlendes Lüftchen bringt Erleichterung.

Isaak Steiger, Chef der Geheimpolizei, sitzt bei Kerzenlicht am Schreibtisch über den Protokollen.

Seine Heimlicher und Sechzehner sind eifrig ausgeschwärmt, um in der Stadt und ihrem Hinterland unbotmäßige Aktivitäten ausfindig zu machen, mündliche und schriftliche Äußerungen zu sammeln, die eine Gefahr für die Staatssicherheit bedeuten. Aus bloßem Patriotismus arbeiten sie allerdings nicht, der Bienenfleiß der Spione wird generös honoriert, der Geheime Rat von Bern hat sich in der Abrechnung von 1748 die Umtriebe der Staatspolizei die stolze Zahl von 16 200 Kronen kosten lassen.

Unter den üblichen Klagen befindet sich eine Äußerung des englischen Botschafters Abraham Stanyan. Er vergleicht das bernische Staatsgebäude mit einer Pyramide, die, auf ihre Spitze gestellt, jeden Augenblick durch ihre eigene Schwere oder durch einen Stoß von außen umgestürzt werden kann.

Umgestürzt. Steiger liest das Wort zweimal.

Eine Frechheit.

Es geht gegen Mitternacht, er will eben die Kerzen löschen und zu Bett gehen, als die Hausglocke läutet.

Ein Diener blickt durch das Spähloch, erkennt in der Dunkelheit Anton von Tillier. Der Hausdiener läßt den Ratsherrn eintreten und alarmiert den Herrn. Steiger, schon ohne Perücke, eilt ins Besucherzimmer, Tillier berichtet mit sich überschlagender Stimme von einer Verschwörung: unter den Aufrührern angesehene Bürger der Stadt! Die Stadtwachen bestochen! Haupt der Konspiration ist der Stadtleutnant Fueter!

Steiger kneift die Lippen zusammen, sein Mund eine dunkle Furche, im Schein der Kerzen nehmen seine Augen einen metallischen Glanz an.

«Woher wißt Ihr das, Tillier?»

«Vom Theologiestudenten Ulrich. Ein eifriger, gut beleumdeter junger Mann, der will am Abend von seinen Büchern weg noch ein wenig an die frische Luft. Trifft vor dem Münster zufällig seinen Kollegen Reinhard. Der berichtet aufgeregt von einer geheimen Versammlung, der längst überfällige Umsturz der Regierung sei beschlossen, Ulrich möge sich dieser tapferen Sache anschließen! Doch Ulrich, dem Himmel sei gedankt, kommen diese Umtriebe illegal vor. Er zu mir und legt Bericht ab.»

Steiger, mit einem Schlag hellwach, sieht im Geist die Pyramide des Botschafters Stanyan, spürt das bedrohliche Schwanken des auf die Spitze gestellten Staatskörpers. Keine Zeit verlieren, überlegt er, die Mitglieder des Geheimen Rats müssen aus den Betten geholt werden!

Kurze Zeit später trifft ein Ratsherr nach dem andern ein, verschlafene und verstörte Gestalten. «Was ist denn, in Dreiteufelsnamen, in den alten Steiger gefahren?» «Eine Krisensitzung? Hätte man damit nicht bis zum Morgen zuwarten können?»

Im spärlich erhellten Kellergewölbe, in dem Steiger aus Gründen der Geheimhaltung die Sitzung abhält, sind die nächtlichen Gestalten kaum zu erkennen. Viele der Herren tragen der späten Stunde wegen keine Perücke und erinnern ohne die übliche Lockenpracht, mit den stets von Toupets und Hüten zerdrückten, dürftig gewordenen Haaren an gerupfte Hühner.

Steiger, auf seinem erhöhten Sitz, überblickt stumm seine

Männer, flackernde Kerzen werfen ihre von der Revolution bedrohten Köpfe an die Wand. Wie immer, wenn der Chef des Geheimdienstes erregt ist, wird seine Rede von nervösem Hüsteln unterbrochen, in immer neuen Ansätzen bemüht er sich, ein möglichst plastisches Bild von der Gefahr zu entwerfen. Es scheint zu gelingen, der wachsenden Bestürzung auf den Gesichtern nach zu urteilen. In der Vorstellung der erschrockenen Ratsmänner blähen sich die Ereignisse, schon vermuten sie einen Angriff in dieser Nacht, fühlen sich im Dunkel umzingelt von Aufrührern. Der Theologiestudent hat Andeutungen gemacht, Listen erwähnt mit den Namen der zu ermordenden Patrizier, allen voran Isaak Steiger als Zielscheibe des Hasses. Doch auch die übrigen Herren, im Kielwasser dieses Erzfeindes, fühlen sich verunsichert und ihres Lebens bedroht.

Bis zur Morgendämmerung entsteht eine Gegenverschwörung. Ehe das neue Licht durch die Türritzen dringt, werden Strategien ausgefeilt: Patrouillen aus bewährten Bürgern und Ratsleuten sollen, da den Stadtwachen nicht mehr zu trauen ist, in den nächtlichen Straßen auf Unruheherde achten. Ein glücklicher Zufall kommt zu Hilfe: Am 4. Juli wird sich der Große Rat in der Nydeggkirche zur Pfarrerwahl versammeln, eine Gelegenheit, die wichtigsten Vertreter der Macht unauffällig von der Konspiration zu unterrichten.

In der Hitze des nächsten Tages vibriert die Angst.

Die Räte haben einen Eid der Verschwiegenheit geleistet, doch muß auffallen, daß plötzlich Ratsherren neben einfachen Bürgern an der Stadtmauer stehen und Wache schieben, auch der Umstand, daß mitten in der Stadt schnell zusammengerufene Milizen kampieren, deutet auf Gefahr. In den Familien der Regierenden sickert am Tisch das eine oder andere Wort durch. Bei den Weibspersonen wird überreagiert.

Töchter, die noch eine Unschuld zu verteidigen haben, tragen einen Dolch oder einen spitzen Gegenstand unter dem Brusttuch, aber auch die Ehre der wohlbestallten Gattinnen sieht man durch Unholde bedroht. In der vornehmen Junkergasse halten die Mägde in den Waschkesseln siedendes Wasser bereit, um es bei einem Sturm auf die Häuser vom Fenster aus auf die Köpfe der Eindringlinge zu leeren.

Der 4. Juli ist der Stichtag. Drei starke junge Ratsherren werden abkommandiert, um den kräftigen Fueter zu verhaften. Sie entdecken den Rädelsführer im Wohnzimmer vor dem Spiegel, wo der eitle Leutnant eben den Sitz einer neuen Uniform prüft. Fueter betrachtet die Knöpfe, den Kragen, dreht sich, um im Spiegel etwas von seiner Hinteransicht zu erhaschen. Entdeckt hinter dem azurblauen Stoff drei Augenpaare. Stutzt, nimmt es als Trugbild. Erwacht dann jäh zur Besinnung, als er die Köpfe der Eindringlinge erkennt. Langt im Hosensack nach der Pistole, dreht sich schnell um, doch der Schuß des Verschwörers bleibt im Lauf der Waffe stecken.

Die drei Jungräte überwältigen ihn und führen ihn ab in den Käfigturm.

Der zweite Held, Wernier, ist an diesem Morgen unterwegs nach Kehrsatz, wo Reinhard in einer Patrizierfamilie als Hauslehrer wirkt. Wernier hofft mit diesem Gang, seinen Verwandten Reinhard zur Vernunft zu bringen, bei der letzten Versammlung ist selbst ihm das unbesonnene Wesen und die Naivität des ewigen Studenten auf die Nerven gegangen. Im Marzili wird Wernier von drei Reitern angesprochen, es sind die Ratsherren Freudenreich, Fischer und Gingis. Geschmeichelt durch ihre freundliche Aufmerksamkeit, steht Wernier klein und verwachsen zwischen ihren Pferden. Antwortet artig auf harmlose Fragen. Zupft verlegen an seiner zu großen Perücke.

Während Freudenreich sich weiter unterhält, ändert sich die Szenerie: Zwei der Herren fallen über Wernier her und nehmen ihm seine Pistole. Eine Kutsche, die hinter den Pappeln bereitstand, fährt vor, und der kleine zappelnde Mann wird hineingeworfen.

Noch bleibt der dritte Rädelsführer: Henzi.

3

Die Morgenstunden des 4. Juli sind auch in Burgdorf schon ungewöhnlich warm, der Torturm wirft einen harten, eckigen Schatten. Es ist stiller als üblich, Vater Bondeli ist am Vorabend zur Pfarrerwahl abgereist, Ernestine besorgt vorübergehend in Bern den Haushalt für ihre von einer Totgeburt geschwächte jüngste Schwester. Charlotte ist mit ihrer Magd auf dem Land. Julie erhofft sich einen ungestörten Tag, die warme Luft trägt den Geruch des Waldes herauf, die Insekten summen im Nutzgarten. Doch kaum öffnet sie eins der Bücher, wird sie durch Pferdegetrappel aufgeschreckt. Nur keine Besucher, denkt sie widerwillig. In letzter Zeit sind immer wieder Damen und Herren aus der Stadt erschienen, auf Julies Fragen hat die Mutter nur geheimnisvoll gelächelt und die Tochter gebeten, die Gäste in ihrem besten Kleid zu begrüßen. Noch gelten die Besuche nur indirekt der heiratsfähigen Tochter. Verwandte eines möglichen Bewerbers sondieren vor, schätzen ab, wieviel Mitgift zu erwarten ist, taxieren den gesellschaftlichen Wert der Verbindung. Julie, Tochter eines Ratsherrn, verspricht als Barettlitochter dem Freier gesellschaftliche Vorteile. Ob die jungen Leute auch Gefallen aneinander finden? Nebensache, Vernunft geht vor Affekt. Eine junge Frau lernt erst lieben durch die eheliche Liebe, sagen die alten Damen in Bern.

Julie haßt dieses heimliche Fädenspinnen hinter ihrem Rücken.

«Was soll das, Mutter? Ich bin noch zu jung.»

«Du bist bald achtzehn. Eine eheliche Verbindung muß beizeiten, mit Bedacht und Sachverstand, in die Wege geleitet werden.»

«Aha, der Heiratsmarkt, eine todernste Sache!» Die Tochter rümpft die Nase, lacht heraus. Geht es nach der Mutter, soll es auch für sie gleich beginnen, das Gebären für Wiege und Sarg?

«Wir denken an dein Glück, Julie.»

«Mein Glück? Wie soll es aussehen?»

«Du wirst Ehefrau und Mutter.»

«Philosophin», sagt Julie.

Die Mutter verkneift sich ein hartes Wort und fragt stattdessen: «Und eine Philosophin, liebt sie nicht?»

Julie schweigt. Ihre geheimen Gedanken will sie nicht äußern. Philosophin und Liebe, das paßt wohl zusammen. Ist nicht in den gewagten modernen Romanen, die der Burgdorfer Pfarrer in seiner Bibliothek nicht dulden will, die Rede von neuartigen Liebesverbindungen? In ihren Träumen besucht Julie manchmal Cirey. Setzt sich an den Schreibtisch der du Châtelet, dann, mit etwas Scheu, an den Sekretär von Monsieur Voltaire, den sie sich als ausladendes schwarzes Ungeheuer aus Ebenholz vorstellt. Geht dann schlafwandlerisch weiter durch die Schloßräume. Bleibt vor den Schlafzimmern stehen. Vor Voltaires Zimmer steht auf einer Säule ein Amor, der einen Pfeil abschießt.

Damals, mit fünfzehn, hat Julie mit ihren bohrenden Fragen König herausgefordert.

«Jeder Partner hat seinen Schlafraum? Doch ...», erklärte König verlegen.

«Doch?»

«Voltaire muß oft das Bett der Châtelet anwärmen, das Schloß ist im Winter eisig.»

«Also ein Liebespaar?»

«Oh ... äh, ja.»

Ein langer Schatten auf dem Kiesweg, Schritte nähern sich.

Zum Glück keiner der Barettlitochterjäger. Meister Henzi, der zwischen den Zweigen auftaucht, ist kein Störenfried, mit niemandem ergeben sich so angeregte Gespräche. Die Vertrautheit hat sich wieder eingestellt, vorigen Monat hat er ihr zweimal aus seinem Tellstück vorgelesen.

Er winkt mit beschriebenen Blättern und verkündet, er habe nachträglich noch einen Tellmonolog geschrieben. Schon hat er sich auf die Bank gesetzt, zum Vorlesen bereit, doch Julie steht noch einmal auf, um Kaffee zu holen. Der Kaffee kommt Henzi gelegen, schon jetzt am Vormittag ist es spürbar, das drückende, für diese Gegend ungewöhnlich heiße Wetter.

Julie hört sich an, was Tell nach der Ermordung des Tyrannen einem geneigten Publikum zu sagen hat. Eine Rede über bürgerliche Gleichheit, Unbestechlichkeit der Richter und Behörden, über gleichmäßige Verteilung der Staatseinkünfte.

Auf die Ankündigung, er schreibe ein Stück über Tell, hat Bodmer kürzlich an Henzi geschrieben: *Sie haben hier Gelegenheit, schöne Sentiments von Freiheit, Gerechtigkeit und Großmut anzubringen, ohne daß Sie in Gefahr geraten, proscribiert zu werden.*

Julie äußert ähnliche Gedanken. «Ihr habt Tell alle Eure Anliegen in den Mund gelegt, ein zweites Memorial könnt Ihr euch ersparen!»

Henzi seufzt ein bißchen. Er verschweigt, daß dieses Memorial längst geschrieben ist. In seiner Erinnerung hört er sich daraus vorlesen in der Fabrikhalle der Gebrüder Küpfer vor den dumpfen Gesichtern der Verschworenen, hastig und monoton, als habe er gegen einen Strom anzuschwimmen. Erneut nimmt er sich vor, den Fueters und Werniers mit ihrer kläglichen Verschwörung den Rücken zu kehren.

«Demnächst fahre ich nach Paris, Julie.»

4

In Bern hat sich zur selben Zeit in der Nydeggkirche der Rat der Zweihundert versammelt.

Zum Erstaunen der Ratsherren wird das übliche Protokoll einer Pfarrerwahl ignoriert, Isaak von Steiger erklimmt die Kanzel und klärt in seiner Eigenschaft als Chef des Geheimen Rats die versammelten Herren über die Verschwörung auf. Zwei der Rädelsführer seien schon hinter Schloß und Riegel, nun fehle noch der Kopf der Konspiration, Samuel Henzi, nach Auskunft seiner Verwandten habe er sich heute früh nach Burgdorf begeben.

Man dreht die Köpfe, sucht unter den Anwesenden den Landvogt Bondeli, entdeckt ihn ganz hinten, seiner Fettleibigkeit wegen erträgt er die Hitze schlecht, in der Nähe der Türe erhofft er sich eine Prise frische Luft. Das neugierige Starren setzt ihm zu, sein Hals überzieht sich mit roten Flecken, zumal eine sarkastische Stimme zu vernehmen ist: «Meister Henzi? Er wird, weil er Vater Bondeli im Rat weiß, heute die Tochter aufgesucht haben!»

Gemurmel. Steiger lenkt durch lautes Räuspern die Blicke auf sich. Läßt nun verlauten, zwei Männer müßten nach Burgdorf ausgeschickt werden, um Henzi zu verhaften.

Bondelis Name fällt. Bondeli drückt sich, gibt zu bedenken, er sei mit Henzi, dem ehemaligen Lehrer seiner Tochter, befreundet.

Unzufriedenes Raunen im Kirchenschiff läßt ihn unsicher werden. Schließlich gibt er nach, um zu beweisen, daß die Treue zum Staat der persönlichen Freundschaft vorgeht.

Ihm zur Seite wird von Werdt gestellt, auch er hat sich zu rechtfertigen, hat ihm doch Henzi kürzlich einen Band Gedichte gewidmet.

An diesem Morgen wurde Henzi in seiner Wohnung gesucht, es war aber nur der vierzehnjährige Karl zu Hause.

«Wo ist dein Vater?»

«Er ist heute früh nach Burgdorf geritten.»

Kaum waren die Männer weg, bereute Karl seine Ehrlichkeit, eine Ahnung überkam ihn, dem Vater könne etwas geschehen. Er beschloß, Richtung Burgdorf zu eilen, um ihn zu warnen. Doch Karl wurde an den Toren der Stadt zurückgewiesen. So ging er zum Schwellenmätteli und bat den Fährmann, ihn an das andere Ufer zu setzen, doch auch hier hatte ein Verbot der Obrigkeit vorgesorgt, Henzis Sohn wurde stehengelassen. Später sagen Zeugen aus, der Vierzehnjährige habe sich vor Verzweiflung am Boden gewälzt und damit gedroht, sich umzubringen.

5

Henzi verabschiedete sich gegen Mittag von Julie. Er müsse noch in Burgdorf Besorgungen machen, bevor ein Gewitter komme, wolle er wieder zu Hause sein. Sie begleitete ihn zum Tor, er schwang sich auf sein Pferd, sie wünschte für Paris gute Reise. Er lächelte schmal zurück, bevor er zwischen den Häusern unterhalb des Burghügels verschwand.

Später versuchte Julie, sich die Szenen vorzustellen: Henzi auf seinem Ritt nach Bern, die Sonne brennt, der Himmel farblos, wie ausgeglüht. Das Gesicht des Reiters weiß überpudert vom Straßenstaub. Die Kutsche mit von Werdt und ihrem Vater bewegt sich in gegenläufiger Richtung auf ihn zu, es geht den Herren zu langsam, aber auch die Pferde spüren die Hitze.

Dann, schneller als erwartet, das Zusammentreffen, schon in der Nähe der Stadt, bei der alten Papiermühle. Der Reiter hält an und grüßt. Von Werdt stöhnt über das heiße Wetter, verwickelt den Reiter in ein Gespräch. Um nicht unhöflich von oben herab zu sprechen, steigt Henzi vom Pferd. Da bedrohen ihn die Herren plötzlich mit Pistolen, überwältigen den Verdutzten mit Hilfe des Pferdeknechts und stoßen ihn mit Brachialgewalt in die Kutsche.

Für Julie sind die inneren Bilder noch jahrelang abrufbar: Auf dem Stalden, wo die Straße sich gegen die Stadt senkt, klagt Henzi über brennenden Durst. Später kann sie es in den Protokollen nachlesen: Henzi bittet um Erlaubnis, in das erst kürzlich erbaute Wirtshaus ‹Klösterli› einzutreten. Ihr Vater, kein Unmensch, gestattet ihm ein kühles Glas, schließlich ist auch Bondeli einer kleinen Abkühlung nicht abgeneigt.

Die jungen Bäumchen vor dem Gasthaus werfen flaumigen Schatten.

Die drei rasten im Garten, als hätten sie eben einen Familienausflug gemacht, man sitzt hier luftig wie auf einer Kanzel, vor ihnen die Steilwand aus gelbem Sandstein mit dem Einschnitt der Aare, der Himmel flimmert über dem Weichbild der Stadt. Bondeli und von Werdt dürfen sich entspannen, sie haben ihre Aufgabe gelöst, das Bier rinnt beruhigend durch die Kehlen. Nur Henzi, hellwach, ist sich der schwindenden Zeit bewußt. Während beim Abschied der Wirt servil die Hände der vornehmen Gäste drückt, reißt er sich los, die Herren samt Wirt hinter ihm her durch den Wirtshausgarten.

Bondeli, so erfährt später Julie, soll dem Flüchtenden noch mit der Pistole in den Fuß geschossen haben. Henzi zögert einen Augenblick, stürzt sich dann die Steilwand hinunter in die Aare, er läßt sich vom Fluß ein Stück weit treiben, während oben am Hang die Verfolger schreien und gestikulieren. Henzi zieht sich ans andere Ufer. Ein Spaziergänger taucht auf, seine Identität wird später ins Protokoll genommen: Ein Haarkräuslergeselle aus Köln namens Digradi sieht den Flüchtenden aus dem Wasser steigen. Digradi, seine Chance witternd, verfolgt ihn, die Fußverletzung behindert Henzi bei der Flucht. Von seinem Verfolger gepackt, setzt sich der Unglückliche vergeblich zur Wehr, auf den Auenwegen wimmelt es an diesem heißen Tag von Spaziergängern, die Digradi gerne zu Hilfe eilen, das grelle Himmelsauge sieht gnadenlos zu.

Julie verschließt diese Szenen im Gefühl der Ohnmacht tief in ihrem Innern. Nie wird sie eine Zeile über ihn schreiben, umsonst suchen die Literatinnen späterer Jahrhunderte, über die Briefe der Bondeli gebeugt, nach der Blutspur. Ereignisse von erschreckendem Weiß, ausradiert unter der unbarmherzigen Sonne der ersten Julitage von 1749. Später wird man sich wundern, mit welcher Heftigkeit sie sich für den mißverstandenen Rousseau einsetzt – *die Einsamkeit meiner frühen Jahre*, wird sie an Suzanne Curchod schreiben.

X

«Wir leben in der Dämmerung
einer großen Revolution (...)
Die Wolken des Irrtums und der
Furcht zerstreuen sich, des langen
Zwanges müde wirft man die
Ketten der alten Vorurteile ab,
um von den verlorenen Rechten
der Vernunft und Freyheit wieder
Besitz zu nehmen.»

JOHANN GEORG ZIMMERMANN,
Von dem Nazionalstolze

I

Chérissime Sophie, überall in aller Heimlichkeit bereitet sich Neues vor, Sturmwind und Gewitterwolken künden es an, Kopfweh ist an der Tagesordnung und einige der Köpfe sind wirklich in Gefahr.

Zwölf Jahre nach Henzis Gefangennahme, Ende August 1761, war Friedrich Bondeli während einer Ratssitzung zusammengebrochen, nun lag er im Buchsigut auf der Nordseite des Hauses in seinem abgedunkelten Schlafzimmer, halbseitig gelähmt, unfähig zu sprechen. Doktor Rosselet und die Ärzte im Inselspital hatten keine Hoffnung auf Besserung, auch Zimmermann, der eigens aus Brugg angereist war, konnte nur bestätigen, daß Vater Bondelis Tage gezählt waren.

Julie trat auf Zehenspitzen in das Schlafgemach, ihre Augen, die sich allmählich an das Dämmerlicht gewöhnten, nahmen mit Befremden den schweren Körper in den unordentlichen weißen Laken wahr, den massigen, zur Seite gedrehten Kopf mit dem offenen, stoßweise atmenden Mund.

Sie zwang sich, am Bett des Kranken zu sitzen und seine wie leblos herabhängende Hand zu halten. Im Halbdunkel, die väterliche Hand im Schoß, betrachtete sie die weißen, wächsernen Finger, deren Wink sie als Kind gehorchen sollte. Auch später war dieser Zeigfinger oft mahnend erhoben, als stelle der väterliche Wille die Verbindung mit dem himmlischen her, in jenem Sommer vor allem, als Julie die häufigen Besuche des Dichters Wieland empfing: «Warum nicht einen der Patrizier, der dir den Hof macht, Julie? Kirchberger zum Beispiel?»

Julie dachte an Niklaus Anton Kirchberger. Ein langer, etwas ungeschickter Mensch mit dem Gesicht eines pausbackigen Engels. Die Vorstellung, mit ihm eine Ehe eingehen zu müssen, lockte ein mattes Lächeln um ihre Lippen. Es war nicht nur das Äußere, das sie wenig anzog, Kirchberger verpaßte auch keine Gelegenheit, betulich sein Wissen zu verbreiten, als ließe sich damit Julies Liebe gewinnen. *Seine ungeheure Gelehrsamkeit flößt mir Schrecken ein und macht mich lachen.* Er kam aus angesehener Familie, war anhänglich, sie sah ihn gern in ihrer Sorbonne. Aber sein Leben zu teilen, auf Gedeih und Verderb? Da war nichts an ihm von der schöpferischen Leichtigkeit eines Wieland. Und dann hatte er sich auch noch in den Kopf gesetzt, auf seine schwerfällige Art, eine ‹Moralische Gesellschaft› zu gründen.

Er hatte sie um ihren Rat gebeten.

«Es gibt zu viele solcher Gesellschaften», hatte sie geantwortet, «wie Pilze schießen sie aus dem Boden und spalten die Aufgeklärten in kleine und kleinste Kreise auf. Am ehesten sehe ich noch den Sinn der von Tschiffeli und Engel gegründeten ‹Ökonomischen› ein, die eine Umwälzung in der Landwirtschaft vorantreibt, aber Ihrer ‹Moralischen Gesellschaft›, Kirchberger, gebe ich nicht mehr als ein Jahr Lebenszeit, die Sache ist eindeutig von gestern!»

Gequält hatte Kirchberger ihr zugehört, es schien ihm, Julie habe nicht nur seine Gesellschaft, sondern auch ihn selbst zurückgewiesen.

Während Kirchbergers Gesicht verschwand, dachte sie über die verwandelnde Kraft der Zeit nach. Hier im Zimmer roch es nach gebohnertem Parkett, nach Urin, nach Tod, doch durch den Spalt der geschlossenen Läden fiel ein schmaler Faden Licht, Staubteilchen tanzten und erinnerten an das spätsommerliche Leben draußen im Garten.

Chérissime Sophie, wie viele Tode stirbt man?
Da ist ein Ich, das mit den kleinen Geschwistern stirbt. Da ist ein Ich, das mit Henzi stirbt. Da ist ein Ich, das mit dem Vaterbild untergeht, und eins, das sich mit Wielands freundschaftlicher Liebe verabschiedet … Bleiben mir jetzt noch drei Leben übrig wie meinen Katzen, von denen es heißt, daß sie sieben Leben haben?

Nicht erst seit Wielands Erscheinen war das Verhältnis zwischen Vater und Tochter gestört, schon seit Henzis Verurteilung im Jahr 1749 hatte sich keine Vertrautheit mehr eingestellt. Damals in Burgdorf wurde der Tochter die väterliche Gegenwart zur Qual.

Der Landvogt saß ihr schräg gegenüber am oberen Ende der Tafel, im Spiegel seine Rückenansicht. Bondeli, ein Liebhaber von Spiegeln, hatte für das neue Rathaus ein venezianisches Prachtstück mit Rocailleaufsatz erworben und sich bei dieser Gelegenheit gleich mit zwei weiteren Exemplaren für das Eßzimmer des Schlosses eingedeckt, über der Anrichte warf ein dritter Spiegel das Gespiegelte zurück.

Julie war den dreifachen Landvogt leid.

Sie starrte ins Weite, um den väterlichen Ansichten zu entgehen, doch der Kontrolle der mütterlichen Augen entging sie nicht.

Julie hielt den Löffel schräg, ein Teil der Brühe rann im Faden in den Teller zurück.

«Schmeckt die Suppe nicht?»

«Doch, doch.»

«Iß, Julie. Wenn du nicht ißt, dann magerst du, das steht dir nicht.»

Der Landvogt hatte schon ein Stück Schweinebraten auf dem Teller und kaute mit vollen Backen, dabei ließ er die Tochter nicht aus den Augen. Sie schien wie versteinert, das Gesicht kalkhell und spitz. Er wünschte sich das eigenwillige, widerborstige Kind zurück mit den herausfordernden Reden, damals hatte er wenigstens gewußt, was Julie dachte.

Eines Abends rief Bondeli seine Tochter in sein Schreibkabinett und rechtfertigte sich. «Du nimmst mir übel, nicht wahr, daß ich auf Regierungsbefehl Henzi verhaften mußte? Glaube mir, es fiel mir nicht leicht. Aber Staatsgehorsam steht über persönlicher Freundschaft.»

Der Vater erwartete ein Nicken. Als es nicht erfolgte, hoffte er auf ein Widerwort.

Aber Julie blieb stumm. Bei Tisch übte sie, durch die Eltern und alle ihre Spiegelungen hindurchzusehen.

Zähmte sie so ihr *schäumendes Blut*? War es der Versuch, in all den Widerwärtigkeiten eine Philosophin zu werden? Jedenfalls rächten sich die eingesperrten Gedanken und hämmerten abends wütend in ihrem Schädel.

Auch die Lektüre befreite sie aus der Gefangenschaft der familiären Blicke.

Sie hatte eine Technik entwickelt, englische Literatur im Original zu lesen, am Anfang behalf sie sich mit der Kenntnis der Grammatik und dem Wörterbuch, dann aber war es ihr musikalisches Ohr, das ihr die Prinzipien und die Struktur der fremden Sprache erschloß.

Neben Shakespeare, Milton, Locke und Hume las sie auch Sterne, Swift und Richardson, Freunde aus Neuenburg vermittelten ihr zeitgenössische Literatur, die nicht in der Bibliothek des Pfarrers stand.

2

Als die Amtszeit in Burgdorf zu Ende war und die Familie 1752 zurück nach Bern zog, schien es Bondeli, er könne aufatmen. Julie erwachte aus ihrer Starre, ihre Natürlichkeit kehrte zurück, die Zwanzigjährige wurde in der Berner Gesellschaft mit Begeisterung willkommen geheißen: ein Mädchen mit Witz, Schwung und Kenntnissen in Literatur, Mathematik und Philosophie. Gerade jetzt war eine solche Frau gefragt, da die neue Generation aus dem alten Korsett der Salonkultur ausbrach. Ohne die Müßiggänger, Spieler, Schmarotzer, sollte sich ein Kreis von geistig regen, unabhängigen Gesinnungsgenossen wöchentlich im Bellevue einfinden, ein kleiner Olymp.

Zusammen mit ihren Eltern war Julie zu einem Willkomm im Bellevue eingeladen. Julies Mutter war überwältigt von dem neu eingerichteten Salon, von den Tapisserien, den neubezogenen Möbeln: Granatapfeldamast, die neue Mode aus Frankreich! Mehr noch bewunderte sie die beiden Brüder Tscharner, insbesondere Vinzenz Bernhard mit seinem offenen Geist, dem liebenswürdigen Charakter, sie konnte sich für Julie keinen vorzüglicheren Gatten vorstellen.

Die Sympathie der beiden jungen Leuten war gegenseitig, kaum hatte Julie ihren Tee getrunken, zog Vinzenz Bernhard sie in seiner ungestümen Art vom Tisch weg und erzählte ihr auf der Terrasse von seinen geplanten Montagszusammenkünften. Julies Ideen seien erwünscht! Es gelte, mit diesem auserwählten Zirkel der Stadt Bern eine europäische Geisteshaltung zu verschaffen. Mit seinem Bruder habe er eben Europa bereist, eindrücklich seien vor allem London und die Begegnungen mit den Dichtern Young und Richardson gewesen, nun sei er dabei, Youngs Nachtgedanken in deutsche Hexameter zu gießen. Auch in eigenen Gedichten versuche er sich. Doch da fühle er sich unsicher und bitte um Julies Urteil. Was sie denn in letzter Zeit gelesen habe?

Die Eltern staunten, wie ungezwungen und ohne Koketterie Julie mit den jungen Männern umging, eine neue Selbstverständlichkeit, dabei hatte sie doch nie Brüder gehabt. Sie begann aufzublühen, sie war gefordert.

Stolz blickte Frau Bondeli vom Teetisch zur Terrasse hinüber, wo ihre Julie unbefangen mit dem jungen Tscharner scherzte, ihr Blick glitt die Freitreppe hinunter und verlor sich in der grünen Tiefe des Baumgartens. Wurde ihr Traum wahr? Hatte sich Bondelis Investition in die Bildung seiner Tochter gelohnt?

Doch schon eine Woche später wurden die Bondelis an einer Kaffeevisite aufgeklärt: die Tscharnersöhne? Die Familie habe Verbindung aufgenommen mit den von Tavel und den von Bonstetten, in diesen hochangesehenen, begüterten Familien drängen schöne Töchter auf den Heiratsmarkt.

Vater Bondeli tröstete sich, in Bern gebe es noch andere heiratswillige Männer.

Julie machte sich darüber am wenigsten Gedanken. Hauptsache, Bern hatte auf sie gewartet, bald erschien man auch im Buchsigut zu Vorträgen und Geselligkeit, Julies Zirkel gewann schnell an Bedeutung. Bondeli sah mit Genugtuung, daß zu ihrer Petite Sorbonne ein fester Kern von tüchtigen jungen Männern aus besten Familien gehörte. Nur daß Julie keinem Mut machte, um ihre Hand anzuhalten, mißfiel ihm. Sie war witzig, charmant, doch Verehrer duldete sie nicht, so wurde sie eben heimlich angebetet, wenn einer zugreifen wollte, entglitt sie ihm. Bondeli hatte mit Argwohn zugesehen, als Julie anfing, eine Ausnahme zu machen; Christoph Martin Wieland, diesem hergelaufenen Dichter, gewährte sie ihre Gunst. Wieland, der sensible Witterer, deutete in einem Brief an Zimmermann an, daß er Julies Familie als schwierig empfand.

Julie ließ im Krankenzimmer die väterliche Hand los. Sie griff nach der Karaffe auf dem Nachttisch, goß Wasser in ein Glas und gab dem Vater zu trinken. Dann wechselte sie vom Schlafgemach hinüber in das Schreibkabinett des ehemaligen Landvogts, wo sich auf dem Tisch unbearbeitete Korrespondenz häufte.

Nach Vaters Schlaganfall, als sie begonnen hatte, Papiere zu sichten und Liegengebliebenes zu bearbeiten, war sie zutiefst erschrocken: Da stauten sich Mahnbriefe und Schuldverschreibungen. Eine saftige Rechnung lag da für die neuen luxuriösen Polsterbezüge im Salon, die Frau Bondeli noch vor dem Schlaganfall ihres Manns in Auftrag gegeben hatte: Granatapfeldamast – diese Novität schien man den vielen ausländischen Besuchern schuldig zu sein. Auch hatte man noch kürzlich für Charlotte ein neues Klavichord gekauft. Julie begann zu rechnen, die sonst so geliebten Zahlen wandten sich höhnisch gegen sie, die finanzielle Situation der Famile sah noch schlimmer aus als befürchtet. Seit Jahren mußte sich da etwas zusammengebraut haben, aber Bondeli, noch immer auf sein Guthaben beim preußischen Hof wartend, hatte die Familie im unklaren über die wirklichen Verhältnisse gelassen. Den schönen Schein wahrend, hatte das

Leben in Bern und Köniz seinen gewohnten Gang genommen. Nach Entdeckung der Lage fühlte sich Julie als Älteste verantwortlich, für die alte Mutter, doch mehr noch für die junge Schwester, der, so Julie, *das Leben zuzulächeln begann.* Wollte man Charlotte standesgemäß verheiraten, war eine ordentliche Mitgift nötig.

3

Anfang September 1761 starb Friedrich Bondeli.

Wie immer, wenn ihr Schlimmes widerfuhr, schwieg Julie, sie erzählte davon nicht einmal Zimmermann in ihren Briefen. Die Situation nur andeutend, berichtet sie ihm am 12. September: *Ich habe, mein Freund, einen ebenso empfindlichen wie unerwarteten Schlag erlitten, die Folgen davon eine Menge erschwerender Umstände, die, obwohl vorausgefühlt und seit langem gefürchtet, mir dennoch heute nicht weniger neu und nicht weniger schmerzlich vorkommen. Ich lebe in einem Chaos quälender Gedanken und Gefühle …*

In Bern wurde die präkäre finanzielle Situation im Hause Bondeli schnell ruchbar, die Kunde erreichte auch Biberach. Wieland war betroffen und schöpfte Hoffnung, es möge mit Julie unter den veränderten Umständen doch noch zu einer Verbindung kommen. So schrieb er am 14. Oktober an Zimmermann, er wage nun, *Julie einzuladen, die Mittelmäßigkeit seiner Bedingungen mit ihm zu teilen.* Doch er wisse, sie fühle sich zu Recht beleidigt, und glaube, trotz der Freundschaft, die sie ihm bewahre, nicht mehr zu jenen Gefühlen zurückkehren zu können. Freund Zimmermann müsse zu seinen Gunsten reden: *Ich halte dafür, daß Julie und ich von allen Wesen des Universums diejenigen sind, die für einander gemacht sind …*

Und Zimmermann, erst seit kurzem wieder einmal mit Wieland versöhnt, überschlägt sich vor Eifer. Antwortet postwendend: So wahr er Wielands Freund sei, verspreche er, sie beide zu verheiraten!

Nächstens begleite er eine alte Patientin nach Bern und werde während seines längeren Aufenthalts Julie täglich besuchen können. *Mademoiselle Bondeli wird die Ehefrau des einzigen Mannes auf der Welt, der ihrer würdig ist …*

Der Oktobertag ist windig, Blätter treiben durch die Luft, vor dem Buchsigut ist der gepflasterte Platz übersät mit den geplatzten stacheligen Schalen und den Früchten der Roßkastanien.

Zimmermann hat am Nachmittag seine betagte Patientin zur Untersuchung in das Inselspital eingeliefert, noch bleibt Zeit, Julie zu sehen, ohne daß er sich hätte anmelden können. Vor ihrem Haus fällt ihm die ungewöhnliche Anzahl der Kutschen auf, die Haustür steht offen, im Flur ist die Garderobe dunkel von Umhängen und Mänteln. Ernestine eilt ihm auf der Treppe entgegen und klärt ihn auf: Es ist der Nachmittag der Kondolenzbesuche.

Frau Bondeli, hocherfreut über sein Kommen, das sie nicht als Zufall versteht, stellt ihn im Salon den zahlreichen Besuchern vor: Verwandte in Trauerkleidung, sie färben die neu bezogenen, heiteren Möbel dunkel ein. Man betrachtet den Neuankömmling in seiner unpassenden dunkelroten Samtjacke mit Neugierde, die Gespräche stocken. Ernestine und Charlotte servieren Kaffee.

Noch fehlt Julie, die einen alten Onkel zum Schloß Köniz begleitet hat.

Man rückt zusammen, um Zimmermann auf einem der Kanapees Platz zu machen, da sitzt er, gefangen im Kreis der Trauergäste, die Atmosphäre ist beklommen. Als Arzt kennt er solche Zeremonien, er durchschaut die aufgesetzte Trauer von Familienmitgliedern, die Ungeduld der jungen, auf Erbschaft erpichten Verwandten, die alten Frauen mit den Leichenbittermienen, die sich wie dunkle Vögel überall einfinden, wo es nach Tod riecht.

Verlegenheitspause. Dann setzt erneut der leiernde Singsang ein, die Loblitanei auf den Verblichenen: Ach, ein wunderbarer Landvogt. Ja, ein Mann von Grundsätzen. Von echtem Schrot und Korn. Solche lassen sich heutzutage nicht mehr finden.

Man nickt. Seufzt. Beklagt sein Ableben.

Bedient sich mit spitzen Fingern von den Schokoladekugeln.

Endlich tritt Julie ein. Ihr Gesicht erhellt sich, als sie Zimmermann unter den Gästen sieht. Sie setzt sich ihm gegenüber, ihr Kopf sinkt in das Damastkissen, und während das Gesäusel und Wehklagen weiterfließt, tauscht sie mit ihm Blicke, durchbricht den Bann des Trauerkreises. Es dunkelt früh, Ernestine zündet Kerzen an. Im Lichtschein leuchten die Damastbezüge, beleben Julies Gesicht, in einer Gesellschaft von Mumifizierten ist sie für Zimmermann die einzig Lebendige.

Beim Abschied begleitet Julie Zimmermann nach draußen, der Wind hat den Abendhimmel von Wolken reingefegt, schönes Wetter ist angesagt.

«Ich möchte morgen mit Ihnen ausfahren», sagt Zimmermann, «das wird Sie durchlüften, auf andere Gedanken bringen: Darf ich Sie am späten Vormittag abholen? Ich habe Ihnen außerdem eine Mitteilung zu machen. Dafür wäre es gut, wenn wir beide allein sind.»

4

Zimmermann hat richtig prophezeit, der Morgen ist sonnig und klar. In ihrem Boudoir besorgt Julie ihre Toilette sorgfältiger als sonst, ist ihr doch, sie habe sich in der bewegten Zeit nach Vaters Tod vernachlässigt. Dem prüfenden Blick in den Spiegel mißfallen die dunklen, durch schlaflose Nächte verursachten Augenringe, sie greift nach der Puderquaste.

«Puh, das stiebt!» ruft Charlotte, die als Zuschauerin neben der Schwester steht.

Julie lacht, wedelt mit der Quaste vor Charlottes Nase und versetzt ihr ein paar helle Tupfer. Dann vertieft sie sich erneut in ihr Spiegelbild, tupft da und dort, wedelt dann mit einem spinnwebzarten Tüchlein den überschüssigen Puder ab.

Charlotte macht einen Schritt zurück, betrachtet aus schmalen Augen das Werk. «Dein Teint ist zu blaß», kritisiert sie. «Hat dir nicht Frau Stürler aus Paris Wangenrouge mitgebracht?»

Julie wehrt ab. «Mit gut dreißig gehöre ich noch nicht zu den Damen mit den aufgemalten Rosenbäckchen!»

Die kleine Schwester kichert und greift nach einem Barchenthemd. «Ich weiß eine natürliche Methode, darf ich?» Und ohne die Antwort abzuwarten, frottiert sie mit dem rauhen Tuch Julies Gesicht, bis Farbe einschießt, die Wangen sich röten wie kleine Äpfel.

«Die werden gleich wieder blaß, du Dummerchen», tadelt Julie. «Und nun rufe Ernestine.»

Ernestine erscheint mit der Brennschere. Bearbeitet mit Hingebung das schöne dunkle Haar, Julie überwacht im Spiegel alles und ordnet an: «Fünf Reihen Locken, Ernestine. Die Coiffure à la mode. Seitlich haben sie in fingerlangen Zapfen über den Ohren zu hängen!»

Ernestine beugt sich mit Hingebung über den Kopf von Mademoiselle Julie. Über den Ohren ist das Lockenziehen eine heikle Angelegenheit.

«Au, Ernestine, paß auf, das Eisen ist höllisch heiß!» Julie schüttelt den Kopf, während sie das verbrannte Ohrläppchen reibt.

Jedesmal ist das Lockenbrennen eine kleine Tortur, doch zugegeben – das Resultat ist verblüffend. Da hat doch Julie neulich den berühmten Arzt Tissot in Köniz empfangen, mit ihm einen Abend am Kaminfeuer verbracht und vermieden, ein einziges Wort über ihre Krankheit zu sprechen. Tags darauf, bei der Teevisite im Bellevue, hat Tissot die Bondeli gelobt: «Die Gelehrte ist eine elegante junge Frau! Sie trägt einen Kaftan und ihre Locken würden selbst in einem Pariser Salon Furore machen! Bis anhin habe ich geglaubt, gescheite Frauenzimmer kümmerten sich keinen Deut um ihr Äußeres!»

Auch Zimmermann war an diesem Morgen verblüfft. Seine Patientin, die er doch für krank halten mußte, kam frisch und hübsch die Treppen herunter auf ihn zu. Er betrachtete sie mit ebenso großer Begeisterung wie bei ihrer ersten Begegnung, die über ein Jahr zurücklag.

Der Kutscher ließ die Pferde auf einem Feldweg am Abhang des Gurtens gemächlich traben. Der Himmel wölbte sich in transparentem Blau, die Sonne des Altweibersommers wärmte. Zimmermann spürte Julies Nähe, er hörte, wenn sie sich bewegte, das Knistern des Taftunterrocks, roch ihr Parfüm. Als sie den Kopf drehte, um einem Kind am Wegrand zuzuwinken, streifte eine ihrer Locken seine Wange.

Doch ach, seine Gefühle zählten jetzt nicht, er sollte ja das Sprachrohr eines anderen Verehrers sein. So nebeneinander, ohne sich ins Gesicht schauen zu müssen, ließ sich freier reden.

«Julie», begann er, «stimmt es, daß Ihre finanziellen Verhältnisse nach dem Tod des Vaters nicht die besten sind?»

Ohne Umschweife antwortete sie: «Sie sind katastrophal.»

«Was bedeutet das für Ihre Zukunft?»

«Nun, die kommenden Jahre werden ruhig sein, keine Feste mehr, keine Sorbonne. Heiratet meine Schwester, hat sie Anspruch auf eine Mitgift. Ich werde wohl oder übel das Buchsigut verkaufen müssen.»

«Aber, da gibt es doch noch andere Möglichkeiten ...»

«Ach! Welche?»

«Heiraten Sie, Julie.»

Sie wandte ihm den Kopf zu und strafte ihn mit einem zornigen Blick. «Zimmermann, die Ehe ist für mich keine Versorgungsanstalt. Nie werde ich eine Vernunftehe eingehen.»

«Vernunft? Da ist jemand, der Sie liebt, Julie. Ich sage es Ihnen ganz schnörkellos: Christoph Martin Wieland möchte Sie heiraten.»

«Ach, wieder einmal? Aus heiterem Himmel?»

«Ich will seine eigenen Worte sprechen lassen.» Zimmermann entnahm seiner Tasche Wielands Briefe und las ausgewählte Stellen vor.

«Ach, er ist wohl wieder fanatisch», murmelte Julie abwesend.

«Nein, Julie», entgegnete Zimmermann heftig, «in seinem Brief beteuert er, eben nicht f a n a t i s c h zu sein, er zeichnet ein realistisches Bild seiner Lage! Noch ist in Biberach ein häßlicher Prozeß im Gang, doch er hofft, in Bälde in sein Amt eingesetzt zu werden. Schauen Sie, wortwörtlich fügt er bei: *Es ist schwierig, in dieser zerstrittenen Stadt zu leben und es braucht von seiten der Mademoiselle Bondeli den vollen Einsatz ihrer Zärtlichkeit und Freundschaft ...*»

Sie schwieg. Dann sagte sie mit einer Stimme, die wie von

weit her zu kommen schien: «Nach allem, was zwischen uns war?»

«Ja. Er bittet um mildernde Umstände und um Verzeihung. Julies Herz werde richtig entscheiden.»

Zimmermann hatte bis dahin den Blickkontakt vermieden, nun wandte er sich Julie zu und las in ihren Augen Betroffenheit, um den Mund lag ein Schatten von Bitterkeit und Schmerz. Sie erwachte wie aus einem Traum, versuchte, die widerstreitenden Gefühle abzustreifen. Blickte dann zu ihrem Freund auf und lächelte schmal.

«Zimmermann», sagte sie. «Ihr habt Eure Aufgabe mit Bravour erledigt.»

«Und wie lautet die Antwort?»

«Was in mir vorgeht, will ich auch Wieland schreiben: Meinem Gefühl nach kann ich ihm verzeihen, aber mein Verstand, der eine andere Sprache spricht, rät mir von einer ernsthaften Verbindung mit *dem inkonsequenten Poeten* ab.»

«Aus Vertrauensverlust?»

«Ja. Das schmerzt.»

«Man kann nur enttäuscht sein über etwas, das man liebt», murmelte Zimmermann.

Sie ging nicht darauf ein, sagte nur: «Was das Heiraten betrifft, gibt es noch andere Aspekte. Heiraten heißt für eine Frau Kinder bekommen. Als mein Arzt, der meine Konstitution kennt, müßten Sie doch wissen, daß ich eine Geburt kaum überstehen würde? Doch wenden wir uns an diesem strahlenden Sonntag der Gegenwart zu! Ich schlage vor, daß wir da vorne in dem hübschen Landgasthof essen, die milden Tage sind zu genießen, eh der Winter kommt.»

Zimmermann ließ sich von ihrer plötzlichen Heiterkeit anstecken. Im Freien, unter einer großen Kastanie, von der Herbstsonne und von Zimmermanns Zuwendung gleichermaßen erwärmt, schmeckte Julie das ländliche Mahl. Er werde zwei Wochen in Bern bleiben, kündigte der Freund an, sie könnten sich, falls sie Zeit habe, fast täglich sehen. Abgesehen davon, daß ihm jedes Treffen das allergrößte Vergnügen bereite, möchte er sich nützlich erweisen, brauche sie doch männlichen Rat für ihre veränderte Situation. Für einen Moment noch, fast peinlich berührt, dachte Zimmermann an seine Aufgabe, die Bondeli mit Wieland zu verheiraten, schon bereute er ein wenig sein so leichtfertig gegebenes Versprechen.

Nach Tisch, von einem Wiesenpfad aus, sahen sie zwischen den Zweigen der Obstbäume unten in der Ebene die vom blitzenden Strang der Aare umfangene Stadt, das Münster mit der Plattform, die verschachtelten Dächer der Altstadt, ein stimmiges Bild. Das alles, durchfuhr es Zimmermann, müßte die Bondeli aufgeben für das zerstrittene Biberach, wo sich die Katholiken mit den Protestanten häßliche Schlachten lieferten, und Wieland, der geplagte Stadtkanzler, stand direkt an der Front. Um einen solchen Wechsel in Kauf zu nehmen, müßte die Liebe der Julie sehr beständig sein. Aber ach, was fordert man Beständigkeit von einer Braut, wenn der Zukünftige ein schillernder Charakter ist, mal heiß, mal kalt? Zimmermann hatte ja die Unberechenbarkeit des Freundes selbst erfahren und aus diesem Grund den Briefwechsel mit ihm abgebrochen. Nun, Monate später, die Versöhnung, und Zimmermann hatte wohl aus Sühne die Aufgabe übernommen, Julie für ihren Bewerber aus Biberach zu gewinnen. Eine Überzeugungsarbeit, für die noch einige Begegnungen nötig wären, hatte er doch heute gegen eine Mauer gesprochen! Die kommenden zahlreichen Besuche im Hause Bondeli standen also wohl oder übel im Dienst seiner Mission.

Am nächsten Abend, bei einem ausgezeichneten Mahl der Bondelis, unterhielt er die Frauen mit dem berühmt-berüchtigten Zimmermannschen Anekdotenschatz, der bald einfließen sollte in sein Buch *Von den Erfahrungen in der Arzneykunst*. Nach dem Essen, allein mit Julie auf der Gartentreppe, ergriff er erneut die Gelegenheit, für den Dichter aus Biberach zu sprechen, doch sein Plädoyer klang schon matter, dafür nahmen Julies ungeduldig hervorgebrachte Einwände an Lebhaftigkeit zu.

Ohne sie zu unterbrechen ließ er Julie reden. Er ertappte sich bei einem Gefühl der Erleichterung. Konnte er es der Bondeli verargen, daß sie das Fragwürdige an Wielands Wesen spürte? War da nicht die Geschichte mit Melissa, die der Dichter erst hochgejubelt, dann verdammt hatte? Einbrüche, Erdbeben in der Gefühlswelt, hautnah hatte Zimmermann es damals miterlebt. Groll stieg in ihm hoch auf den fernen Freund, den er eben noch gelobt und dem er schriftlich das Blaue vom Himmel, das heißt, die Liebe Julies versprochen hatte!

Wie sehr er selbst dem impulsiven Freund glich, in seinen Gefühlen mal heiß, mal kalt, war ihm nicht bewußt.

Bei jeder weiteren Begegnung mit Julie wurden Zimmermanns Appelle schwächer, schließlich verstummten sie. Er habe ja seine Sache getan, sagte er sich. Nicht ohne stille Genugtuung bemerkte er, wie sich Julies Vertrauen vom einstigen Bräutigam weg auf ihn, den ärztlichen Freund verlagerte. Sie öffnete sich, ihm in ihren Gesprächen, sie kamen sich nahe. Ja, er traute sich, mit ihr über Wielands Schwärmereien zu lachen, Frau Bondeli, die vom Fenster aus die beiden scherzend durch den Garten gehen sah, fühlte sich an Julies Zeit mit Wieland erinnert.

Noch einmal manifestierte sich dieses seltsame Dreieck Wieland, Julie, Zimmermann.

Unterdessen wartete in Biberach der geplagte Wieland vergeblich auf Zimmermanns Brief.

Im Dezember drückte er Enttäuschung und Argwohn aus: *Sie sind in Bern gewesen, Sie haben Julie gesehen, Sie haben ihre Achtung, ihr Vertrauen in einem Grad gewonnen, daß man bei Ihnen eine besondere Anhänglichkeit an dieses anbetungswürdige Mädchen vermuten muß …* Und er erwähnte Julies letzten Brief, der voll des Lobes sei über ihren Zimmermann.

Im Januar 1762 dann ein Notschrei aus Biberach: *Ich gestehe Ihnen, mein Freund, daß dieser Zustand, wenn er noch einige Jahre andauern sollte, dem Leben meines Geistes und meines Körpers ein Ende machen würde. Die Acquisition eines Vermögens, das mich von Biberach unabhängig machte, ist das einzige Mittel, dieser Catastrophe vorzubeugen. Alle Tage werden mir Heuraths Vorschläge gethan, wovon einige so beschaffen sind, daß sie mir diese Unabhängigkeit verschaffen könnten; es ist mir aber unverträglich, daß ich genöthigt bin, dergleichen Vorschläge nur anzuhören. Julie ist nicht die einzige Ursache davon; denn, ob sie gleich unter allen mir bekannten Personen ihres Geschlechts diejenige ist, die mir am besten convenieret (…) Ich bin hier wie der Vogel auf dem Zweige, und weiß niemalen gewiß, ob ich morgen seyn werde, was ich heute bin …*

Klang da nicht ein bißchen Erleichterung durch, daß er seine elenden Bedingungen in Biberach nicht auch noch mit einer Julie Bondeli teilen mußte? Jedenfalls, so deutete Julie, die Seelenkennerin, in einem Brief an Wieland im August seine Gefühlslage: *Sie haben das für wiedererwachte Liebe gehalten, was bloßes Mitleiden mit meiner üblen Lage war … So erklärte ich es schon zu der Zeit glücklicherweise für Sie und für mich, weil es uns vor einem zweiten Teil unserer Geschichte bewahrte.*

5

Am Neujahrstag 1762 gab eine gastierende Theatergruppe aus Grenoble im Bellevue ein Schattenspiel. Als der Vorhang aufging, war an einem Tisch eine modern kostümierte Frau zu sehen: Emilie du Châtelet. Ein dickes Kissen, auf ihren Bauch gebunden, deutete grotesk eine Schwangerschaft an. Die Gelehrte rutschte auf dem Stuhl hin und her, um eine bequeme Stellung zu finden, während sie schrieb.

Monsieur Voltaire trat ein, mit wallender Perücke, und setzte sich an einen zweiten Schreibtisch.

Plötzlich stand die Châtelet auf, stöhnte, preßte die Hände auf den schmerzenden Leib. In kauernder Stellung gebar sie. Das Neugeborene glitt zu Boden, Voltaire eilte mit einer Schere herbei und schnitt die Nabelschnur durch.

«Ein Mädchen», murmelte er.

«Schön, ein Mädchen», sagte die Mutter mit einem Seufzer.

«Der Baron hat sich doch einen Knaben gewünscht?»

«Mein Galan hat sich ein Mädchen gewünscht.»

Das Kind schrie. Die Mutter steckte es in den Papierkorb und schrieb weiter.

«Ihr Buch über Newton?» fragte Voltaire.

Emilie schüttelte den Kopf. Lächelte dann vielsagend.

«Also ein Brief?»

Die Châtelet nickte und las laut: *Geliebter Marquis de Saint-Lambert: Ich bin ein extremer Charakter, das wissen Sie, ich kann nicht anders, als Sie bis zum Wahnsinn zu lieben oder vor Kummer zu sterben, einen Mittelweg gibt es nicht.*

Das Kind schrie jetzt stärker. Emilie nahm es aus dem Korb und legte es an ihre Brust.

Dann reichte sie das Kind an Voltaire weiter, er gab ihm

ebenfalls die Brust und sagte: «Wir beide reichen ihm die Brüste der Weisheit.»

Gelächter im Publikum.

«C'est choquant», murmelte die alte Tscharner.

Nun beugte sich die Châtelet erneut über ihr Manuskript und buchstabierte laut: «‹TRAKTAT ÜBER DAS GLÜCK›.» Als sie das Wort Glück aussprach, fiel sie vom Stuhl und blieb tot liegen.

Ihr Galan wurde gerufen, ein schöner, stattlicher Mann in der Uniform des Gardeoffiziers. Sein Gesicht zeigte keine Trauer. Ungerührt streute er Blumen über den Körper der einstigen Geliebten.

Voltaire, das Kind im Arm, griff auf dem Schreibtisch der Châtelet nach dem Traktat über das Glück und begann dem Publikum vorzulesen: *«Die kürzesten Verrücktheiten sind die besten. Versuchen wir also, es uns gutgehen zu lassen, keinerlei Vorurteile zu hegen, Leidenschaften zu haben und sie unserem Glück dienlich zu machen …»*

«Das Ende der berühmten Châtelet», raunte neben Julie Frau von Tavel der jungen Frau Tscharner ins Ohr.

Die Tscharner nickte. «Hat eine, die besessen die Leidenschaft sucht, etwas Besseres verdient?»

Frau von Tavel wandte sich an Julie. «Der Liebhaber der Châtelet ist doch der berüchtigte Saint-Lambert, der in der ‹Nouvelle Héloïse› eine Rolle spielt als Galan der Madame de Houdentot und als Rivale von Rousseau?»

Julie lächelte. «So ist es. Es macht den Anschein, in ganz Frankreich gäbe es nur einen einzigen Verführer.»

«Ein übles Machwerk», bemerkte später Stapfer zu den Herren am Rauchtisch.

Von Wattenwyl nickte und blickte zu den Damen hinüber: «Wenigstens wird deutlich, welch giftige Blumen die Gelehrtheit der Frauen treibt.»

Der junge Wyttenbach lächelte süffisant. «Die natürlichen Triebe gelehrter Frauen! Sie werden erst durch das lange Studium gestaut und explodieren dann im reifen Alter! Die Châtelet hat mit dreiundvierzig Jahren noch von einem Liebhaber ein Kind erwartet ...»

Sie kicherten und sahen hinüber zu Julie Bondeli.

XI

«Der Mensch ist frei geboren, und überall liegt er in Ketten. Mancher hält sich für den Herrn seiner Mitmenschen und ist trotzdem mehr Sklave als sie.»

JEAN-JACQUES ROUSSEAU,
Der Gesellschaftsvertrag

1

Im April 1762 erscheint in Amsterdam Rousseaus Buch über den Gesellschaftsvertrag, ‹Le contrat social›. Kaum haben sich die konservativen Kreise davon erholt, ist schon Ende Mai sein Erziehungsroman ‹Émile› in aller Munde.

Das Pariser Parlament konfisziert beide Bücher und stellt einen Haftbefehl aus gegen den Autor. In ganz Frankreich erhalten die Gendarmen den Steckbrief des Dichters, deshalb verläßt Rousseau im Juni fluchtartig das französische Montmorency und erhofft sich Aufnahme in seiner Vaterstadt Genf. Doch die Genfer Behörden übernehmen das französische Urteil.

Julie empört sich über das Feuer im Gerichtshof von Genf: Rousseaus Bücher verbrannt, verkohlte Seiten wirbeln über den See. Haben sich die Genfer denn mit den Schriften des Citoyens beschäftigt? Nein, sie beten nur das Pariser Urteil nach. Wohin soll sich der kranke Philosoph jetzt wenden, wo erhält er Asyl?

Da platzt in Julies Lesezirkel an einem Juniabend 1762 Bernhard Vinzenz Tscharner mit der Neuigkeit heraus: «Rousseau ist zu Freunden nach Yverdon geflohen.»

Julie wird blaß. «Wie? Er hat die Waadt, das heißt Berner Boden betreten?»

Tscharner nickt. «Es heißt, er befinde sich in Yverdon bei einer Familie Moiry. Wenn dem tatsächlich so ist, dann möchten Fellenberg und ich ihn besuchen. Kommen Sie mit, Julie?»

Julie winkt ab. «Wie jeder weiß, verehre ich Rousseau, aber nicht unkritisch, im Moment bin ich ein bißchen zornig auf den Autor des ‹Émile›, nicht wegen des Buchs allein, aber der Autor treibt seine Torheit zu weit. In einem Anhang zu dem Buch schreibt er Dinge, die ihm überall, selbst in Holland, ein Asyl unmöglich machen!»

«Vielleicht revidiert Genf das Urteil und bietet ihm Asyl, schließlich ist er Bürger der Stadt», wirft Kirchberger ein.

«Ach wo.» Julie macht eine abschätzige Gebärde. «Der Genfer Klerus ist in Rage. Wenn er könnte, würde er sogar Rousseaus Schuster exkommunizieren! Doch mir scheint, ich kenne den Hauptschuldigen.»

«Ihr habt geheime Informationen?»

Sie nickt und benennt ihre Quellen Suzanne Curchod und Abbé Moultou. Beide haben aus nächster Nähe mitbekommen, daß Voltaire von Fernay aus dem Kollegen Rousseau übel mitspielt.

«Der weise Voltaire – neidisch?» Kirchberger schaut ungläubig.

«So ist es leider. *Ich krepiere vor Scham, wenn ich bedenke, daß der Dichter einer ‹Pucelle›, eines ‹Candide› und einer ‹Épître à Uranie› uns lehrt, einen Rousseau zu verfolgen*», sagt Julie heftig. Und nimmt sich vor, genau dies noch am selben Abend an Zimmermann zu schreiben.

Von Moultou weiß sie weitere Einzelheiten. «In Genf hat der Dichter den Schiedsspruch mit Bewegung zur Kenntnis genommen, jedoch keine respektlosen Klagen gegen seinen

Magistraten laut werden lassen. Rousseau hat auch Freunde und Verwandte beschworen, in die Verteidigung seiner Person keinen Eifer zu legen. Ich finde, das spricht für seinen Charakter. Außerdem ist er ein kranker Mann. Das allein müßte schon Grund genug sein, ihn nicht außer Landes zu weisen.»

«Vorbereitungen dazu sind leider schon getroffen», verrät Tscharner. «Die freundnachbarliche Solidarität zwischen Paris und Genf wird plötzlich sehr hoch gehalten. Unsere protestantischen Magistraten und die Genfer Calvinisten sind mit dem katholischen Erzbischof in Paris der Ansicht, Rousseau verhöhne den christlichen Glauben.»

«Na, das hört sich doch ganz nach Hallers Einmischung an», kommentiert Julie.

«Haller macht tatsächlich überall seinen Einfluß geltend», gibt Tscharner zu.

Nun meldet sich mit umständlichem Räuspern Tschiffeli zu Wort. Er ist etwas verspätet von seinem Landgut eingetroffen, auf dem er Versuche mit Pflanzen und Tierzucht macht. Seit er den Tag bei seinen Seidenraupen und Burgunderschweinen verbringt, lästert man, er rieche, auch wenn er den Rock wechsle, nach Landwirtschaft. Er warnt jetzt die Mitglieder des Lesezirkels, Rousseau nicht unkritisch zu lesen. Nicht nur Haller und seine Anhänger, auch weniger fromme Patrizier seien irritiert über gewisse Passagen im dritten Teil des ‹Émile›, und er zitiert: *«Der Große wird klein, der Reiche wird arm, der Monarch wird Untertan; sind denn diese Schläge des Schicksals so selten, daß ihr hoffen könnt, von ihnen ausgenommen zu sein? Wir nähern uns dem Zustand der Krisis und dem Jahrhundert der Revolutionen.* Woher nimmt Rousseau das Recht», schließt er, «in seinen Büchern den Propheten zu spielen?»

«Prophet? Jedenfalls eine Warnung, die ernst zu nehmen ist», gibt Tscharner zu bedenken.

Julie nickt und fügt lächelnd hinzu: «Eine Textstelle wie diese provoziert wohl nicht nur in Bern – auch für die herrschenden Kreise in Frankreich ist das starker Tobak. Ich kann mich nur über die Toleranz der Herzogin von Luxemburg wundern, die sich für die Drucklegung der Schrift eingesetzt hat.»

So scheidet Rousseau auch in Julies Sorbonne die Geister. Gerade gut geschulte Köpfe wie die der Ökonomen Tscharner und Tschiffeli, so kommt es Julie vor, sind eingebunden in die Vorurteile ihrer Gelehrsamkeit. Überzeugungen verdrängen den Platz für neue Gedanken. Dann sind Überzeugungen für die Wahrheitssuche schädlicher als Lügen. Ist nicht eine neue Art zu denken gefordert? Julie beobachtet dieses neue Denken bei Wilhelmi, einem Berner Theologieprofessor: *Nie bin ich einem Menschen begegnet, der weniger philosophische Vorurteile besäße und der sein Denken derart durch die Erfahrung und seine Erfahrung durch das Denken kontrolliert. Er hat kein System und braucht keins zu haben, denn er versteht es, ohne Parteilichkeit und Vorurteil die verschiedensten Anschauungen unter sich zu vergleichen; er hat auch keinen besonderen Gesichtspunkt, von dem aus er die Wahrheit sucht, und so kommt sie von selbst zu ihm, nackt wie die offene Hand, und er sieht sie unter dem ihr eigenen Gesichtspunkt und nicht unter dem seinen. Ein Geist wie der Wilhelmis ist geeignet, mir die Existenz eines höheren Wesens besser zu beweisen, als eine ganze Reihe der besten Definitionen …*

Trotz widersprüchlicher Meinungen setzen sich im Lesezirkel die Freunde Rousseaus durch; Vinzenz Bernhard fordert die Sympathisanten auf, offen zu ihrer Sympathie zu stehen.

«Wie sieht das konkret aus?» will Kirchberger wissen.

«Nun, jeder nutzt seinem Wirkungskreis. Was mich betrifft», sagt Tscharner, «ich habe einzeln mit den Mitgliedern des Geheimen Rates gesprochen, meine Vision eines weltoffenen, liberalen Berns skizziert. An die Vernunft appelliert mit dem Argument, zwölf Jahre nach Samuel Henzis Hinrichtung dürfe sich unser Regime keinen Rückfall mehr leisten.»

In der Runde schweigt man betroffen.

Julie meldet sich nach der Pause als erste. «Damals, als Henzi hingerichtet wurde … Ihr wart dabei, Tscharner?» Sie neigt den Kopf vor, als versuche sie, kein Detail seiner Reaktion zu verpassen, ihre Lippen zittern.

Tscharner nickt. «Mit einundzwanzig, als gerade mündig gewordener Bürger, hat man mich zur Teilnahme an diesem Staatsakt aufgefordert. Die Macht der gottgewollten Ordnung gegen einen Aufrührer sollte ich genau mit ansehen. Es war ein Erlebnis, das mich nie mehr in Ruhe lassen wird. Jedesmal, wenn ich beim Käfigturm vorbeigehe, muß ich an den gefangenen Henzi denken …»

2

Henzi am Abend des 4. Juli 1749. Bondeli und von Werdt hatten ihn auf Befehl der Obrigkeit in den Käfigturm gebracht, nun lag er im niedrigen, zellenartigen Raum, dem sogenannten ‹Mörderkasten›, angebunden an die zwei anderen Delinquenten.

Nachts die Verhöre. Sie wurden einzeln geholt. Im Gewölbe des Käfigturms begegnete der einst großmäulige Wernier seinem Todfeind, den er in seinen Phantasien hundertmal lustvoll umgebracht hat. Doch nun saß der verhaßte Steiger auf dem Richterstuhl, seinen Thron umstanden mit eisernen Mienen die Männer der Untersuchungskommission.

Ein solches Szenario hatte Wernier in seinem Geheimbuch nicht vorgesehen, die Räte hatten in seinem Haus das blaue Heftchen konfisziert und vergeblich zu entziffern versucht in der Meinung, die kindischen Kritzeleien seien identisch mit der von Ulrich erwähnten «Mordliste».

Der Schreck machte Wernier stumm. Um ihn zum Sprechen zu bringen, wurde er zweimal vom Folterknecht aufgezogen, *seiner geringen Physis wegen beide Male ohne Stein.*

Nun fielen die Wörter aus ihm heraus, in einem wahllosen Durcheinander, ein Durchfall von Wörtern.

Fueter hingegen brauchte man nicht zu foltern, seine Angst folterte ihn, der große wilde Mann fiel vor den Exzellenzen auf die Knie.

Mit Genugtuung nahm man es zur Kenntnis. Die Untersuchungskommission kreidete ihm, dem Stadtleutnant, sein Vergehen doppelt an, doch doppelt konnte man ihn nicht zu Tode bringen, so beschloß man, ihm vor der Hinrichtung zuerst die rechte Hand abzuhacken.

Als Henzi an die Reihe kam, wartete man vergeblich auf unterwürfige Gesten. Besonnen gab er Auskunft, darauf bedacht, die Genossen zu schonen.

Warum er so gelassen sei? Ob er den Tod nicht fürchte?

Henzi verneinte. Im Sinn der alten Philosophen betrachte er den Tod als etwas Gleichgültiges, Unwesentliches: Entweder falle man, wie Sokrates sagte, in traumlosen Schlaf und sei alle Sorgen los, oder man gelange an den Ort, wo man mit den großen Denkern der Vergangenheit Austausch pflegen könne.

Die Herren der Kommission reagierten ungehalten. Die Angst werde ihm schon noch in den Nacken springen.

Doch Henzi ordnete im Gefängnis in Ruhe seine Familienverhältnisse. In der letzten Nacht sollte ein junger Theologe die Verurteilten auf den letzten Gang vorbereiten. Als er angesichts der Unglücklichen zu weinen begann, übernahm Henzi die Aufgabe und spendete den Leidgenossen Trost.

Dann der 17. Juli 1749. Der Tag der Hinrichtung.

Berns ganze Vernichtungsmaschinerie war aufgeboten für Wernier, Fueter und Henzi. Morgens um sieben bewegte sich der Zug vom Käfigturm zur Kreuzgasse, wo den Delinquenten das Leben abgesprochen wurde, dann schob er sich stadtauswärts zur Richtstätte. Drei vom demokratischen Gedanken Besessene unter schärfster Bewachung. Eine Kompanie von Reitern als Vorhut, dann, im genauen Viereck marschierend, fünfhundert Soldaten, um den ersten der Verurteilten, Wernier, zu decken.

Längs der Straße waren bewaffnete Milizen aufgestellt, dahinter viel Volk, man reckte die Köpfe, um den Staatsfeind zu sehen. Es war nicht leicht, ihn zwischen den Beinen der in Reih und Glied Marschierenden auszumachen, den verwachsenen kleinen Kaufmann mit dem losen Mundwerk. In einem schwarzen, viel zu langen Kleid, vom Saum behindert, schien Wernier mit seinen kurzen Beinen mehr zu hüpfen als zu gehen, ein schäbiges, piesackendes Insekt im Pelz der Magistraten, das nun ausgemerzt werden sollte.

Dahinter fünfzig weitere Soldaten. Endlich Henzi. Wie aufrecht er diesen letzten Gang machte, hält eine zeitgenössische Chronik fest: *In einem blauen Mantel, den goldbordierten Hut unter dem linken Arm, schritt er fest und unerschrocken einher ohne das mindeste Zeichen von Furcht, den sehr geachteten Pfarrhelfer Sigfried in Sachen seines Glaubens befragend.*

Als ginge er zu einem Ball, schrieb ein zweiter Berichterstatter.

Im Volk Gemurmel, da und dort lautes Weinen: Da ging er auf den Tod zu, der Henzi. Als Held empfand man ihn kaum. Um heroische Gefühle zu entwickeln, hatte man im alten Bern untereinander zuviel Tuchfühlung. Zwar bewunderte man Henzis Wissen und seine philosophische Haltung, doch glaubte man auch seine schwachen Seiten zu kennen, seine Neigung zum Jähzorn zum Beispiel, wie sonst hätte er das Amt des Hilfsbibliothekars und früher den Posten im Salzbüro fahrenlassen können? Außerdem war seine Angewohnheit bekannt, sich ständig nach hübschen Frauenzimmern umzusehen – auch wenn den Frauen sein männliches, elegantes Auftreten gefiel, seine witzige Art, es war ein Vergnügen, an Markttagen mit ihm zu scherzen. Doch auch die Männer betrachteten ihn, als er blaugekleidet vorbeiging, als einen der ihren, hatte er es doch verstanden, ihre Klagen zu formulieren, und seine Liquidierung nahm ihnen die Hoffnung auf eine baldige Änderung der Verhältnisse. Ein Augenzeuge, als Knabe dabei im Trauerzug, zitierte den Ausspruch seines Vaters: *Betet Kinder, es ist heute ein unglücklicher Tag für die Bürgerschaft, es ist eine große Ungerechtigkeit, die heute geschieht.*

Ein weiteres Viereck von fünfzig strammen Soldaten. Dann Stadtleutnant Fueter. Zwischen zwei Geistlichen, die ihm eifrig zusprachen, trottete er schlurfend in grauen Filzpantoffeln, die von der Haft gedunsenen Füße hatten in kein normales Schuhwerk mehr gepaßt, er trug einen schwarzen Kapuzenmantel. So ergeben, lammfromm kannte man den Leutnant nicht, bei der Stadtmauer hatte man ihn oft mit den Wachen lauthals schimpfen hören, nun hatte ihn der Tod eingeschüchtert.

Eine Dragonerkompanie als Nachhut. Am Straßenrand wich man vor den Pferdehufen zurück, blickte mißtrauisch zu den Reitern hinauf. Kaum waren die letzten vorbei, drängte die fast unüberschaubare Volksmenge nach.

Um elf Uhr erreichte der Zug die Richtstätte.

Die Magistraten, die immer noch einen Angriff von wilden demokratischen Horden befürchteten, hatten schwerbewaffnete Militärs mit dem Rücken gegen das Schafott aufgestellt, *ein Viereck um den Rabenstein bildend mit Front gegen die Zuschauer.*

Der Blutstein viereckig. Die Geometrie der Macht. Auf einer Schwelle, zur Abschreckung ausgestellt, die drei Delinquenten.

Meister Joseph, der Scharfrichter, trat vor, sichtlich bewegt. Vor Tagen hatte er die Obrigkeit inständig gebeten, man möge ihn diesmal von seinem traurigen Geschäft dispensieren, doch man war auf seine Bitte nicht eingegangen.

Wernier war als erster dran. Er trug schon die Augenbinde, seine Lippen bewegten sich im Gebet. Der Scharfrichter holte zum Schlag aus, verfehlte Werniers schiefen Hals und traf seine Schulter. Wernier schrie vor Qual, das Volk schrie mit.

Henzi hatte die Augenbinde verweigert und alles gesehen, er murmelte: «Quelle boucherie, was für eine Schlachterei.»

Nun kam er an die Reihe. Pfarrer Siegfried sprach ihm Trostworte zu, doch der Todeskandidat nahm Zuflucht zu eigenen Gedanken: Völlig klar, beinahe gelassen, nahm er diese letzten Minuten wahr. Von seinem Podest aus überblickte er die Reihen der Magistraten, die Samtbarette des Großen und die wie Hahnenkämme aufgeplusterten Perücken des Kleinen Rats. Ihnen zur Seite die Weibel und Venner mit ihren Standarten: Bären, Bären, überall schreitende Bären als Wappentiere, rotlackierte Zungen und Penisse, scharfe, gezückte Krallen. Nur zum Schein war dieses Wappentier ein verspielter, gutmütiger Mutz, eben hatte Henzi die brutale Kraft seiner Pranken erfahren.

Hinter den Drahtziehern der Macht staute sich das Volk. Im dunklen Gewoge erkannte er da und dort das Gesicht eines Freundes, der ihm die letzte Ehre erwies, auch Ernestine war da, die ihn an Julie erinnerte. Viele Tränen der Verzweiflung und Ohnmacht. Henzi war erleichtert, Malacrida und die Söhne zu Hause zu wissen, seine gefühlvolle Frau hätte das Zeremoniell des Todes nicht überstanden. Sie würde ihre Kräfte noch brauchen, denn die Familien der Delinquenten wurden nach der Hinrichtung des Landes verwiesen: Geh mit den Söhnen nach Holland, hatte er im Abschiedsbrief geschrieben, unser Freund Samuel König, Prinzenerzieher und Bibliothekar der Oranjer im Haag, wird euch weiterhelfen.

Nun hieß man Henzi, sich auf den Stuhl zu setzen. Er warf den Hut zu Boden. Die Augenbinde lehnte er ab, bis zuletzt wollte er genau sehen. Er hatte mit dem Leben abgeschlossen, ein paar private Dinge noch in Ordnung gebracht, er war sich keiner Schuld bewußt.

Seine Forderungen an den Staat, für die man ihn zu Tode brachte, würden, das erkannte er klar, in Kürze die Grundlage eines demokratischen Staates sein. In dieser letzten, luziden Lebensminute ahnte er für sein geliebtes Bern eine glücklichere Zukunft voraus. In fünfzig oder in hundert Jahren? Angesichts des Todes wiegt die Zeit leicht wie ein Stück Papier, das der Wind davonträgt. Er, Henzi, war zu früh geboren, das war alles.

Spätere Chroniken bestehen darauf, Henzi habe sich den Hals für die Hinrichtung selber entblößt. Dann ebenfalls von dem ungeschickten Scharfrichter zwei Streiche empfangen, nach dem ersten fehlgegangenen Schlag sich umgedreht und zum Henker gesagt: «Tu exécute comme tes maîtres jugent! – Du tötest, wie deine Vorgesetzten urteilen.» Andere wollen den Satz gehört haben: «Tout est donc corrompu dans cette république jusqu'au bourreau! – Alles in diesem Staat ist also korrupt, bis hin zum Henker!»

Fueter, der dritte Delinquent, verzog keine Miene, als ihm die Hand abgeschlagen wurde, als jedoch das Henkerschwert zuerst auf seine Schulter sauste, wandte er sich schmerzverzerrt um, bevor der erlösende zweite Streich fiel. Im Volk empörtes Gemurmel, man schüttelte den Kopf über das Ungeschick des Henkers, vermutete Folter, und im Ratsmanual im Staatsarchiv Bern ist der Eintrag zu lesen: *Ihr Gnaden seye der bericht abgestattet worden, was massen die gestrige Executionen und Hinrichtung der drey Delinquenten so übelverrichtet worden, dass Meine Gnädigen Herren nicht umbhin können, den Scharpfrichter desswegen zur Verantwortung zu ziehen.*

Nach der Hinrichtung war die Malacrida mit der Bitte an die Regierung gelangt, man möge ihr den Leichnam des Gatten zur privaten Bestattung gnädigst überlassen. Dem Wunsch wurde nicht entsprochen, Henzis Körper mit den zwei andern Delinquenten auf dem Richtplatz verscharrt.

In der Morgenfrühe des 13. August verließ *die traurige Karawane der Verbannten*, von Freunden und Verwandten ein Stück weit begleitet, die Stadt, unter ihnen Katharina Malacrida mit dem vierzehnjährigen Karl und dem fünfzehn Monate alten Ludwig.

In Holland stand Henzis Familie unter Samuel Königs Schutz, doch das Leid zehrte an der noch jungen Frau, sie starb im zweiten Jahr ihres Exils. Ihr Sohn Karl, sechzehn Jahre alt, folgte ihr kurz darauf ins Grab. Rudolf, Henzis Ältester und Jugendfreund Julies, wurde im Ausland bald seiner Gelehrsamheit wegen geschätzt. Trotz seiner Verdienste als Schriftsteller und Erzieher der Prinzen von Orléans durfte er zu Lebzeiten seine Heimat nicht wieder betreten.

Vorbei. Verscharrt.

Eine Woche nach der Hinrichtung war Julie noch immer vor Schreck wie gelähmt, Freunde der Familie schlugen vor, die Achtzehnjährige für ein paar Tage wegzubringen zu den Bädern von Weißenburg, sie habe eine Ablenkung dringend nötig. Man fuhr in der Kutsche über Land, der Himmel immer noch weiß vor Hitze, vergeblich wartete man auf erlösenden Regen. Die Felder, da und dort bräunlich von der Dürre, schienen in einer Schreckstarre zu liegen. Julie kam es so vor, als preßten die Bauernhäuser unter ihren Schlafmützendächern die Augen zu, um das geschehene Unrecht nicht wahrnehmen zu müssen.

Die ganze Fahrt über herrschte Schweigen.

Über die Verurteilung war reichlich hinter verschlossenen Türen debattiert worden, in der Öffentlichkeit hielt man sich besser zurück. Wer das Urteil anzweifle, hieß es in einer amtlichen Verlautbarung, werde der Teilnahme am Komplott verdächtigt. Die Friedhofsruhe, die sich überall ausbreitete, war unheimlich, aber unter der Decke des Schweigens gärte es mehr, als die Herrschenden wahrhaben wollten. Die grausame Hinrichtung und die Verbannung der Angehörigen erschütterten weite Teile der Bevölkerung.

Es sprach sich herum, daß am Sonntag nach der Hinrichtung achtundzwanzig junge Berner in Reichenbach das Gelübde abgelegt hätten, niemals zu heiraten, um nicht Väter von Sklaven zu werden.

Die heftigsten Reaktionen kamen, zum Ärger der Obrigkeit, aus dem Ausland. Berichte in der Frankfurter, der Erlanger und der Vossischen Zeitung zeigten unverhohlen Sympathie für Henzi, dessen Name in literarischen Kreisen bekannt war, man lobte seine Geistes- und Herzensbildung, zeigte sich bestürzt über die Strenge und unanständige Eile, mit der das Bluturteil vorangetrieben worden war, zumal man seit Hallers ‹Alpen› die Schweiz für den Hort der Freiheit gehalten hatte.

Der junge Dichter Lessing, vom Schicksal Henzis ergriffen, begann seine Arbeit am Drama ‹Samuel Henzi›. 1753 als Fragment veröffentlicht, erregte es den Unwillen der Berner Regierung, in ihrem Auftrag ersuchte Albrecht von Haller den Dichter dringend, von einer Vollendung des Stücks abzusehen.

XII

«Denn nicht alle Schweizer sind frei;
aber alle sind Freiheitsphantasten,
alle in ihr Vaterland verliebt.»

JOHANN GEORG ZIMMERMANN,
Von der Einsamkeit

I

Zu Ehren eines durchreisenden württembergischen Prinzen wurde in Bern ein Ball gegeben. Der Saal erstrahlte im Licht einiger hundert Kerzen, die Spiegel warfen das Bild einer erlauchten Gesellschaft zurück. Die Bernerinnen, in der Klatschspalte einer ausländischen Zeitung als Schönheiten gerühmt, bemühten sich, dem Ruf gerecht zu werden – wo die Natur sich nicht großzügig zeigte, versuchte man geschickt mit dem Decolleté oder der entblößten Rückenansicht von knöchernen Nasen, hageren Hälsen, hängenden Augenlidern abzulenken. Frau von Wattenwyl zeigte ihre hübsch geschwungenen nackten Arme. «Man muß das Gesicht eben dort zeigen, wo man es hat», redete sie einer berühmten französischen Schönheit nach. Noch nie hatte man in dieser Stadt im Kerzenlicht so viel bloße Haut schimmern sehen.

Die Frauenkleider, dachte Albrecht von Haller mißmutig, werden, französische Mode nachäffend, immer freizügiger. An seinem Tisch, ihm gegenüber, stiegen die Brustrundungen der Frau von Tavel wie Halbmonde aus einer engen, paillettengeschmückten Korsage. Schlimmer noch war, daß selbst vor seiner Familie die Modetorheit nicht haltmachte: die sonst brave Marianne Jenner trug für den festlichen Anlaß ein allzu knappes Mieder.

Marianne habe inzwischen Zeit gefunden, die ‹Nouvelle Héloïse› zu lesen, hatte ihm seine Jüngste verraten. Nach wie vor hielt Haller dieses Buch für ein schleichendes Nervengift. Was für ein Gefühlsüberschwang. Welche Zuchtlosigkeit im Umgang zwischen den Geschlechtern! Doch die ‹Nouvelle Héloïse›, so sinnierte Haller weiter, ist nur der Auftakt. Die neuen Bücher dieses Rousseau kümmern sich nicht nur um private Gefühle, sie stellen auf heimtückische Weise Staat und Religion in Frage.

Schweigsam und hadernd saß der Arzt unter den sich angeregt unterhaltenden Damen und Herren, nicht nur sein schlechtes Gehör ließ ihn wie unbeteiligt dasitzen, ein wuchtiger Oberkörper mit hochgezogenen Schultern und üppiger, gepuderter Perücke. Ein erratischer Block.

Es widerte ihn an, wie die Meinungen aus den Mündern blubberten: «Prenez garde, mon cher, im dritten Teil des ‹Émile› liegt das Hauptgift!» «Ach was, die pure Wahrheit. Ich bin begierig auf den vierten Teil, coûte que coûte!»

Die Männer gaben ihren Sätzen, als übten sie für den Rat, den Brustton der Überzeugung. Die Frauen äußerten sich vorsichtiger: «Mon Dieu, schrecklich, die Erziehung dieses Émile. In einem Hundekörbchen, ohne Windeln, wie ein Tierchen aufwachsen? Närrisch, oder?» Die Sprechende hielt inne, suchte im Gesicht ihres Gatten Zustimmung, fand sie dort ein beifälliges Nicken, öffneten sich für die nächsten zehn Minuten die Schleusen ihrer Beredsamkeit. Haller wußte, daß kaum jemand die geschmähten oder gelobten Bücher gelesen hatte, man urteilte vom Hörensagen, die Zitate veränderten sich von Mund zu Mund.

Diese Schriften, dachte er voller Groll, ziehen wie ein Unwetter von Westen her kommend über unser Land, dem Regenguß dieser Ideen kann sich kaum jemand entziehen, einmal sanft plätschernd, einmal peitschend, reißen die Fluten

Mauern ein, schwemmen Althergebrachtes fort. In ihrer Wirkung übertreffen diese Bücher tausendfach die Manifeste, für die man einen König verbannt, einen Henzi hingerichtet hat. Die Manifeste hat nur der Geheime Rat gelesen, ein einziges, kalligraphisch hübsches Exemplar war damals im Umlauf, der Henker hat es ins Feuer geworfen und weg war die Plage. Die neuen Unverschämtheiten hingegen verlassen die Druckerpresse zu Tausenden. Verbietet man sie in Bern, dann werden sie mit der Postkutsche aus Coppet geholt, dem Genfer Grenzort. Zum Glück hat nun Genf kürzlich dem Unfug ein Ende gemacht. Und Bern muß so schnell wie möglich nachziehen.

Noch war der Ehrengast nicht eingetroffen. Man wußte, daß er in einer Kutsche von Baden her unterwegs war, die Straßen aufgeweicht durch den Regen, an ein schnelles Fortkommen nicht zu denken. Unter diesen Umständen fand man es ratsam, den Gästen wenigstens den Ehrenwein auszuschenken. Als das Mädchen in der hübschen Berner Tracht mit der Karaffe zu Haller trat, lehnte er ab, er trank seit langem nur noch Wasser. Während er an seinem Wasserglas nippte und trübe Gedanken wälzte, sah er, wie sich die Gäste zuprosteten und die Stimmung sich nach den ersten Schlucken hob. Haller, etwas kurzsichtig. fiel eine junge Frau in grüner Abendrobe auf, die von Tisch zu Tisch ging und die anwesenden Ratsherren ansprach.

«Die Bondeli», sagte Frau von Erlach. «Wetten, sie wirbt um Asyl für Rousseau?»

«Sie wird ihm wohl eine Hütte im Buchsigut zimmern lassen», bemerkte die von Tavel spitz und kicherte.

Haller hatte die Bondeli nun auch erkannt, das grüne Taftkleid der jungen Frau raschelte, noch immer waren ihre Bewegungen voll Anmut. Wer sie so sieht, würde sie nicht für krank halten, dachte der Arzt. Nach einem langen Unterbruch, wohl auf Zimmermanns Anraten, war sie vor zwei Monaten erneut in seiner Praxis erschienen. Sie war nochmals abgemagert. Klagte über Schlaflosigkeit, Brustschmerzen, Bluthusten. Er hatte sie ausführlich untersucht mit einer seither verfeinerten Technik der Perkussion. Hatte befürchtet, das berüchtigte Knarren in der Lunge zu hören, das sogenannte Lungenjauchzen in den Kavernen. Zum Glück für die Bondeli war die Krankheit noch nicht weit fortgeschritten. Doch fand er die Nerven der Verdauung in Mitleidenschaft gezogen, und er hatte ihr seine neue Weiße Diät verschrieben. Das bekam ihr offensichtlich gut. Strahlend erschien sie neulich: «Von den vielen Mehlspeisen habe ich zur Freude meiner Mutter zugenommen und mein Korsett erweitern lassen müssen, unten und oben, Doktor Haller!»

Er hatte gelacht. Sie war immer noch dieselbe. Würde es bleiben bis zu ihrem letzten Tag. Eigenwillige Menschen, sie waren ihm im Grunde sympathisch. Nur die krausen Ideen dieser Bondeli verdrossen ihn. Dieser Überschwang, mit dem die trockene Raisonneuse für ihren Rousseau eintrat! Sie fiebere mit ihm mit, träume sogar von ihm, hatte sie verraten.

Der Eifer, mit dem sie jetzt von Tisch zu Tisch ging, wie sie die gute Laune und die Erwartungshaltung der Leute benutzte für ihre Werbung! Wie sie sich echauffiert, wenn sie von ihrem geliebten Rousseau spricht! Haller beobachtete mit ärztlichem Interesse die Röte auf ihren Wangen, die glänzenden, wie fiebrigen Augen, dies alles deutete auf die Erkrankung ihrer Lungen.

Das grüne Taftkleid strich jetzt an seinem Tisch hin, im Vorbeiwischen drehte sich die Bondeli um und nickte lachend ihrem Arzt zu.

Ihn brauche ich wahrhaftig nicht um Asyl für Rousseau zu bitten, dachte sie. Es hieß, Haller versuche neuerdings den Teufel mit dem Beelzebub auszutreiben, indem er im Rat die Argumente Voltaires gegen Rousseau benutze. Julie hatte Zimmermann in einem Brief gebeten, Haller deswegen zu tadeln.

Frau von Tavel zog die Nase kraus. «Die Bondeli riecht nach Lavendel. Wie alle alten Jungfern.»

«Sie muß die Dreißig längst überschritten haben», meinte die von Erlach. «Garantiert wird sie ledig bleiben.»

Die Tischnachbarin pflichtete bei. «Sogar Kirchberger ist das Hofieren und Scharwenzeln um die gescheite Bondeli leid geworden! Auf Wunsch der Eltern wird er eine andere heiraten und seine Kinder nach den Grundsätzen des ‹Émile› erziehen!»

«Mon Dieu!»

Die von Erlach kicherte. «Stellen Sie sich vor, ma chère, ein kleines Kirchbergerchen! Ohne Windeln, in einem Hundekistchen! Rousseau behauptet nämlich, Erwachsene dürften ein Kleinkind nicht beeinflussen. Nur die Mutter darf es auf den Schoß nehmen, damit es auf einem Tuch sein Geschäftchen macht.»

«Und dann?»

«Wird das Tuch einfach ins Freie ausgeschüttelt.»

«Degoûtant!» Die von Tavel preßte angewidert die Augen zu. Ihre Ohren jedoch nahmen auf, was am Nebentisch eine Dame fragte: «Und, was halten sie von der Rousseauschen Erziehung, Mademoiselle Julie?»

«Ach, ich habe bis jetzt nur Katzen zu erziehen!» Die Bondeli lachte.

«Das Ledigsein scheint ihr noch zu gefallen», kommentierte die von Erlach verstimmt. «Unsereiner muß machen, was die Familie will, und die bewegt sich ohne Anhang beliebig von Bern nach Lausanne oder nach Neuenburg! Dazu der unbekümmerte Umgang mit ihren männlichen Altersgenossen, es heißt, der musische jüngere Tscharner langweile sich bei seiner kalten Schönen und ziehe die Gesellschaft der Bondeli vor, die einiges an Unterhaltung biete und ihre Meinung frei äußere.»

«Apropos, was heißt Freiheit, Mademoiselle Bondeli?» fragte jetzt nebenan laut der Ratsherr von Bonstetten.

«Der Wahrheit ins Gesicht blicken zu können.»

«Hmm, keine schlechte Definition.» Von Bonstetten nickte beifällig.

Da ertönt die Klingel des Zeremonienmeisters. Endlich. Mit einem Schlag verstummen die Gespräche, in der Hoffnung, der hohe Gast sei eingetroffen und man müsse nicht nur mit den Augen vom hübsch hergerichteten Büffet essen.

Da steht er unter der Tür, der Prinz. Lang und hager, ein noch sehr junger Mann, die Wangen von der Kutschenfahrt pfirsichrot. Er grüßt mit der weißbehandschuhten Rechten.

Man erhebt sich. Deutet, wie es sich für Demokraten geziemt, mit Kopf und Rumpf nur eine leichte Verbeugung an.

Der Prinz wirkt scheu, verlegen gibt er den Grund seiner Verspätung an: In Schinznach bei Baden habe er noch einen Vortrag gehört über Rousseaus ‹Gesellschaftsvertrag›. Rousseau, so scheine ihm, setze auch für Monarchen wichtige Impulse.

«Indem er den Ast absägt, auf dem sie sitzen», murmelt hinten im Saal einer der Ratsherren.

Und vorne erkundigt sich höflich ein junger Patrizier: «Was geruhen die Regenten, angeregt durch Rousseau, für Impulse zu setzen?»

Er wisse es noch nicht. Der Prinz lächelt schmal. Fügt dann bei: «Die Zeit wird es weisen.»

«Ach», murmelt Vinzenz Bernhard Tscharner. «Bleibt ihm Zeit?»

2

Jeden Morgen fährt eine Dilligence von Bern nach Neuenburg, am Abend fährt die Retourkutsche.

An diesem heiteren Junitag macht die Fahrt besonderes Vergnügen. Der Horizont wird gegen den Neuenburgersee hin weit, reizvolle Szenerien eröffnen sich, Rebhügel, Gemüsegärten, Dörfer. Julie mag es, wenn sich endlich etwas um sie herum bewegt: Häuser weichen zurück, Bäume nehmen Reißaus, Menschen verabschieden sich. Voran, immer voran.

Sie hat es neulich im Ballsaal gespürt: Auch in Bern ist Bewegung entstanden. Das weckt Ängste. Da sind viele, die sich an Althergebrachtes klammern, sich in ihre Gedankengehäuse verschanzen. Wie durch Schießscharten blicken sie auf einen schmalen Ausschnitt der Wirklichkeit.

Und sie, die Bondeli? Was spielt sie in dieser Gesellschaft für eine Rolle? Es kommt ihr manchmal vor, als würde ihr Kopf auf einer hohen Stange über den Dächern von Bern gehalten, ein Vorzeigeobjekt für Durchreisende, denen man die Kuriositäten der Stadt zeigen soll. Da heißt es, wohl nicht ohne einen gewissen Stolz: «Hier, Herr Baron von Poellnitz! Hier, Eure Exzellenz, der Prinz von Württemberg! Da sehen Sie unseren gelehrten weiblichen Kopf. Ja, staunen Sie! Da ist sie, unsere Kopffrau!»

An der Einfahrtsstraße von Neuenburg stehen städtische, im französischen Stil gebaute Häuser. Zwischen Uferbäumen blitzt der See, auf der weiten, ruhigen Fläche des Wassers spiegeln sich weiße Wolkenformationen wie Segel.

An der Schifflände, wo sich Wasservögel tummeln, trifft Julie Abbé Moultou und Suzanne Curchod, die extra vom Genfersee angereist sind. Gemeinsam sind sie zum Mittagessen eingeladen im Hause des Oberst Sandoz-Bada, eine Bekanntschaft, die Julie Frau Stürler verdankt.

Noch bleibt an der Seepromenade etwas Zeit, Persönliches auszutauschen. Suzanne Curchod ist abgemagert, ihre Augen haben den schönen Glanz verloren, Julie erkundigt sich nach ihrer Gesundheit.

«Ach, es geht nicht schlecht.» Die Curchod winkt ab.

«Sie hat sehr gelitten», flüstert Abbé Moultou und wirft Julie einen bedeutungsvollen Blick zu.

Julie erinnert sich, daß auch Suzanne ihren Vater verloren hat. «Uns beide treffen immer ähnliche Schicksalsschläge, nicht wahr?» Sie legt im Gehen ihren Arm um die Schulter der Freundin.

Da gibt Suzanne Curchod die Zurückhaltung auf. Sie gesteht, daß auch sie in einer schwierigen finanziellen Lage ist; Mutter und Tochter hält noch die schmale Rente des Pfarrers von Crassier über Wasser, doch nach dem Tod der nun schwerkranken Mutter wird diese Zahlung ausbleiben. Auch von einem weiteren Schlag erzählt sie. Der englische Schriftsteller Gibbon, sechs Jahre lang ihr Verlobter, ist in England eine bessere Partie eingegangen und hat das Verhältnis mit der bescheidenen Pfarrerstochter aus dem Waadtland auf feige Art, kaltblütig aufgelöst.

Julie, in Gedanken noch lange mit der Analogie ihrer Liebesbeziehungen beschäftigt, wird später aus Köniz in einem Brief die Freundin zu trösten suchen: *Herr Gibbon hat sich schlecht, sehr schlecht aufgeführt (...) Auch in der ehrenhaftesten Mannes-Seele schließt die Leidenschaft die Rechtlichkeit aus.*

«Suzanne und ich haben uns überlegt, was in Zukunft geschehen soll», sagt Moultou. «Wie Sie, Mademoiselle Julie, ist Suzanne nicht bereit, ihre philosophischen Arbeiten zu publizieren. Weibliche Zurückhaltung in Ehren, doch von ein paar gelegentlichen Unterrichtsstunden wird Suzanne nicht leben können. Ich habe ihr nun eine Stelle vermittelt als Gesellschafterin einer reichen jungen Witwe in Paris, das bedeutet aber, daß wir bald Abschied nehmen müssen.»

Moultou läßt durchblicken, daß ihm die Trennung von der Freundin zu schaffen macht, Julie weiß, daß er Suzanne seit Jahren liebt, damals hat sie seine Werbung Gibbons wegen abgewiesen, unterdessen ist er gebunden, hat Frau und Kinder.

«Ich werde wohl nicht an Heimweh sterben», tröstet ihn Suzanne lächelnd. «Die Witwe soll ein offenes Haus haben, das gibt zu tun. Vielleicht läßt sich so etwas wie meine Poudrière weiterführen. In Paris gibt es eine große Anzahl von Zirkeln, die von Frauen geführt werden, Geistesmänner fungieren als Minister. Unter den Hausgästen meiner Witwe soll auch der skandalumwitterte Jacques Necker aus Genf sein!»

Später hat Julie oft an dieses Gespräch zurückgedacht. Noch ahnt auf der Seepromenade in Neuenburg keiner, daß sich der ursprünglich aus Preußen stammende Finanzmann Necker in Suzanne verlieben wird. Suzanne wird als Madame Necker in Paris und auf Schloß Coppet dereinst zum Mittelpunkt französischer Intellektueller, und ihre Tochter wird als Germaine de Staël Geschichte machen.

Nun wurde es Zeit, das Haus der Frau Oberst Sandoz zu suchen.

Julie hatte sich eine Villa am Hang, eine bescheidenere Ausgabe des Palais des reichen Bürgers du Peyrou vorgestellt. Das Haus der Sandoz lag jedoch in der Talsohle, war altmodischer und erschien ihr ein bißchen düster. Dafür war Henriette Sandoz, die Julie nur vom Hörensagen kannte, eine Überraschung. Eine attraktive, zierliche Frau um die Vierzig mit fremdländischem Äußern, die bräunliche, samtene Haut ließ vermuten, in der Ahnenreihe der in Holland

Geborenen habe eine Großmutter aus den Kolonien mitgemischt.

Sie empfing ihre Gäste mit großer Herzlichkeit, tagelang habe sie sich auf den Besuch gefreut, seien ihr doch alle drei angelegentlich empfohlen worden durch Frau Stürler. Ihr Mann, Oberst in der holländischen Schweizergarde, komme selten nach Hause, die unterdessen erwachsenen Kinder gingen eigene Wege, sie vermisse den geistigen Austausch mit Gleichgesinnten. Vor allem hoffe sie mehr über Rousseau zu erfahren, eben habe sie ‹Émile› fertiggelesen, ein Buch über Erziehung unter völlig neuem Blickwinkel!

Julie lächelte und gestand, auch ihr sei die Lektüre zum Erlebnis geworden. Zur Erheiterung der Runde verriet sie, was sie gestern abend an Zimmermann geschrieben habe: *Welch ausgezeichneter Mann, dieser ketzerische Priester! Und welch würdiger Sterblicher, dieser kleine Nichtsnutz Rousseau! Ach, von ganzem Herzen verzeihe ich ihm, gesagt zu haben, es möchten die gelehrten Frauen unter den Männern, die so und so zu sein hätten, keinen Mann finden!*

Von Abbé Moultou war ein erfrischendes Lachen zu hören. «Ach, Julie, Rousseau wird seine Meinung über die Frauen ändern, sobald er Sie kennenlernt! Als Suzanne und ich ihn besucht haben, hat er sich ausführlich nach Ihnen erkundigt und den Wunsch geäußert, Sie in Bern zu besuchen!»

Da Frau Sandoz mehr wissen wollte über den Besuch in Yverdon, war es an Suzanne, zu erzählen: «Seine Gesundheit ist angeschlagen, doch seine Freunde sind rührend um ihn besorgt. Rousseau macht tapfer alle gesellschaftlichen Anlässe mit, obwohl er sich nach Einsamkeit und seinem Schreibtisch sehnt. Einer seiner Freunde ist daran, im Garten sein Lusthaus als Atelier für den Schriftsteller umzubauen. Doch über allen Bemühungen liegt eine bedrohliche Wolke, noch ist aus Bern kein Zeichen eingetroffen, daß man dem Verfolgten Asyl gewährt.»

Darauf warf Julie lebhaft ein: «Meine Sorbonne und ich werben überall um Verständnis für Rousseau, neulich habe ich sogar an einem Staatsempfang teilgenommen, nur um für ihn zu sprechen. *Ich benutze das Privilegium der Frauen, unverschämte Wahrheiten ungestraft sagen zu dürfen.* Die Meinung einer Frau wiegt in unserem Land wenig, und auf dem öffentlichen Parkett ist sie unerwünscht. Mein weiblicher Instinkt sagt mir sogar, daß man mich wegen meiner Sympathie für Rousseau für eine Ketzerin hält. Was soll's? Ich könnte auf dem Marktplatz niederknien und öffentlich zu Gott beten, und trotzdem würde ich für eine Atheistin gelten, nur weil ich mit Rousseau sympathisiere, den man ebenfalls für gottlos hält! Zum Glück gewinne ich durch mein Engangement auch neue Freunde: Der Theologe Leonhard Usteri aus Zürich tauscht mit mir Briefe und Wilhelmi, der gute Denker, steht zu uns.»

«Was geht im Rat vor?» erkundigte sich Frau Sandoz.

«Da bewirkt natürlich ein Tscharner mehr als eine Bondeli. Neulich hat Vinzenz Bernhard dort sein Anliegen vorgebracht, doch von Bonstetten, sein fortschrittlicher Verwandter, war leider abwesend. So schwimmt Tscharner einsam gegen den Strom. Lange wird er das in Bern nicht schaffen.»

«Ach, und sein Bruder, der Ökonom?»

«Der kümmert sich wie Tschiffeli um seine landwirtschaftlichen Versuche, züchtet mit Erfolg Seidenraupen und mästet Burgunderschweine, Aufklärer und Rousseauanhänger wie sein Bruder betrachtet er als heillose Schwärmer.»

Frau Sandoz stellte sich das ungleiche Brüderpaar vor und unterdrückte ein Lächeln. «Und was geht in Genf vor?» fragte sie den Abbé.

«Dort herrscht Unruhe. Während die meisten kritischen Schriftsteller unter Pseudonym schreiben und fingierte Verlage angeben, hat Rousseau seine Werke mit vollem Namen gezeichnet und vertrauensvoll hinzugefügt: ‹Citoyen de Genève›. Das rührt viele Bürger, man schätzt diese Ehrlichkeit und verübelt dem Magistrat sein vorschnelles Urteil.»

«Die Regierung greift zu hart durch», bestätigte Suzanne. «Kürzlich hat ein kurioser Fall die Gemüter erregt: Ein Genfer Buchhändler namens Pictet unterhält mit einem von Rousseau begeisterten Kunden einen Briefwechsel, der erteilt dem Magistrat Rügen, weil er Rousseaus ‹Émile› seiner eigenen Meinung nach zu Unrecht verurteilt hat. Die Briefe werden zensuriert, die beiden ehrenhaften Bürger ins Gefängnis geworfen, der Rat der Zweihundert entzieht dem Buchhändler für ein halbes Jahr seine bürgerlichen Rechte.»

«Sie sehen, daß in Genf, gerade wie anderswo auch, der Magistrat sich nicht gerne die Wahrheit sagen läßt», kommentierte Julie.

Der gemeinsame Tag in Neuenburg hatte die Freundschaft zwischen den beiden gelehrten Frauen noch enger werden lassen, Julie entdeckte immer neue Ähnlichkeiten, litt doch auch Suzanne unter körperlichen Beschwerden. Julie schrieb nun häufiger und gab der Jüngeren die Ratschläge ihrer Ärzte weiter. Offener noch als Zimmermann gegenüber äußerte sie sich über die seelischen Zusammenhänge ihrer Krankheit: *Die leiseste Aufregung weckt einen Anfall, und ich bin leider in Umständen, viele solcher Aufregungen zu haben*. Sie erwähnt, daß schlimme Erinnerungen sie verfolgen. Welcher Natur sie sind, verrät sie hingegen mit keiner Zeile. Das ist es ja: Man hat diese Erinnerungen zu ignorieren. Aus seinen Tages- und Nachtgedanken zu vertreiben.

Hat gegen sie anzugehen mit Unmengen von Kaffee. Mit der Marmorkühle der Zahlen.

Doch in letzter Zeit wollen nicht einmal mehr *ganze Batterien von schwierigsten Rechenexempeln* nützen.

> Chérissime Sophie, ist die Freiheit nicht eine Gratwanderung? Ihnen, der Rousseauliebhaberin, sei verraten, daß ich mich mit Händen und Füßen für den Verkannten einsetze, um ihm einen Zufluchtsort zu verschaffen. Sogar Wieland hat sich gemeldet, er wolle Rousseau in Biberach verstecken! Kurz, ich bin das Haupt der Rousseausekte und verdanke es nur meiner hohen Weisheit, nicht auch aus dem Land gejagt zu werden …

3

Ein Sonntag im Juli. Der Tag beginnt heiß, am besten flieht man schon zeitig aus der Stadt, einige Patrizier, darunter Mitglieder der Sorbonne, treffen sich auf dem Schloßhügel von Köniz. Dort lassen sie sich vor dem Schloß im Schatten der Bäume bewirten und spielen Karten.

Diese behagliche Ruhe auf dem gepflasterten Platz mit den dunklen Blattschatten. Nicht zum Aushalten. Denn die Luft knistert. Die Spatzen pfeifen es vom geschweiften, hölzernen Kirchturm von Köniz: Der Rat hat einen Ausweisungsbefehl nach Yverdon geschickt.

Vinzenz Bernhard Tscharner sagt es der Bondeli an einem separaten Tisch.

Die Kartenspieler schielen hinüber, einer bemerkt, daß man die beiden zu oft zusammen sieht, keine andere erlaubt sich diesen lockeren Umgang mit dem anderen Geschlecht. «Was wollen Sie, sie ist eine Philosophin», sagt Engel.

Julie hört die Nachricht aus Tscharners Mund, stutzt, wird blaß und will dann alles genau erzählt haben.

«Nun», sagt Tscharner, «die Freunde haben Rousseau das Urteil mit viel Schonung beigebracht. Mit dem Ausdruck aufrichtigen Bedauerns.»

«Wie hat er es aufgenommen?»

«Als Weiser, aber nicht als Stoiker.»

«Wo ist der Unterschied?»

«Er hat geweint.»

Julie schlägt die Hände vors Gesicht, sieht Rousseaus dunkle Augen, den Ausdruck voll Sanftmut und Trauer. Ja, er selbst ist St. Preux aus seiner ‹Héloïse›, auch Suzanne hat bei der Begegnung diesen Eindruck gehabt. Die Kartenspieler schauen herüber.

«Die Bondeli weint», sagt Engel und spielt eine Karte.

«Laß sie», sagt Wyttenbach. «Mit ihrem Rousseau wird es noch übel enden.»

«Vielleicht wie mit Henzi», nickt Engel.

«Und jetzt? Wohin mit ihm?» fragt Julie tonlos.

«Seine Freunde in Yverdon sind ganz unglücklich, ihren Freund ins Ungewisse ziehen zu lassen. Sie haben eine Verwandte, die ein leerstehendes Haus besitzt im Val de Travers, in Môtiers, einem weltabgeschiedenen Dorf.»

«Immerhin in der Grafschaft Neuenburg, nicht wahr? Besteht da Hoffnung auf Asyl?»

Tscharner nickt. «Der jetzige Statthalter Lord George Keith, ein schottischer Adeliger, ist selbst ein Verbannter und hat schon seinen Schutz zugesichert.»

«Und Friedrich II.?»

«Hat sofort aus seinem schlesischen Feldquartier an Keith die Notiz geschickt: *Man muß diesen armen Unglücklichen trösten, der nur darum sündigt, weil er sonderbare Ansichten hat, die er jedoch für gut hält.* Rousseau wohnt schon seit einer Woche in seiner Einsiedlerklause in Môtier, seine Haushälterin soll aus Frankreich nachkommen. Ich sehe ihn im Geist da oben seine botanischen Exkursionen machen, in diesem idyllischen Tal, zwischen den bewaldeten Hügeln.»

«Sie denken, er findet dort Ruhe?»

«Vorläufig ja. Der Pfarrer des Ortes, Montmollin, und die fromme Bevölkerung halten ihn aber für den Antichrist. Er fällt ja auf in seinem Kaftan, dem langen armenischen Überrock mit Gürtel und mit dem Turban.»

«Eine Kleidung, die ihm steht, hat die Curchod gesagt, die Pelzmütze soll seine schwarzen Augen vorteilhaft zur Geltung bringen. Trägt er dieses ungewohnte Kostüm aus Koketterie?»

Vinzenz Bernhard lächelt. «Dem ist nicht so. Ich kann Ihnen nur den wahren Grund dieser Verkleidung sagen, weil sie eine Philosophin sind, Julie. Rousseau hat ein Blasenleiden und braucht wegen plötzlichen Harndrangs ein Katheter. Sein armenischer Schneider in Paris hat ihm zu dem Rock geraten.»

Julie lacht. «Zugegeben, das klingt nicht so romantisch. Mein armer St. Preux! *Aber wir leben ja vom Wahren, nicht vom Schönen,* habe ich letzthin an Sophie La Roche geschrieben.»

4

Nach dem Ausweisungsbefehl war es Julie so vorgekommen, als stecke Bern wie ein Silberlöffel in einer Hallerschen Mehlpappe, als würde dem Stadtstaat eine Hallersche Weiße Diät verordnet, und niemand sehe mehr über den Tellerrand.

Wütend hörte sie auf, Milchbrei, Grütze, Haferflocken in Eselsmilch zu essen, brach die von Haller verordnete

Diät ab und erwartete, wegen ihres Ungehorsams zu sterben. Doch es ging weiter aufwärts mit ihr, sie sah hübsch gerundet und verjüngt aus, das Korsett mußte von einer Weißnäherin ein zweites Mal oben und unten ausgelassen werden.

«Schwindsucht», hatte ihr Zimmermann diagnostiziert.

Sie verspürte keine Sehnsucht, zu verschwinden.

Die Jahre trieben nach Rousseaus Ausweisung mit unverschämter Schnelligkeit vorwärts, kaum nahmen sie sich Zeit, ordentlich ihre Jahreszeiten zu entfalten.

Im Jahre 1767, während eines Herbststurms, starb Mutter Bondeli. Als ihr Sarg hinausgetragen wurde, setzten sich Herbstblätter auf die Blumenkränze.

Auch mit Rousseau war die schnell verfließende Zeit nicht schonend umgegangen. Im Val de Travers pflegte der sanfte Aufrührer vormittags Spitzen zu klöppeln und nachmittags zu botanisieren. Ging er durch die Felder in seinem Kaftan, erinnerten sich die Bauern an die Sonntagspredigt des Pfarrers Montmollin, der erneut aufgerufen hatte gegen die Gottlosen im allgemeinen und gegen den Schriftsteller Rousseau im besonderen. Zwar hatte der Philosoph dem Pfarrer versichert, kein Atheist zu sein, er sei Protestant und kämpfe nur gegen Un- und Aberglauben. Montmollin ließ sich nicht überzeugen.

Eines Sonntags, nach einer besonders intensiven Christenlehre, stieg die Wut der Dörfler, sie riefen einander zu: «Töten wir ihn» und bewarfen Rousseau mit Steinen. Erneut mußte der unglückliche Dichter fliehen, diesmal auf die Insel St. Peter im Bielersee. Es gefiel ihm dort, die Flora begeisterte ihn, die kleine Insel hielt er für das idyllischste seiner Refugien. Doch er übersah, daß in jedem Paradies eine Schlange lauert, das Inselchen gehörte nämlich zum Staate Bern! Der für den Bielersee zuständige Statthalter von Nydau wollte den berühmten Flüchtling schützen, doch in Bern ging das Kesseltreiben von neuem los, wieder weibelten die Bondeli und ihre Sympathisanten in der Hoffnung, in der Zwischenzeit seien die Köpfe der Ratsherrn klüger und klarer geworden. Das Gegenteil war der Fall.

Inzwischen hatte man, wie Haller betonte, das übelste und entlarvendste der Rousseaubücher gelesen, die ‹Briefe vom Berg›. Auch Voltaires neue Attacken gegen den Kollegen übertrafen die früheren an Bosheit. Julie schrieb an Zimmermann: *Nun denn, ich wage es geradeheraus zu sagen, warum Voltaire und Haller Rousseau verfolgen: Alle beide aus Neid. Und Haller geht darin noch weiter als Voltaire.*

Eben hatte Julie das Corpus delicti, die ‹Briefe vom Berg›, zu Ende gelesen. Sie fand den Stil feurig, luzid. Die Einbildungskraft des Autors motivierte den Leser für Gerechtigkeit, man empörte sich gemeinsam mit dem Autor über parteiische Obrigkeit, sophistische Richter und den boshaften Eifer angeblich frommer Theologen.

Jedenfalls war das Buch für die Konservativen ein Stich in ein Wespennest. Haller hielt im Herbst 1765 im Rat eine flammende Rede über die Schlechtigkeit der Menschen und die betrübliche Tatsache, daß Freiheit ihnen schade. «Die Menschen sind schlecht, weil sie keine Freiheit haben», rief von hinten eine Stimme, aber der Vorsitzende überhörte sie, man spendete Haller Beifall. Darauf sprach Haller gegen Rousseau, den er als «Halunken» bezeichnete, man klatschte noch heftiger. Julie ärgerte sich einmal mehr über den einstigen Freiheitsdichter, vor ihrem inneren Auge sah sie die Herren Rousseau lesen und ihre Köpfe schütteln, bis der Puder von ihren Perücken stob und die Sicht im Rathaus vollends vernebelte.

Doch nicht alle Patrizier waren bereit, sich der Ratsmeinung zu fügen. Unsicher geworden, befragten sie teils mündlich, teils schriftlich die Bondeli, als Hallers Antipode, um ihre Meinung: *Nun habe ich immer das Unglück gehabt, einen sogenannt verdrehten Kopf mein eigen zu nennen und außerdem zu wagen, ganz allein meine eigene Ansicht zu haben; ich antwortete also gerade heraus: daß die ‹Lettres de la Montagne› Rousseaus bestes Werk seien,* schrieb sie an Usteri.

Albrecht Hallers Meinung genoß in Bern selbstverständlich höheres Ansehen – ‹unser großer Haller› nannten ihn viele. Im Ausland hieß er Albrecht *von* Haller, denn 1749, im Jahr von Henzis Hinrichtung, hatte ihm Kaiser Franz I. den erblichen Adelstitel verliehen, doch in Bern hatte man in Rücksicht auf die von Wattenwyl und andere Wohledelfeste beschlossen, den von einer ausländischen Macht verliehenen Titel zu ignorieren.

Das fand Haller in einem demokratischen Land in Ordnung. Er fand in Bern, je älter er wurde, alles in Ordnung, auch das Ancien régime. Rousseau, der diese Ordnung bedrohte, obwohl er auf der St. Peter-Insel nur botanisierte, bekam im Oktober 1765 durch den Geheimen Rat den Laufpaß. Daß im gleichen Jahr in Bern auch Voltaires ‹Dictionnaire philosophique› vom Scharfrichter verbrannt wurde, tröstete wohl Rousseau nicht. Krank, wie er war, mußte er die geliebte Insel im Bielersee verlassen und Richtung England verreisen.

«Wir leben hier ohne fremde Philosophen glücklich und frei», sagte Madame von Tavel beim Tee im Buchsigut zu Julie.

«Ja, wenige sind hier glücklich, weil hier viele unglücklich sind», entgegnete Julie. «Ein oder zwei Löffelchen Zucker?»

«Drei», sagte die von Tavel.

Frau Stapfer hielt fest, daß es dereinst im Paradies kein

Oben und Unten mehr gebe, weder Herr noch Knecht, weder Dame noch Magd, alle Menschen seien vor Gott gleich.

«Ach», meinte die alte Dame von May, «wo ist denn das Paradies, wenn wir dort nicht bedient werden, wenn wir uns alles selbst besorgen müssen, ohne Knecht und Magd?»

«Nun, ich habe in diesem verflossenen Jahr 1767 auch alles selber tun müssen», sagte Julie und schenkte Tee ein.

«Oh», sagte Frau von May. «Warum denn das?»

«Nun, unsere Ernestine hat, wie Sie wissen, ein spätes Glück gefunden. Im April hat sie den Forstgehilfen, der im Buchsigut die Bäume schnitt, zum ersten Mal gesehen und mit ihm geschäkert, im Mai hat sie den Witwer geheiratet, jetzt lebt sie wie ihre Schwester im Mattenquartier. Und dann war es – Sie wissen, meine Mutter lag sterbenskrank – an mir, alle Hausgeschäfte zu erledigen, meine Schwester Charlotte hat kein Talent für Häusliches, sie spielt lieber Theater.»

Julies Mutter war weiterhin klar im Kopf und bis zum letzten Tag in beinah heiterer Verfassung gewesen. Trotz der Finanznöte hatte Julie das Buchsigut, Haus und Garten um die kranke Mutter herum aufrechterhalten wie eine Theaterkulisse. Ein Leben lang war für die alte Dame der Traum des Landhauses wichtig gewesen, nun durfte sie ihn auch zu Ende träumen.

Hinter dem Rücken der Kranken hatten schon die Verkaufsverhandlungen begonnen. Zwar hatte die Mutter nach dem Tod des Gatten etwas von den pekuniären Schwierigkeiten mitbekommen und eines Abends darauf bestanden, daß Julie ihr reinen Wein einschenke. Also hatte Julie sie aufgeklärt. Daraufhin hatte sich die alte Frau zum letzten Mal an ihren Schreibtisch gesetzt und den jungen Grafen Dohna gebeten, er möge seine Verbindungen nach Berlin spielen lassen, damit der Hof endlich das Geld auszahle, das ihre

Töchter aus der finanziellen Verlegenheit retten könnte. Der Preuße Dohna, in Bern Bürger geworden, tat vermutlich für Frau Bondeli sein Möglichstes, aber vergeblich.

Nun waren an diesem Wintertag zum letzten Mal im Buchsigut Gäste für den Nachmittagstee erschienen, man stand verlegen im Salon, wo schon im Hintergrund einige Möbel zusammengerückt waren.

«Morgen sollen die Spediteure kommen», sagte Frau Stapfer zu ihrem Mann.

«Ein Jammer, daß das schöne Haus verkauft wird», murmelte er.

Die Stapferin nickte. «Es heißt, Julie benötige Geld für die Mitgift der Schwester, aber noch zeigt sich für Charlotte weit und breit kein Freier. Das Mädchen ist hübsch, aber wie eine Spargel aufgeschossen, Männer, nicht wahr, blicken doch ungern zu ihren Frauen auf?»

Stapfer lächelte, denn er war um eine Daumenlänge kleiner als seine Frau.

«Wie dem auch sei», sagte er. «Es sind traurige Tage für Julie.»

Doch falls er befürchtet hatte, einer Trauerzeremonie beiwohnen zu müssen, dann täuschte er sich. Julie war an diesem Nachmittag von ruhiger Heiterkeit, obwohl Charlotte, die eigentlich helfen sollte, die Gäste zu bewirten, von einer Theaterprobe noch nicht zurück war.

«Was passiert mit den Möbeln?», wagte Frau Kirchberger zu fragen.

«Ich werde in Neuenburg, im Hause des Oberst Sandoz, nur zwei Zimmer bewohnen», antwortete Julie. «So bleibt einiges hier und geht an den neuen Besitzer, anderes wird nach Bern spediert. Ein paar wenige Möbel werde ich in Neuenburg brauchen können, zum Beispiel das Damastkanapee, auf dem Sie sitzen, chère amie.»

Man wagte sich nicht zu erkundigen, welche Funktion Julie bei den Sandoz einnehmen werde, Freundin des Hauses, Gesellschafterin, Pflegerin der oft kränklichen Familienmitglieder?

«Und das wertvolle Geschirr?» fragte die von Wattenwyl.

«Es wird mit dem Tafelsilber zur Auktion gegeben.»

«Und die Pendule aus Neuenburg?»

«Nun, die habe ich nach Hannover schicken lassen. Sie wissen ja, unser lieber Zimmermann ist dort Großbritannischer Hofarzt geworden. So hoffe ich, daß er bei jedem Stundenschlag ein bißchen an Bern und seine Freundin Julie denken wird.»

«Aber Sie werden doch all die schönen Dinge vermissen?»

«Ich glaube nicht.» Julie lachte. «Ich freue mich auf Neuenburg, das Seeklima bekommt mir. Und dann werden alle die kleinen häuslichen Teufeleien, verzeihen Sie, der Ausdruck stammt von unserem Doktor Zimmermann, ein Ende haben. Ich werde frei sein, um mich meiner Lieblingsbeschäftigung zu widmen.»

«Das wäre?»

«Die Jagd nach eigenen und fremden Gedanken.»

Kaum waren die Gäste fort, tauchte endlich Charlotte auf, schon im Treppenhaus rief sie nach ihrer Schwester und platzte gleich mit der Neuigkeit heraus: «Die Rollen für das neue Stück sind verteilt worden, stell dir vor, Julie, ich werde im dritten Akt als Jeannette in einem rosa Ballerinakleidchen aus einer Pastete hervorbrechen!»

Julie fand das albern, ganz im Stil der in Mode gekommen Inszenierungen, doch sie wollte der Schwester die Freude nicht verderben. Noch ahnte sie nicht, daß die geschilderte Szene Charlottes Leben schlagartig verändern wird. Mit dem in Bern weilenden, aus Brandenburg stammenden Baron Poellnitz, dessen Besuch Sophie La Roche vermittelt hatte, saß Julie ein Jahr später im Saal der Theatergesellschaft. Als Charlotte aus der Pastete hervorbrach, in den Locken noch ein bißchen Teig, das rosa Trägerchen über die Schulter verrutscht, verliebte sich Poellnitz unsterblich in sie und wollte sie vom Fleck weg heiraten. Julie konnte ihn bewegen, wenigstens drei Tage zu warten, während dieser Zeit wurde die Mitgift bestimmt, sie war beträchtlich, denn der Graf hatte sich in den Kopf gesetzt, mit Charlotte auf dem düsteren waadtländischen Schloß Montricher zu leben.

Während Charlotte nach der verpaßten Teevisite im Salon nach übriggebliebenen Kuchen suchte, zog Julie ihren Mantel an und ging hinaus in den Garten.

5

Der Winter steht dem Garten gut, es ist die Stunde der Wahrheit, dachte die Spaziergängerin. Die Bäume sind reduziert auf das Wesentliche, die kahlen Äste gefüllt mit dem Winterweiß des Himmels. Der Garten hat sich überschneien lassen ohne Furcht, nur scheinbar ist alles starr, im Innern der Baumstämme kreisen Säfte und nähren die Blattknospen. Das Haus kann ich loslassen, aber den Garten werde ich vermissen. Von Kindesbeinen an ist er mir vertraut, ich bin in diesen Garten hineingewachsen, bin mit allem, was da gedeiht, verwoben.

Sie ging auf dem gewundenen Kiesweg zu den drei hohen Ulmen. Hier hatte Henzi das Kind Julie in die Wissenschaft eingeführt. Wissen ist das, was mir einzig nicht genommen werden kann, überlegte sie. Aber als Kind hat es mich abgesondert und einsam gemacht, ein schöner Käfig der Wissenschaft für die klein gebliebene Elfjährige, man hat mich damals von außen her durch die Gitterstäbe betrachtet, ein kurioses kleines Tier.

Hinter dem Haus, nah dem Grenzzaun, standen die Koniferen. Wieder stieg Julie der Zimtgeruch in die Nase. Unter den Zedernästen hatte das Kind einst den Tod gerochen: er wartete in der grünen Dämmerung, um im Haus einen der kleinen Friederiche zu holen. Das Astzelt, Julies Versteck. Einzig Wieland hatte sie diesen geheimen Ort verraten, an einem Sommernachmittag teilte sie für ihn die untersten Zweige, er mußte sich bücken, sie schlüpfte nach. Die Zweige schnellten zurück, die grüne Tür hatte sich hinter ihnen geschlossen. In der Nähe des Stamms fanden sie Raum genug, sich aufzurichten, eng standen sie beisammen, die Füße auf dem rötlichen Nadelboden. Die Borke des immergrünen Baums roch streng. «Hierher», erklärte sie ihm flüsternd, «habe ich mich geflüchtet, wenn mir ein Leid geschehen ist. Das letzte Mal als Achtzehnjährige, schau meine Wunde», sie zeigte auf ihre Brust, «die Stelle ist immer noch empfindlich. Eingebunden in meine Familie, in meine Umgebung, litt ich an der Henzi-Geschichte. In meiner Naivität stellte ich mir vor, unter den Zedern könnte der tote Körper des Lehrers die letzte Ruhe finden, doch der Magistrat hat anders verfügt und ihn auf der Richtstätte verscharrt.»

Ihre Augen hatten sich mit Tränen gefüllt, Wieland zog sie sachte, weil er um die Wunde wußte, an sich. Julie ließ für einmal die Nähe zu. So standen sie eine Weile umschlungen unter den Ästen, bis sie von Charlottes Schritten auf dem Kiesweg aufgeschreckt wurden. Die Schwester hatte im Auftrag der Eltern zu spionieren, ein unvermähltes Paar durfte man nie aus den Augen lassen. Über Charlottes Rolle erzählt Wieland später: *Sie machte es wie alle Mädchen, die noch keinen Roman spielen können, sie half uns redlich den unsrigen spielen.*

Später, auf dem Rand des Bassins, wo das Wasser über den Tuffelsen rinnt, sagte Wieland zu Julie: «Vorhin, unter den Ästen, hätten wir sterben sollen. Das Leben setzt sich über einen Höhepunkt hinweg, tickt fühllos weiter, verwässert, was zwischen Liebenden ist, wird banal.» Wieder einer von Wielands fanatischen Sätzen, hatte Julie damals gedacht, doch später, nach dem abrupten Bruch und der Bibi-Geschichte, hatte sie verstanden.

Jetzt, Jahre später allein in der winterlichen Grotte, fand Julie das Wasserspiel gefroren, nur ein gelbes Rinnsal drang aus dem porösen Stein.

Damals, während der langen Zwiegespräche auf dem Rand des Bassins, hatte sie Wielands Offenheit verblüfft: Ist er von einem andern Stern in dieses Bern gefallen, wo ein Satz den andern zudeckt, wo Floskeln schamvoll alles verhüllen? Ist er ein Bote aus einer noch fernen Zeit, wo man über wesentliche Dinge offen sprechen kann?

Und eines Tages war der Dichter verreist. Nach Biberach. Er trank den Zauberbecher der Sinneslust, wie ein Durstiger, der lange Zeit durch die Wüste gegangen ist. Ein Trank, der wenigstens seiner Erfindungsgabe gut bekommen ist, muß sie sich eingestehen. Julie, die geübte und kritische Leserin, liebte den ‹Agathon› und hielt den ersten Teil des ‹Don Sylvio›, den viele schlüpfrig fanden, für einen der hübschesten Romane. *Man muß gestehen, die moralische Verdorbenheit des Dichters hat seinem Stil ausgezeichnet getan, heute darf man ihm nicht mehr vorwerfen, er gehe auf Stelzen,* schrieb sie an Zimmermann.

Von der Grotte nahm sie die paar Treppenstufen zum Rondell, die Hortensienstauden und Rhododendren hatte der Gärtner zusammengebunden und mit Säcken geschützt. Hier, vor der lebendigen Mauer der Erlenäste, hätte sie für Rousseau nach der Ausweisung gerne eine Hütte gebaut.

Tscharner, Fellenberg und auch Wilhelmi hatten die Idee für gut befunden: Rousseau oder St. Preux, der empfindsame Liebhaber aus der ‹Nouvelle Héloïse›, ganz privat im Garten, Julie und die Freundschaft, eine Fortsetzung des Romans. Nun, es war anders gekommen, dafür hatte sie mit Rousseau sehr spezielle, manchmal zärtliche Briefe getauscht, und zweimal, 1765, hatte Rousseau sie in Neuenburg besucht. Darüber sprach sie kaum, aus Furcht, es könnte angeberisch klingen, oder – Hand aufs Herz – hatte der Rousseau aus Fleisch und Blut sie nicht ein bißchen enttäuscht? Unbegreiflich jedenfalls für all seine Verehrerinnen, daß er vor kurzem, wohl aus Pflichtgefühl, seine Haushälterin, die Thérèse Levasseur, ehelichte.

Der Steintisch trug jetzt eine Schneedecke. Wie viele Briefe hatte sie hier an Zimmermann geschrieben und ihrem Gefühl für den abwesenden Freund erst am Schluß der kunterbunten Berichte Ausdruck gegeben: *Adieu, mein geliebter Freund, lieben Sie mich fortwährend* ... Oder: *Sagen Sie Frau Z., sie solle Ihnen einen Kuß von mir geben und Sie, Sie geben ihr zwei dafür* ... Oder: *Adieu, mein guter Freund, Ihre Gesundheit, Ihr Glück, alles was zu Ihnen gehört, war und wird immer dem Herzen Ihrer Julie teuer sein.*

Und nun? Sie hörte nur noch selten von Zimmermann. Es ist nicht nur die größere Distanz, die seit seinem Wegzug nach Hannover die Beziehung dünn und brüchig macht, dachte sie, der fromme Pfarrer Lavater aus Zürich mischt sich ein, versucht Zimmermanns Schwermut zu heilen, indem er ihn warnt, brieflichen und mentalen Umgang mit einer Julie Bondeli zu pflegen, mit einer Raisonneuse, einer Rousseau hörigen, verkappten Atheistin. Und Zimmermann? Welcher Dämon hemmt ihn am eigenständigen Denken?

Über ihr hatte sich von einem Ast ein Häufchen Schnee gelöst, lachend schüttelte sie ihr Haar und klaubte die feuchten Brocken aus dem Mantelkragen. Wie schon manches Mal versuchte sie sich jetzt von außen zu sehen. Eine Übung, die den Gedanken die Schwere nahm und verhinderte, daß man sich selbst für zu wichtig hielt. Oft hatte sie sich auch den Spaß erlaubt, eine Maske zu tragen und Leute an der Nase herumzuführen: Julie, das weibliche Wissensmonster.

Unlängst hatte ihr Sophie La Roche den jungen Herrn Leuchsenring vorbeigeschickt, ein entfernter Verwandter, ein Freund des jungen Goethe, auf einer Bildungsreise. Sophie hatte ihm von Julie erzählt, und der junge Mann stellte sich darauf die Bondeli vor als ein halbes Weltwunder. Sie konnte diese naive Bewunderung kaum ertragen, blieb aber höflich, führte, weil er es wollte, gescheite Gespräche. Er hatte ihr Grüße gebracht von Pfarrer Lavater, der Julie einzubinden wünschte in seine physiognomischen Studien. Mit Lavater hatte Julie so ihre Schwierigkeiten, jeder, der nicht so dachte wie der berühmte Pfarrer und Schriftsteller aus Zürich, galt in seinen strengen Augen als ein Helfer des Antichrist. Leuchsenring hatte vorgehabt, drei Tage zu bleiben. Er blieb fünf Wochen. Schrecklich. Sophie prüfte, um der Langeweile zu entgehen, sein Wissen, spielte die Femme savante. Er fand die Bondeli kalt, ohne Herz, kein Vergleich mit der warmherzigen La Roche, das amüsierte sie, hatte sie doch in letzter Zeit vermehrt über die wichtige Rolle des Gefühls nachgedacht. Bücher gelesen aus der Feder des Winterthurers Johann Georg Sulzer, Dozent in Berlin, der Gefühle für wichtig hielt in ihrem Einfluß auf das kulturelle Leben, und sie analysierte. *Forschungen über den Ursprung der Lust- und Unlustgefühle. Ich durchfliege, lese, denke nach und, was mehr ist, ich fühle*, hatte sie an Zimmermann geschrieben.

Eines Abends sagte Leuchsenring: «Ich glaube, Sophie La Roche und Sie, Sie beide würden sich nicht verstehen. Wo Sie analysieren, ist Sophie eine Frau des Gefühls.»

Chérissime Sophie, das hat mich gereizt, einen Streich zu spielen, denn ich mag nicht, wenn man in mir blättert wie in einem Buch. Ich habe mit schwacher Tinte Leuchsenrings Schrift nachgeahmt und in seinem Namen an Sie geschrieben: Die Bondeli sei staubtrocken, der Logik verfallen. Wo andere ein Herz haben, hat sie ein Hirn …

Mit Entsetzen haben Sie auf Schloß Warthausen diese Zeilen gelesen und Leuchsenring per Eilpost zurückgeschrieben, er sei nicht wert, Julies Gastfreundschaft zu genießen. Er wiederum konnte sich Ihren verärgerten Brief nicht deuten. So klärte ich Leuchsenring die Sache lachend auf. Sophie, das habe ich nicht bedacht, daß Sie sich wegen meiner Eulenspiegelei ärgern mußten, verzeihen Sie. Nicht Ihnen, ihm wollte ich den Streich spielen. Trotzdem hatte es viel Wahres in diesem Porträt, benutze ich doch oft eine gewisse Distanz, um mich vor Verletzungen zu schützen. Doch ich bin sicher, Sie werden in Bern, wenn wir uns gegenübersitzen, hinter all meine Masken sehen!

Noch immer sind sich Julie und Sophie nicht persönlich begegnet.

Julie stellt sich oft den Tagesablauf der Freundin in Warthausen vor: Sophie am Schreibtisch, entwirft Szenen eines zukünftigen Romans, der später ‹Geschichte des Fräuleins von Sternheim› heißen wird, sie kontrolliert Einkäufe, bespricht den Speisezettel. Nachmittags sitzt sie belehrend und vorlesend unter ihren Kindern: Maximiliane, Fritzi, Lulu und wie sie alle heißen. Und am Abend? Pflegt sie Kultur, besucht zusammen mit dem Gatten Konzerte und Theater.

Wie Sophie La Roche das nur alles unter einen Hut bringt? Ist sie, wie Wieland, ein Wesen der Zukunft, wo in ferner Zeit Frauen alles zusammenbringen, Studien, Beruf, Familie?

Und Julie? Zimmermann hat bei ihr Schwindsucht diagnostiziert.

Die Sucht zu schwinden? Unauffällig wegzugehen? Das könnte nur eine Julie, die von niemandem gebraucht wird, die sich selbst nicht mehr braucht.

Das Problem der ledig gebliebenen Frauen. Mit ihrem neuen Brieffreund, dem Theologen und Pädagogen Usteri aus Zürich, hat sie es erörtert. Ledige Frauen, wenn sie nicht zum niederen Volk gehören, sind zur Untätigkeit verdammt, denn was ist ein bißchen Handarbeit, ein bißchen Gutes tun im Stil der feinen Leute? Ein bißchen lesen? Ein bißchen Spanisch lernen?

Noch gibt es keine Berufe für Frauen, die sie einbinden könnten in ein soziales Netz.

Freiheit, wovon, wofür?

Ja, das war ein Irrtum, schreibt sie an Zimmermann, sich frei zu glauben, wenn man für niemanden zu sorgen hat: *Ich lege mir selbst alles mögliche in den Weg, mache Wesens und Geschichten, Sorgen und Schwierigkeiten für eine einzige Person, die in keinem Vergleich stehen zu all der Mühe, die ich gehabt hätte, um zwölf Kinder zu schneuzen, zu prügeln und zu einem tugendhaften Dasein zu erziehen.*

In Neuenburg wird sie neu beginnen, als Teil der Familie Sandoz.

Natürlich möchte Julie auch dort lesen, doch immer mehr ist sie der Ansicht, daß man aus Büchern weniger lernt als durch Erfahrung: *Es scheint mir, daß die Auffassung vom Wahren, vom wahrhaft und einfach Großen, von den inneren Erschütterungen abhänge, denen eine Persönlichkeit ausgesetzt ist.*

Sie sucht Kontakt mit dem Leben, verspürt die Lust, anzupacken. Etwas *mit ihren zehn Fingern zu tun*. Nein, keine häuslichen Teufeleien, dafür sind im Hause Sandoz Bedienstete da, aber zu tun gibt es genug: Die älteste Tochter erwartet ein Kind, Frau Sandoz ist oft krank und braucht Pflege, der Ehemann und die zwei Söhne kommen gelegentlich aus dem Militärdienst nach Hause …

Und Neuenburg ist berühmt für seine Gastfreundschaft! Begeistert hat Julie in einem Brief an Sophie La Roche davon erzählt: Man spielt und tanzt, ißt und trinkt, jeder kommt und geht, wann und wie es ihm paßt, niemand muß sich herausputzen, auch Kinder sind da. Inmitten von hundertunddreißig Personen genießt man völlige Ungezwungenheit, gänzliche Freiheit.

Julie rechnet damit, daß Sophie sie nun endlich in Neuenburg besuchen kommt.

Doch stellt sich Sophie, die schwärmerische Sophie, nicht eine ganz andere Julie vor? Leuchsenring hat erzählt, Sophie bewahre Julies Briefe, mit rosa Bändern versehen, wie einen Talisman bei ihren Manuskripten auf, damit sich Julies klare Gedanken wohltuend auf ihre Schriften auswirkten.

Ist es da überhaupt wünschenswert, daß die echte Sophie und die echte Julie sich kennenlernen?

In einem Brief an die La Roche äußert Julie offen diese Bedenken: *Da mache ich mir nur eine Sorge: daß ich in Wirklichkeit eine andere Julie sein könnte als die in ihrer Vorstellung. Aber wenn Sie mich lieben können, so wie ich bin, wird meine eigene Liebe Sie entschädigen für alles, was ich nicht sein kann.*

Je älter ich werde, um so mehr nehme ich mir nämlich die Freiheit, nichts scheinen zu müssen, was ich nicht bin.

Nachbemerkung

Ein gutes Jahrzehnt, von 1767–1778, lebt Julie Bondeli in Neuenburg im Hause Sandoz, sie spricht von dieser Lebensphase als von einer glücklichen Zeit. So schreibt sie an Sophie La Roche: *Sie müssen mich in Neuenburg besuchen, denn hier sind meine Hausgötter [mes dieux pénates], mir kommt vor, ich hätte hier meinen Haushalt, Mann und Kinder, in Wirklichkeit habe ich nichts von all dem, aber die Freundschaft weckt Illusionen genauso wie die Liebe ...*

Trotz dieser Einladung werden sich Julie Bondeli und Sophie La Roche nie sehen, erst nach Julies Tod reist La Roche in die Schweiz und besucht die Stätten, wo ihre Freundin lebte. Dafür wird sie in ihrem Buch ‹Mein Schreibetisch 2› ihrer Bewunderung für die Bondeli Ausdruck geben und eine Auswahl Briefe wiedergeben, die weite Beachtung finden. So schreibt der junge Goethe in ‹Dichtung und Wahrheit›: *Die Briefe einer J. Bondeli waren hoch geachtet; sie war als Frauenzimmer von Sinn und Verdienst und als Rousseaus Freundin berühmt.*

Daß Christoph Martin Wieland als Kanzler von Biberach *unbeweibt* blieb, wurde ungern gesehen, Verwandte und Freunde sannen auf Abhilfe. Im November 1765 schreibt der Dichter an Salomon Geßner nach Zürich: *Ich habe ein Weib genommen oder eigentlicher zu reden, ein Weibchen (...), das ich mir, ich weiß selbst nicht recht wie, von meinen Eltern und guten Freunden habe beilegen lassen. Ein gutes, gefälliges, angenehmes Hausweibchen, und damit punktum.*

K. A. Böttiger, Mitbegründer des ‹Teutschen Merkurs›, zitiert einen Ausspruch Wielands im Jahr 1796: *Hätte ich die*

Bondeli geheiratet, so wäre ich im ruhigen Selbstgenuss mit ihr nie der Schriftsteller geworden, der ich bin.

Charlotte Bondelis Ehe mit Poellnitz war nicht glücklich, ein Grund wohl dafür, daß sich Julie ungern im Haushalt der Schwester aufhielt. Die Familie zog später vom Waadtland nach Berlin um. Düster sind die Andeutungen eines zeitgenössischen Historikers, daß Charlotte von Poellnitz 1787 *unter kläglichen Umständen* in Lothringen gestorben sei. Eine amerikanische Genealogie der von Poellnitz, in der Charlotte de Bondeli als Stamm-Mutter figuriert, belegt, daß die Ehe geschieden wurde, offensichtlich hat sich später ein Teil der Familie nach Amerika abgesetzt.

Noch einmal kam es zwischen Julie Bondeli und Johann Georg Zimmermann 1775 in Lausanne zu einem Treffen, die Begegnung wurde für Julie zur Enttäuschung. Die Freundschaft des inzwischen berühmt gewordenen Schriftstellers und Königlichen Leibarztes hatte sich in Gleichgültigkeit verwandelt. In einem Brief an Usteri schon ein paar Jahre zuvor deutet Julie Bondeli diese Verwandlung so: *(…) mein armer Freund Zimmermann, dank dem Einfluß Herrn Lavaters in Mystizismus verfallen, unterstützt durch die Verwirrung, die das Heimweh in Leib und Phantasie hineintragen können. Ich werde in diesen Brieffragmenten die geliebte Freundin genannt, von der sich zu lösen einem sehr schwerfalle, dass man es aber tun müsse zur größeren Verherrlichung Gottes (…).*

Ein Schattenriß, vor ihrem Tod noch für Lavaters physiognomische Fragmente angefertigt, zeigt den körperlichen Zerfall der von Hustenkrämpfen gequälten Julie; 1778, ein Monat nach Rousseaus und im Jahr von Voltaires Tod, erliegt sie in Neuenburg mit siebenundvierzig Jahren ihrer Krankheit.

Dank

Mein Dank gilt den Verantwortlichen folgender Archive und Bibliotheken für die Beratung und die Einsicht in die für meine Arbeit unerläßlichen Quellen und Fachbücher:

Burgerbibliothek Bern
Staatsarchiv Bern
Wieland-Archiv Biberach
Kantonsbibliothek Vadiana St. Gallen
Burgerarchiv Burgdorf.

Die kursiv gesetzten Stellen sind zeitgenössischen Dokumenten entnommen.

Die im Original französischen Briefe von Julie Bondeli basieren, sofern sie hier zitiert werden, zur Hauptsache auf der Übersetzung von Lilli Haller: ‹Die Briefe von Julie Bondeli an Joh. Georg Zimmermann und Leonhard Usteri›, Verlag Huber, Frauenfeld und Leipzig 1930. Einige wenige der zeitgenössischen Dokumente wurden von der Autorin aus dem Französischen übersetzt.

Eveline Hasler

Stein bedeutet Liebe

Regina Ullmann und Otto Gross

Roman, 176 Seiten

Gebunden mit Schutzumschlag

ISBN 978-3-312-00397-6

Mitten in der brodelnden Münchner Literatenszene zu Beginn des 20. Jahrhunderts sitzt eine junge Frau, die meistens still beobachtet. Sie heißt Regina Ullmann, ist dem anarchistischen Psychiater Otto Gross verfallen und wird eine der erstaunlichsten Schriftstellerinnen des deutschsprachigen Raums, von Rainer Maria Rilke gefördert, von Hermann Hesse und Thomas Mann verehrt. Es ist die Geschichte einer ungewöhnlichen Frau und einer tragischen Liebe, die sich die genaue Beobachterin Eveline Hasler einfühlsam anverwandelt.

»Eine vorzügliche Erzählerin!«

Frankfurter Allgemeine Zeitung

NAGEL & KIMCHE

Eveline Hasler im dtv

»Eveline Haslers Figuren sind so prall voll Leben, so anschaulich und differenziert gezeichnet, als handle es sich samt und sonders um gute Bekannte.«
Klara Obermüller

Anna Göldin
Letzte Hexe · Roman
ISBN 978-3-423-10457-9
Die erschütternde Geschichte des letzten Hexenprozesses in Europa im Jahre 1782.

Ibicaba
Das Paradies in den Köpfen
Roman
ISBN 978-3-423-10891-1
Hunger und Elend führen im 19. Jahrhundert in der Schweiz zu einer Auswanderungswelle nach Brasilien.

Die Wachsflügelfrau
Roman
ISBN 978-3-423-12087-6
Das Leben der Emily Kempin-Spyri, der ersten Juristin im deutschsprachigen Raum.

Novemberinsel
Erzählung
ISBN 978-3-423-12707-3

Die Vogelmacherin
Die Geschichte von Hexenkindern · Roman
ISBN 978-3-423-12914-5
Ein elfjähriges Mädchen wird 1652 der Hexerei angeklagt und zum Tode verurteilt.

Der Zeitreisende
Die Visionen des Henry Dunant
Roman
ISBN 978-3-423-13073-8
Ein Leben gegen Gewalt und Krieg: der Begründer des Roten Kreuzes.

Der Riese im Baum
Roman
ISBN 978-3-423-13231-2

Tells Tochter
Julie Bondeli und die Zeit der Freiheit
Roman
ISBN 978-3-423-13498-9

Der Jubiläums-Apfel
und andere Notizen vom Tage
ISBN 978-3-423-12557-4

Aline und die Erfindung der Liebe
Roman
ISBN 978-3-423-20955-7
Von Kurt Tucholsky über Elias Canetti bis Meret Oppenheim: Die schöne, kluge Aline Valangin kannte sie alle.

Die namenlose Geliebte
Geschichten und Gedichte
dtv großdruck
ISBN 978-3-423-25237-9

Bitte besuchen Sie uns im Internet: www.dtv.de